Katja L. Schlegel

Zwischen der Liebe

Roman

Bibliografische Information der
Deutschen Nationalbibliothek:
Die Deutsche Nationalbibliothek verzeichnet diese
Publikation in der Deutschen Nationalbibliografie;
detaillierte bibliografische Daten sind im Internet über
http://dnb.dnb.de abrufbar.

TWENTYSIX
Eine Marke der Books on Demand GmbH
Alle Rechte vorbehalten.

© 2023 Katja L. Schlegel

Herstellung und Verlag:
BoD – Books on Demand, Norderstedt

ISBN: 978-3-7407-2631-7

Korrektorat: Brigitte Bausch
Covergestaltung: Josef Günnewicht
unter Verwendung von
Parkende Fahrräder von Martin Debus
Franz. Polynesien von eSchmidt
beide Adobe Stock

*It all comes to the last person you think of at night.
That's where your heart is.*

(gesehen auf einem Bullet Journal)

Ehrlich gesagt, hatte ich keine Ahnung, wo ich landen würde. Der Prospekt mit seinen Bildchen zeigte schöne Bungalows, einen verführerisch weißen Strand und versprach Dinge, die man selbst der besten Freundin verschweigen würde. Als ich zustimmte, konnte es *dafür* nicht weit genug weg sein. Erst nachdem ich im Flieger die Bordzeitung durchblätterte, zeigte mir die in der Abbildung platt gedrückte Weltkugel mit all den Fluglinien, wohin meine Reise gehen würde. Es war verdammt weit weg. Als ich die Hand auf die Linie legte, blieb links und rechts Platz.

Seit zehn Tagen war ich also nun hier.

Seit zehn Tagen dieses Wetter.

Seit zehn Tagen tropische Wärme unter einem nahezu wolkenlosen Himmel und deshalb ein feuchtwarmer und glitzernder Film auf allem, was grünte und blühte und – auf meiner Haut. Obwohl ich Schweiß nicht besonders mag, machte er mir hier sonderbarerweise nichts aus. Im Gegenteil.

Seit zehn Tagen an diesem breiten, geschwungenen und dennoch lang gezogenen Strand im abgelegensten Teil der Erde, von dem ich vor ein paar Wochen tatsächlich nicht einmal wusste, dass es ihn gab und wo sich dieser befand. Mit dem weißesten Sand, den ich je gesehen habe, und einem türkisblauen Meer, das unbeschreiblich war. Ein nasses Märchen, das weder durch Worte noch Fotos festgehalten werden konnte. Dahinter ein grüner, undurchdringlich erscheinender Gürtel, ein dichter Wald, laut Reiseführer aus Kokospalmen, Scaevolabüschen, blühenden Malvengewächsen, einigen riesigen Nikabäumen und sogar Obstbäumen wie Bananen und Papayas. Häufig voller Lärm durch die Tiere, die in ihm lebten. Zumeist bunte Vögel, die fast ausnahmslos nur in Scharen über und in den Baumkronen kreisten, flogen und kreischten.

Seit zehn Tagen weg vom Alltag. Ich aus München, er aus Frankfurt. Weg von der Arbeit, dem Alleinsein, das mich ab und an zu Hause überfiel, von den Gründen für ein schlechtes Gewissen und von den großen und kleinen Lügen. Der Flug half mir, Abstand zu gewinnen, um mich mit dem Blick aus dem kleinen Fenster, in dem meist nur die dunkle Nacht, später Wolken und irgendwelche Wasser- und Landmassen zu sehen waren, auf das, was kommen könnte, vorzubereiten. Der Flieger war nichts Besonderes und der Blick aus dem Fenster nicht ungewöhnlich. Im Gegensatz zu den Bildern des Prospekts, die mir seit Tagen im Kopf mit den Vorstellungen darüber, wie ich die nächsten Tage *damit* umgehen wollte, durcheinanderpurzelten. Einfach fallen zu lassen wäre das Beste. Deshalb saß ich doch hier. Aber es ist nun mal etwas anderes, ob man *es* zu Hause in den eigenen vier Wänden macht oder dort, wo es eher offensichtlich ist, weil andere aus demselben Grund dort hingereist waren.

Aber eins nach dem anderen und alles der Reihe nach. Ich fange vorne an.

Das babylonische Stimmengewirr und die trotzdem unaufgeregte Atmosphäre auf dem drollig kleinen Flughafen lenkten mich von all diesen Gedanken ab und ließen mich wacher werden. Lächelnd zeigte man uns, wohin wir zu gehen hatten, und wir zogen unsere Koffer hinter uns her. Minuten danach waren wir umgeben von bunten Kleidern, Häusern und an den Straßen aufgetürmten Waren. Manches sah zusammengewürfelt aus, schuf aber das, was Atmosphäre genannt wurde, was Urlaube ausmacht, wenn man in die Fremde fährt und dort dann auch erwartet. Dank des schnatternden Radios mit seinen seltsamen Klängen im Taxi, eine Mischung aus Gebrabbel und Musik, waren die störenden Gedanken verschwunden. Ich schüttelte den Kopf und musste lachen. Kämmte mir mit den Fingern dabei durch die Haare, grinste und seufzte – etwas fassungslos. Allmählich begann ich mich zu entspannen und suchte Michaels Hand, die ich nun immer wieder umfasste und drückte, bis wir nach der abschließenden Fährfahrt auf unserer Insel angekommen waren.

„Was für ein Abenteuer", meinte ich leise.

„Und wir zwei bestehen es", entgegnete Michael.

Nur zwei von insgesamt fünf ähnlichen Bungalows waren in unmittelbarer Nähe zu unserem. Fast ein wenig pagodenhaft mit hölzernen Wänden und einem Dach, wohl aus Schilf. Alle gleich luftig und freundlich. Angeschmiegt an den Rand eines Waldes, dessen Blätterdach nichts mit dem des Allacher Forstes im Norden Münchens zu tun hatte, in dessen Nähe ich seit jeher wohne. Alle drei mit Absicht so gebaut, dass sie vor neugierigen Blicken geschützt waren. Verdeckt durch weitere Palmen und Büsche, deren Rauschen im Wind wie das Rascheln von Papierfähnchen klang. Darüber hinaus über fünfzig Meter voneinander entfernt. Das erste unübersehbare, nahezu verräterische Detail unseres Abenteuers. Michael kommentierte es augenzwinkernd und drückte mich kurz an sich.

Bildchen in Prospekten versprechen vieles. Sie sind oft genug retuschiert und gaukeln deshalb auch einiges vor. Nur weil man endlich im wohlverdienten Urlaub ist, arrangiert man sich meist sofort mit dem, was sich als nicht ganz so ehrlich erweist. Auch mir wäre nach fast achtzehn Stunden Flug und der Überfahrt egal gewesen, wenn das Meer nicht ganz so blau, die Hütten weniger romantisch und die angebliche Einsamkeit nicht so privat oder gar intim gewesen wäre. Zumal ich immer noch ein wenig daran zweifelte, mich richtig entschieden zu haben. Doch die Bildchen hatten nicht gelogen und das Wort *Abenteuer* sollte am Ende passen. Als hätte jemand diesen Strand, dieses Stück Natur, ja sogar den Himmel und das Meer aus keinem anderen Grund geschaffen als unserem. Unser Bungalow großzügig gebaut. Weit und offen. Ohne Wände und Türen zwischen den einzelnen Bereichen: einem großen zum Schlafen, einem gemütlichen Teil an der breiten aufgeschobenen Tür zur Veranda und einem Bad, so groß wie mein Wohnzimmer in München, nur durch eine riesige Glasscheibe von allem getrennt.

Das Mobiliar sowohl dekorativ als auch nützlich. Eine Mischung aus stilvoll geschnitzten, vermutlich landestypischen Möbeln. Wieder musste ich grinsen, der Kleiderschrank mit seiner farbigen Kassettenfront war viel zu groß. Es schien wohl Leute zu geben, die Monate hier *dafür* verbrachten. Mein kleiner Koffer verschwand in ihm, als ich ihn nach dem Auspacken unten hineinlegte. „Du brauchst nicht viel", hatte Michael gemeint, „etwas für die beiden Flüge, vielleicht einen Schal, wegen der Klima im Flieger, und ein paar leichte Sachen, wenn wir zu den Mahlzeiten gehen. Es ist die ganze Zeit warm und es geht dort ganz ungezwungen zu. Und ansonsten …" Er wusste mehr als ich: die ganze Zeit. Woher nur? Ich schloss den Schrank und sah mich im Raum um.

„Wow!", war alles, was ich sagen konnte, und deutete im selben Moment auf das riesige Bett.

„Alles klar!", lachte er bestätigend mit dem Kopf. Mit den Fingern strich ich über die mit einem dünnen Tuch – ich vermutete aus Seide – bedeckte Matratze. Meine daheim fühlte sich nicht so wohlig an. Zudem war sie auch wesentlich kleiner. Ich ging ums Bett herum und hockte mich vor eine aufwendig verzierte Kommode mit drei breiten Schubladen unter einem Fenster.

„Ist die schön!", rief ich zu Michael auf die Veranda hinaus und strich über die Schnitzereien im Holz. Dann zog ich langsam die erste Schublade auf, fand bunte Decken und übergroße Seidentücher mit Blumenmustern, die ich mühelos als Pareo verwenden konnte. *Du brauchst nicht viel.* Es stimmte. Meine hätte ich zu Hause lassen können. Ich ließ eines durch meine Finger gleiten. Es war tatsächlich aus Seide und wunderschön. Ich schob die Schublade wieder zu und die nächste auf. In der zweiten mit bunten Bändern umwickelte Taschen, dünne Kissen und weitere, dieses Mal festere Tücher. Zwei davon auf einer Seite beschichtet. Darauf ein Zettel mit liebevoller Handschrift: *For your stay on the beach.*

„An alles gedacht", schüttelte ich etwas fassungslos den Kopf und schloss das Schubfach. Die dritte. Sofort hielt ich verdutzt die Luft an und stieß ein verwundertes „Hä?" hervor. Das Erste, was ich sah, waren Handschellen, dann eine halb geschälte Banane und als Nächstes eine gläserne Stange mit einer Kugelstruktur. Die nächsten drei Teile waren eindeutig. Insgesamt acht Dildos in unterschiedlicher Form.

Lachend ließ ich mich auf den Po fallen.

„Wirklich, an alles gedacht. Schau doch mal!"

Michael kam von der Veranda herein, schaute mir über die Schulter und zog die Augenbrauen hoch.

„Langweilig wird es uns jedenfalls nicht", befand er, nahm vornübergebeugt den gläsernen Dildo aus dem Samtfutteral und sah ihn mit großen Augen an: „So sieht meiner nicht aus."

Ich nahm zuerst die Handschellen:

„Damit du es weißt, das mag ich nicht." Er nickte, als sei dies selbstverständlich, dann hielt ich die gelbe Banane in Händen – „Das ist ja etwas skurril, oder?" – und anschließend ein elegant geschwungenes, pinkfarbenes

Teil aus Silikon. „Das gefällt mir ehrlich gesagt am besten von den ganzen Dingern da." Ich stand auf, ließ mich rücklings aufs Bett fallen und rollte den Dildo zwischen meinen Handflächen.

„Fühlt sich total anders an", stellte ich grinsend fest, schloss die Augen, leckte mir gespielt lasziv über die Lippen, umschloss das voluminösere Ende mit einer Faust und glitt auf dem flexiblen Schaft entlang, als hätte ich Michaels steifes Glied in Händen und glitt mit der anderen Spitze über mein gelbes, sommerliches Kleid bis zwischen meine Beine, um dort auf der Haut eines Schenkels darunter zu schlüpfen. Mit einem eindeutigen „Oooh!" und passendem Grinsen erhob ich mich wieder, mein Blick auf den Dildo in der Hand.

„Der volle Hammer!" Absichtlich wollte ich wie ein junges Mädchen auf dem Schulhof klingen, das sich mit Freundinnen in einer Ecke mit zusammengesteckten Köpfen verdruckst und kichernd über *so etwas* unterhielt. Dann strich ich mir zum hundertsten Mal die Haare hinter den Kopf und meinte:

„Ich befürchte nur, heute bin ich dazu noch nicht fähig. Bis du nicht müde? – Lass uns den Rest auspacken und erst mal die Gegend erkunden. Dann sehen wir weiter. Und ein Essen gibt es ja auch noch, oder? So langsam hätte ich nämlich Hunger."

Neben mir auf dem Bett hockend und mit einer neugierig krabbelnden Hand auf meinem Bauch nickte Michael, zog die Hand weg und meinte:

„Bin schon fast fertig. Und wir haben ja noch – fast – alle Zeit der Welt."

Als ich meinen Eltern erzählte, wohin ich in Urlaub gehen würde, und es ihnen ungefähr auf dem Globus zeigen wollte, der auf dem alten Büfett stand, schlug sich meine Mutter entsetzt eine Hand vor den Mund:

„So weit weg, Kind? Mein Gott, Laura, und wenn dir dort was passiert? Die ganzen Männer da! Hast du dir das auch gut überlegt? Und billig ist doch so eine Reise auch nicht."

Nein, billig war die Reise nicht. Mein Sparbuch war vor lauter Lust nun zur Hälfte geplündert. *Die ganzen Männer da ...* Ich schmunzelte und hoffte, der eine würde mir reichen und ich mit ihm das Richtige erleben. Aber vielleicht gäbe es ja dort auch den berühmten Millionär. Genau das sagte ich Mutti.

„Ach Kind! Nimm mich nicht auf den Arm. Aber du gehst nicht allein, Laura, oder?", wollte meine Mutter noch wissen.

„Nein, Mutti wir sind zu zweit."

Und meine Mutter war fest davon überzeugt, dass ich, ihre Laura, ihre Tochter, immer noch ihr kleines Mädchen und einziges Kind, mit einem anderen *Mädchen* in den Urlaub fuhr. Dass ich inzwischen eine Frau geworden war, spielte noch nie eine Rolle.

„Aber für zwei Mädchen ist das wirklich eine gefährliche Reise."

In solchen Momenten schaltete sich dann immer mein Vater ein:

„Else, Laura ist seit ein paar Jahren kein kleines Kind mehr", und dann zu mir: „Und wie sieht es da aus? Du hast doch sicher einen Prospekt."

Einen Prospekt. Um Gottes willen, dachte ich, lachte daher wie ertappt und zog mein Handy aus der Tasche. Dann zeigte ich ihnen die vorbereiteten Fotos vom Strand, den Bungalows von außen, dem Hauptgebäude des Resorts und ein paar von den wenigen Sehenswürdigkeiten auf der Insel. Allesamt von der Homepage des Hotels heruntergeladen. Die verräterischen Bilder vom Schlafbereich ließ ich selbstverständlich weg. Ansonsten wäre Mutter wahrscheinlich in Ohnmacht gefallen.

Auf keinem Bild waren Männer zu sehen. Meine Mutter war beruhigt.

„Ist ja auch schon lange her, dass du mal richtig Urlaub gemacht hast."

Als ich abends ging, drückte Papa mir an der Haustür einen Hunderter in die Hand: „Du weißt ja ..."

Du weißt ja. Ja, ich wusste und dennoch wusste man nie. Die Lektüre eines Reiseführers über die Inselgruppen in diesem entlegenen Teil der Welt klärte auch nicht besonders auf. Die dreieinhalb Seiten über unsere Insel hatten Mühe, nicht nur schöne Fotos von den Stränden und ein paar anderen sogenannten Locations zu zeigen, sondern noch zwei, drei Ausflugtipps zu geben. Nebst einer wirklich kleinen Liste mit typischen Souvenirs von dort wie Kokosseifen, Bilums, Pareos und dem obligatorischen Schmuck. Auch nach zehn Tagen wusste ich nicht, was ein Souvenir nach allem wert gewesen wäre. Ohnehin hatte ich nach zehn Tagen in einer Hosentasche von mir ein besseres gefunden.

Doch an unserem Ankunftstag beschäftigte mich all dies noch nicht. An diesem schlenderte ich zunächst einerseits müde vom Flug und andererseits von den Funden in der Schublade überrascht vom Bungalow über den sanft abfallenden, wie Schnee glitzernden Sand zur Wasserkante hinunter. Meine Arme um mich selbst geschlungen als würde ich frieren oder all das abwehren wollen, was mich in den nächsten Tagen erwarten könnte. Dort tat ich nichts anderes, als im Sand zu sitzen und auf den riesigen, türkis glitzernden Kristall aus Wasser zu schauen, in dem die Sonne gleich spektakulär untergehen würde. Darüber ein paar wenige dünne Wolken und ein tollkühn kurvender Schwarm Seeschwalben, der in der warmen Luft wohl üppige Mengen an Futter fand.

Nackt in einem solchen Blau zu schwimmen, eingerahmt von diesem unfassbaren Weiß des Strandes, das warme Wasser meine Haut umschmeicheln und streicheln zu lassen, war der erste Traum, war die erste Mutprobe, die ich mir vorgenommen hatte und bestehen wollte. Hier laut Prospekt kein Problem. Im Gegenteil. *Genießen Sie all die Freiheiten, die Ihnen die Natur auf unserer außergewöhnlichen, ja märchenhaften Insel schenkt.* Dennoch zögerte ich. Noch nie war ich so in einem Meer geschwommen. Noch nie hatte ich mich an einem Strand, selbst, wenn er kaum besucht war, aus- oder umgezogen. Nur wenn ich früher in einem der wenigen Urlaube mit meinen Eltern bei Bibione ganz weit rausgeschwommen war, zog ich meinen BH manchmal auf meinen Bauch hinunter und ließ die Berührung des kühlen, prickelnden Meerwassers für ein paar Minuten zu, immer mit Blick auf mögliche Gaffer. Am Strand zurück trug ich ihn längst wieder da, wo er hingehörte.

Augenblicke später – ich fühlte mich mit meinen Erinnerungen seltsam herrlich allein auf der Welt – nahm ich eine Bewegung neben mir wahr. Michael hatte sich mit einem leisen, zufrieden klingenden Glucksen neben mich gesetzt. Er zog die Beine an und in der Sekunde drauf streichelte er, wohl wie ich fasziniert von dem Bild vor uns, über meinen Rücken. Ich betrachtete sein Profil von der Seite, atmete tief durch und nahm dabei seinen Duft wahr, den letzten schwachen Hauch seines Aftershaves vom Morgen. Vielleicht lächelte ich deshalb nach einer Weile, weil dieser mich an unsere erste Begegnung erinnerte, die ein solches Abenteuer noch nicht versprach. Dann gab ich mir einen Ruck, zog mich aus, ging langsam zu der eher plätschernden Brandung vor, glitt in das Wasser, schwamm, ohne irgendwas abzuwarten, hinaus und ließ mich, wie erhofft, von dem warmen Wasser streicheln.

Die folgende Nacht bescherte uns, trotz der vielen ungewohnten Geräusche, die einerseits der Wind in den Büschen und Bäumen und andererseits die quakenden, seltsam schreienden und manchmal kieksend klingenden Vögel hinterließen und die das Meer mit seinen ständig, wenn auch sanft anbrandenden Wellen erzeugte, trotz der Verführungen in der Schublade nichts anderes als einen tiefen und guten Schlaf. Zwar für Minuten nackt aneinander gekuschelt, aber ohne weitere Zärtlichkeiten. Nach einem letzten Kuss betrat ich schon das nahezu sehnsüchtig erwartete Land der Träume voller Fabelwesen, Nixen und einem seltsam schönen Satyr, der dem Logo von *Love and Beach* ähnelte. Ich hoffte, es würde mir noch mehr Mut und Lust für die nächsten Tage bescheren.

Am frühen Morgen wachte ich auf. Wie auch die ganzen Tiere um uns herum, die meinten, dies mit ihrem lauten Geschrei kundtun zu müssen. Und auch getrieben von einer bekannten Erregung, die mir der letzte, trotz allem unverhofft erotische Traum geschenkt hatte. Gerade als ein blonder Satyr, ein Mannstyp, den ich nur in den Träumen mochte, sich über mich beugen wollte, hörte ich mich selbst laut schnaufen, vielleicht war es sogar ein leises Stöhnen und ich schaute etwas erschrocken zu Michaels Seite, der aber leise atmend tief im Land seiner eigenen Träume weilte. Geräusche hatten ihn allerdings noch nie gestört. Frankfurt war eine zu laute Stadt. In diesem Moment wäre ich jedenfalls gerne Zeuge seiner Fantasien gewesen, seiner uneingestandenen Wünsche. Ob es in ihnen auch Nymphen oder gar Frauen gab, die ihn erregten? Gab es noch eine andere außer mir oder eine unerwartete, womöglich hässliche Seite, die ich vielleicht erst in den nächsten Tagen kennenlernen würde?

Die ganzen Männer da. Ein Mann reichte, alles zu verderben, ja zu versauen. Ausgerechnet im Flieger – längst war in der Dunkelheit unter den fliegenden Wolkenfetzen nur noch eine unendliche Wassermasse, die im Licht des Mondes und der Sterne wie ein dicker Ölfilm schimmerte, zu erkennen – kamen mir die ersten Zweifel und ich schüttelte den Kopf. Der in den letzten Wochen liebe Michael stellte sich womöglich schon am ersten Abend genau als ein solcher Mann dar, wie Mutti mit „Die ganzen Männer da" meinte. Vielleicht war es tatsächlich nicht nur verrückt, sondern sogar fahrlässig, wenn nicht sogar bescheuert, was ich machte, und naiv hoch drei. Ich sah zu Michael, der schläfrig in einer Zeitung blätterte und anschließend wieder zum Fenster hinaus. Nun aber war es zu spät. Was für ein Blödsinn, jetzt darüber zu grübeln. Ich lächelte ihn wieder an und schob eine Hand zu ihm auf einen Oberschenkel.

Bei meinen Eltern trat ich gerade in den Hausflur, als sich mein Vater an der Wohnungstür zurückdrehte, schaute, ob Mutti hinter ihm stand, dann mich ansah und meinte: „Ich hoffe, er ist gut zu dir. Du hättest es verdient. Bist ohnehin schon zu lang allein. – Philipp ist es wohl nicht. – Leider. – Weißt du, was er macht?"

Ich sog die Lippen ein, schüttelte den Kopf – *Nein, leider!* – und er gab mir einen Kuss auf die Stirn, lächelte und schon stand Mutter neben ihm und fügte hinzu: „Lass mal von dir hören. Wir sind ja keine alten Trottel, Bildchen auf Handys können wir uns auch anschauen."

„Mach ich. Dann bist du neidisch und setzt dich sofort in den Flieger", lachte ich, nahm Mutti in Arm und nickte meinem Vater verschwörerisch zu.

Der grinste wissend zurück und meinte: „Das wäre das erste Mal, dass sie auf den Urlaub anderer Leute neidisch wäre. Hin und wieder eine Woche Gardasee, das ist schon ungewöhnlich oder nach wie vor Bibione, das ist weit genug weg."

„Immerhin wart ihr letztes Jahr in Portugal", widersprach ich.

„Mit den Leuten vom Kirchenchor", schmunzelte er. „In jeder Kirche und Kathedrale hat man sich aufgestellt und ‚Lobet den Herrn' und ‚Du rufst uns, Herr, an deinen Tisch' gesungen."

„Ich weiß, aber du hast mitgesungen", gab ich grinsend zurück.

„Ich konnte ja nicht so tun, als gehörte ich nicht dazu", erwiderte er mit einem verschmitzten Lächeln, „aber keine Sorge, da, wo du nun hinfährst, scheint es keine Kirchen zu geben, oder? – Mutter wird also nicht kommen."

Auf den Fußspitzen stehend gab ich ihm einen Kuss, deutete auf meine Faust mit dem Hunderter: „Danke auch, ich sing ‚Alle meine Entchen', wenn ich da bin."

„Nehmt mich nicht auf den Arm!", schimpfte Mutti und es klang nicht besonders ernst.

Wieder sah ich Michael an, klappte die Bordzeitung zu, dachte an die Szene an der Tür, an Papis Frage bezüglich Philipp und meine Antwort: *Nein, leider*. Das *leider* stimmte und ich war daran selbst schuld. Dann ließ ich den ersten meiner Gedanken raus:

„Wir sind ziemlich verrückt, oder?"

Michael klappte die Zeitung zu, beugte sich zu mir und sah mich fragend an.

„Vielleicht …", fing ich an und kaute auf den Lippen herum, „… bin ich gar nicht die …", *so eine* wollte ich dann doch nicht sagen, „… für die du mich hältst!?"

Jetzt schüttelte er den Kopf.

„Oder ich. Weil du ab morgen siehst, dass ich nur ein Aufschneider bin, ein Angeber und Großmaul. –

Wir werden es uns schön machen. Die Insel und das Hotel sind gut. Dort haben wir alle Freiheiten."

Sein Blick beruhigte. Wie vor ein paar Monaten, kurz bevor wir in seinen Flur traten. Da hatte er mich genauso angesehen.

Nicht einmal fünf Monate war es her, als er mich auf dieser Party, versteckt hinter einem großen, mit Rotwein gefüllten Glas, mit neugierigen Augen verfolgte und beobachtete. Eingeladen von einem Arbeitskollegen, der auf seiner eigenen Geburtstagsfeier hoffte, durch ihn oder einen der anderen Gäste, neue Geschäftsfelder zu finden. Ich lauschte heimlich. Bereits nach einer halben Stunde war klar, dass er der falsche Mann dafür war. Mit einem gewissen Frust meinte er, nach Umstrukturierungen und einer Versetzung fühle er sich nicht mehr kreativ genug.

„Ich weiß, die Zeiten haben sich geändert", erklärte er schulterzuckend, „entweder ich mache mit oder suche mir etwas Neues. Neues hab' ich noch nicht gefunden. Ich bin mit diesem speziellen Marketingzeugs zu sehr in einer Nische. Wenn wir etwas breiter aufgestellt wären, hätte ich vielleicht mehr Ahnung davon. So mache ich noch eine Weile mit. Dann wird man sehen."

Vielleicht suchte ich da schon nach einer Art Trost für ihn. Durch mich. Mit Fingerfood zwischen den Fingern und etwas abgewendet sah er währenddessen mit einem fragenden Blick seinen Kollegen an und deutete fast verschämt mit der Hand auf mich. Der lächelte, nahezu wissend, und erklärte leise:

„Laura, war vor einiger Zeit in unserer Abteilung. Über ein halbes Jahr. Hat neue Ideen kreiert und damit ziemlich viel aufgemischt und nebenbei ein paar von uns den Kopf verdreht."

„Was macht sie?"

„Lizenzen."

Ich fühlte mich geschmeichelt, wurde rot und Michael nickte mir zu. Er trank einen Schluck, versteckte sich wieder hinter dem Glas und scannte mich ziemlich lange ab. An meinen langen Beinen blieb er am längsten hängen.

„Demnach jetzt nicht mehr hier?!", stellte er derweil fest.

Sein Kollege schüttelte den Kopf: „Ist aber noch in der Firma."

Er sah wieder an mir herunter. Ich war immer noch geflasht. Er zog die Brauen hoch und wohl die langen Beine unter dem Sommerkleid ließen ihn den Kopf schütteln. *Die machte sicher irgend'nen Sport, Leichtathletik oder so*, dachte er und erzählte es mir später. Ich weiß, obwohl ich nicht besonders groß bin, wirke ich überlang. Ich lächelte zurück, ging ein paar Schritte zur Seite und sah mein Spiegelbild in einer der Scheiben des Hauses. Die frisch gewaschenen, dunkelblonden Haare stippten nach innen geföhnt auf die Schultern. Mitten im Gesicht die lange Nase. Darunter schmale Lippen, deren Kontur wie kleine Wellen aussehen. Mandelförmige Augen. Grün. Die Farbe sah ich nicht, wusste ich aber natürlich auch so. Kurz erhaschte er meinen Blick im Glas und sah zur Seite. Dann ging ich mit dem leeren Teller und Glas zu dem kleinen Büfetttisch am Zaun. Allein. Ich beobachtete ihn von der Seite und sah, wie er wohl die anderen Männer kontrollierte. War unter ihnen jemand, den er nicht kannte und der daher mein Begleiter sein könnte? Ich schmunzelte, nahm mir von den Sachen und ließ mir Zeit. Da stellte er sich mit dem Rücken zwei Meter von mir entfernt an den Zaun und tat überrascht, mich zu sehen. Ich hob mein Glas. Er lächelte, nickte – *Bisschen langweilig hier, oder?* – und deutete auf mein inzwischen leeres Glas.

Alle Freiheiten. Ich sah ihn von der Seite an. Er war kein Großmaul. Von Anfang an nicht. Eher einer, der erst überlegte, bevor er etwas kundtat oder meinte erklären zu müssen. Großmäuler waren per se großspurig. Michael nicht. Er musste sich nicht produzieren. Auch nicht als Mann. Deshalb lag ich hier und die Schnelligkeit meines Jas dazu hatte auch mit meiner eigenen Schnelligkeit im Flur zu tun. Und jetzt hatte ich ihn gerade nicht aufgeweckt und schaute deshalb beruhigt nach oben. Das Dach des Bungalows war nicht durchgehend geschlossen, sondern in der Mitte gab es eine große, kreisrunde Glasscheibe über dem Bett, die nicht nur durchsichtig, sondern auch wie ein geheimnisvoller Spiegel wirkte, wenn der Raum in der Nacht oder wie jetzt am frühen Morgen etwas erleuchtet war. So sah ich durch das Glas nicht nur den nachtblauen Himmel und Mond darin schweben, sondern in diesem sanft entstehenden Licht auch mich und Michael, von einem der dünnen Tücher aus verführerisch kühlender Seide bedeckt. Als der Mond am Rand der Scheibe angekommen war, schaute ich nochmals zu Michael hinüber. Ruhig atmend lag er auf dem Rücken.

Ich war versucht, ihm übers Gesicht zu streicheln. Sein auffälliges und von Anfang an irgendwie bekanntes Profil reizte mich schon damals an diesem Abend. Längst stand er mit seinem Glas neben mir am Zaun. *Bisschen langweilig hier, oder?* Die Nacht war lau und die Party nicht anders als andere. Um die dreißig Leute. Eigentlich kannte ich alle, aber im Grunde genommen auch wieder nicht. Manche hatten inzwischen zu viel getrunken und wurden laut. Manche schienen sich zu langweilen. Michael stellte nicht eine dieser blöden Fragen, die keiner Antwort bedurften. „Na, auch hier?" oder „Schönes Wetter heute". Ich nippte an meinem Glas und schielte über den Rand zurück. Betrachtete sein Gesicht und dieses Profil, das mich an einen – ich schüttelte unwillkürlich den Kopf und dachte nicht an dessen Namen – jungen Mann erinnerte. Doch das wollte ich zu diesem Zeitpunkt mir selbst gegenüber nicht zugeben. – Bis jetzt.

So fielen mir Michaels hohle Wangen als Erstes auf. Seine große Nase schien die Haut zu beanspruchen – und trotzdem passte alles zusammen. Ein harmonisches, markantes Profil. In jedem Fall anziehend. Er war nur nicht so hager wie ... ich schüttelte den Kopf. Plötzlich meinte er mit lapidarem Tonfall:

„Ist schon komisch, man wird eingeladen und nach nicht einmal einer Stunde hat man keine Ahnung, warum oder in welcher Funktion. Freund? Bekannter? Lückenfüller? – Ich kenn sie alle. Eigentlich hätte ich es wissen müssen." Dann drehte er sich zu mir, lächelte und fragte: „Und? Was machst du hier? Ehrlich gesagt, siehst du auch nicht begeistert aus."

Wie ertappt räusperte ich mich, hob die Achseln, schüttelte den Kopf, wedelte mit einem Arm, verschüttete bei der Aktion prompt den letzten Schluck aus dem Glas auf mein Kleid und verfolgte noch den Tropfen. Sofort zog er eine Packung Tempo aus einer Hosentasche. Er reichte sie mir, statt auf eine für Kerle willkommene Weise gewagt an mir herumzutupfen. Er wendete sich mir lediglich ganz zu. Ich sah ihn die eine berühmte Sekunde an und schaute dann doch auf den Boden. Etwas verschämt lächelnd tupfte nun ich – längst nervös geworden – über den Fleck, der keiner war oder werden würde und fragte:

„Sind das keine Freunde von ... dir?"

„Freunde? Nee. Zwei Arbeitskollegen und deren Freunde. Wie gesagt, ich kenn sie alle, man kennt sich halt. Aber ..." Er hob die Achseln und verzog sein Gesicht. Aber seine Augen strahlten mich an. „Demnach sind es aber deine? Obwohl ... dann würdest du dich doch nicht langweilen, oder?"

„Die Freunde deiner Arbeitskollegen waren mal Kollegen von mir, als ich für den Verlag, bei dem ich arbeite, für ein halbes Jahr in Frankfurt war. Sie meinten, sie wollten mich mal wieder sehen." Mein Kopf wackelte hin und her. Ich war von dem Gesagten über mich vor Minuten immer noch beeindruckt, vielleicht auch verwirrt. „Das haben sie ja dann bei der Begrüßung, und das hat wohl gereicht. – Ist alles schon zu lang her. Zumal ich längst wieder in München arbeite und wohne. Fand ich trotzdem nett. – Immerhin quatsche ich ja jetzt mit jemandem."

„Sehr schön! Find ich prima." Es klang ehrlich. „Dann weiß ich, warum ich hier bin. Ich hab' gar nicht gesagt, wie ich heiße. Michael. Und du?"

„Laura." Ich spürte Wärme ins Gesicht schießen.

„Oh. Ein schöner Name. – Gefällt mir." Er sah mich an, als müsse er sein Urteil prüfen. Mein Kleid war kurz genug. Die Beine hatten es ihm angetan. „Passt zu dir."

Er trank sein Glas aus und ich sah ihn deshalb etwas sprachlos an. Die Wärme in meinem Gesicht wurde zu Hitze. Nicht wegen des Alkohols. Michael sah zu meinem leeren Glas, schwenkte seines und fragte:

„Darf ich dir was mitbringen?"

Mein Kopf machte nicht mehr als eine indifferente Bewegung und ich strich mir die Haare nach hinten. Verlegen antwortete ich:

„Ein Glas Weißwein. Den fand ich ganz lecker."

Michael berührte mit einer Hand kurz meine Schulter. Der erste Schauer. Ich leckte mir ohne Absicht über die Lippen. Mannomann. Was war das heute?

„Alles klar. Den hol ich mir auch."

Augenblicke später war der Abend alles andere als langweilig. Heute weiß ich nicht mehr, worüber wir uns unterhielten. Sicher über unsere Berufe: „Klingt interessant", meinte ich über seinen. Hobbys – „Da müsste ich lang überlegen" – er, demnach hatten wir beide keine. Und über den ein oder anderen Gast. „Der war einer meiner Kollegen", ich, „Der ist es immer noch", er. Wir lachten viel und als morgens um halb zwei die Ersten gingen, war vor allem ich noch aufgedreht genug, sodass ich sein „Kommst du noch mit?", ohne lange nachzudenken, sofort mit „Ja" beantwortete.

Jetzt betrachtete ich also sein Profil und dachte an diesen Abend, diese laue Nacht, an unsere Gespräche, unser Lachen, die ein oder andere eher scheue Berührung von ihm an meinem Arm oder der Schulter und an das, was danach nahezu unaufhaltsam passierte, als die Tür mit einem Plopp ins Schloss fiel. Sah dabei im spiegelnden Glas über uns das Seidentuch, das ihn und auch mich wie eine zweite Haut bedeckte, und wie sich mit einem Mal, unter dem Nichts des Stoffs sein Glied zuckend bewegte und langsam streckte. Ich schmunzelte amüsiert, wurde ich doch zum ersten Mal Zeugin der morgendlichen Erektion eines Mannes. Der Satyr aus meinem Traum vorher nahm Gestalt an. Noch schläfrig, aber verwundert genug über die Geschwindigkeit, sah ich dem Schauspiel zu.

Nahezu gleichzeitig machte sich ein Kribbeln in mir breit, ein wohliger Schauer begann meinen Körper zu erobern und ich bekam eine Gänsehaut. Auch wenn ich wusste, dass es nichts mit mir zu tun hatte, er wahrscheinlich nicht einmal von einer Frau träumte, fand ich genau diesen Gedanken nun erregend.

Nach nicht einmal einer Minute lag Michaels Glied trotz des Stoffes deutlich sichtbar auf seinem Bauch. Ich drehte mich ganz auf den Rücken und sah nach oben. Der Mond war weitergewandert und nicht mehr in der

Scheibe über mir zu sehen, dennoch ließ er den Raum genügend hell schimmern und ich konnte tatsächlich uns beide sehen, trotz des feinen Netzes, das vor stechenden Insekten schützte. In dem blank polierten Glas spiegelte sich nahezu das ganze Bett, der dünne Stoff, der sich kaum gefaltet an unsere Körper schmiegte und sie mit seinem Muster neu zu zeichnen schien. Mein rechtes Bein lugte unter ihm hervor und ich klimperte mit den Zehen, während eine Hand von Michael für einen Moment in die Luft griff. Sein Glied straff aufgerichtet. Ich atmete tief ein, spürte eine Gier, fuhr mit den Händen über den dünnen Stoff und meinen Körper. Das Geräusch des leisen Reibens erinnerte mich an das Zurücklaufen des Meeres im Sand. Ich lächelte, auch meine Spitzen waren mittlerweile deutlich sichtbar. Mit den Fingerspitzen spielte ich mit ihnen, als seien sie kleine Schalter. Jedes Klicken erzeugte einen weiteren Schauer. Ich glitt weiter und unwillkürlich zog ich den Bauch ein. Selbst durch das Tuch fühlte ich meine Haut, die Wölbung meines Schoßes. Eine Erinnerung an ein altbekanntes Gefühl, als ich als junges Mädchen meinen Körper erforschte und kennenlernte. Am liebsten hätte ich nun auch Michael gestreichelt. Doch sein Gesicht zeigte einen herrlich entspannten Schlaf. Ob er wohl doch von mir träumte? Schon schob sich vor meinem geistigen Auge sein Körper auf mich. Aber das Tuch störte. Ich schlug das dünne Etwas zur Seite und betrachtete meine Nacktheit. Ein paar Schweißtropfen blitzten wie kleine Kristalle überall auf der Haut. Auch zwischen den Schenkeln. Wissend wischte ich mit einer Hand über den seit ein paar Wochen glatt rasierten Schoß und hielt gleich darauf die Luft an. Bloß keine falschen Töne jetzt. Langsam stellte ich meine Beine etwas auf, sah abwechselnd weiter auf seine Erektion unter dem Tuch und in das spiegelnde Glas über mir, glitt mit den Fingern über die Brüste und in meinen Spalt, zuckte, spitzte die Lippen, nahm wieder Luft und stieß den Atem so leise wie möglich aus. Sah meinen Blick und die so nie wahrgenommene, eigene Nacktheit und malte mir aus, was Michael wohl von mir träumte, und als ich mit einem Finger in mich eindrang, spürte ich ihn. – Es ging nicht anders, ich brauchte Erlösung.

Mit ungefähr dreizehn entdeckte ich meinen Körper und damit Sexualität. Es war nicht die unbewusste Variante, nicht ein Zufall, von dem die Mädchen-Zeitschriften berichteten: *Sicher hast du schon mal ...* Vielleicht hatte ich auch schon mal, dann jedoch, ohne mich daran zu erinnern. Aber an dieses erste Mal erinnere ich mich genau. Allerdings geschah dies mit Wut und Ungeduld im Bauch. Verschämt, mit dem sicheren Gefühl, etwas Verbotenes zu tun. Eine Hand unter meiner Pyjamahose, die andere auf den zu dieser Zeit noch nicht allzu fraulich wirkenden Brüsten. An einem Tag, der von Anfang an nicht gut gelaufen war. Voller Ungeduld mitten in der Nacht, mit spitzen Ohren, eine Stunde, nachdem meine Eltern ins Bett gegangen waren. Im Kopf die pludrige Anleitung und diffuse Vorstellung davon, wie Mädchen es machten, und was sie damit erleben wollten. Aber als Minuten später ein sonderbares, vor allem bis dahin unbekanntes, besser unbewusstes Gefühl in und über meinen Körper zu kriechen schien, hörte ich wohl kurz vor dem, was sie Orgasmus nannten, auf und drehte mich auf die Seite.

In meinem Kopf dennoch, hartnäckig grinsend, der Morgen nach dem Schulschwimmen, als ich verstohlen, vielleicht auch längst eingeschüchtert, den anderen Mädchen in der Umkleidekabine zuhörte, die grölend und feixend damit angaben, wie toll sie seien, wie vielen Jungs sie bereits erfolgreich den Kopf verdreht und mit welchen – allerdings leise mit zusammengesteckten Köpfen – sie ihre Erfahrungen gemacht hatten und sich hinter vorgehaltener Hand darüber lustig machten. Ihr süffisanter Blick dabei unablässig auf mich gerichtet. Auf die kleine Laura mit den langen Beinen, die keinen Arsch in der Hose hatte, und es gerade deshalb, wohl noch Jahre dauern würde, bis ich wüsste, wie es geht. „Wie soll die das wissen? Die fasst sich sicher selbst nicht an, guckt nur, wie katholisch die sich abtrocknet ... und deshalb nicht weiß, wie's geht, die hat ja da unten auch nix und oben hapert's. Also alles unbekannte Gebiete", behauptete eine von denen johlend und eine andere rief:

„Deshalb wird der Alex Loibl ihr auch nie an den Hintern packen. Da is' ja nix."

Gleich darauf fuhr sie sich mit beiden Händen über ihren nackten Po, streckte ihn raus, schwenkte ihn provozierend hin und her und machte „Uuuh uuuh".

Auf die Finger vom Loibl konnte ich gut verzichten. Es reichte, was die Gören sich so erzählten. Wenn es denn stimmte. Schon ging's weiter:

„Wenn ich mal 'nen Freund hab', muss der auch so 'n Kreuz haben wie der Alex."

„Logisch. Und ein paar Muckis. – Inka und ich haben mal bei ihm geklingelt. Leider hatte er keine Zeit. Hat aber gemeint, wir sollen später wiederkommen. Das ist doch vielversprechend, oder?"

„Und? Habt ihr's gemacht?", fragte eine andere grinsend und prüfte dabei ihre Brüste.

„Nee, bis jetzt noch nicht, war ja erst letzte Woche."

„Wahrscheinlich als er mir 'n Eis spendiert hat", meinte die erste, „ich bin nämlich einfach mit ihm nach Haus gelaufen, obwohl er ganz woanders wohnt, aber jetzt weiß er Bescheid", lachte sie und sprang dabei nackt, wie sie war, und schon ganz Frau in der Ankleide herum. *Angeberin,* dachte ich da noch, sah neidisch zu den anderen, die auch schon weiter als ich waren, zog mir hektisch mit hochrotem Kopf meine Sachen an und hetzte nach Hause. Wahrscheinlich würden sie jetzt Woche für Woche eine neue Story erzählen. Die Hälfte davon sicher erfunden. Trotzdem wollte ich *das* am Abend nachholen, von wegen anfassen. Hatte ich zwar sicher schon getan, aber wohl nicht richtig gemerkt. Jedenfalls wüsste ich dann, um was es ginge, und ob es sooo großartig wäre. Am nächsten Tag würde ich also mitreden können.

In dieser Nacht boxte ich neben mir in das Kopfkissen, dachte an das blöde Geschwätz der Tussi, an die lachenden Gesichter und das dusselige Herumgehopse der anderen Mädchen und mein Vorhaben. Ärgerte mich und drehte mich mit Tränen in den Augen wieder auf den Rücken. Fluchend warf ich die Decke vom Bett und zog mich aus und schaute prüfend an mir herunter. Ja verdammt, mein Körper war noch nicht so weit, aber die Härchen und Brüste würden sicher noch sprießen.

„Lass die anderen nur reden. Die werden schon noch merken, was sie sich selbst damit antun. Bei manchen Mädchen dauert es halt etwas länger", versuchte Mutti mich zu trösten, weil ich ihr heulend davon erzählte, „ich war sechzehn oder siebzehn, als ich mir wie eine Frau vorkam. Du bist dreizehn. Was hast du es so eilig?"

„Okay", dachte ich in der Nacht auf dem Bett liegend, „aber manchmal ist das scheiße, wenn man keine Ahnung hat oder nicht so mitreden kann." Gleichzeitig erinnerte ich mich an die Tipps in der Mädchenzeitschrift, die ich mir ab und zu heimlich vom Taschengeld kaufte, im Ranzen versteckte und sammelte. Manche gab ich dann Bettina. Doch mit ihr darüber zu sprechen, klappte nicht immer. Vielleicht hatte ich sie auch auf dem falschen Fuß erwischt. „Klar, Laura, macht doch jede von uns ... irgendwann mal ... aber ich kann dazu nicht so viel sagen ... ist nun mal so ... ist mir auch noch nicht so wichtig ..."

In einer stand auf jeden Fall, wie ich es machen könnte. *Mach es dir gemütlich und spreize deine Beine. Lass dir Zeit und denk dabei an etwas Schönes. Tu, wenn du magst, ein bisschen Spucke auf die Finger, dann geht es leichter, und mit diesen streichst du dann mal langsam, mal schnell über deine Klit.*

Man darf lachen. Ich musste das Wort tatsächlich nachschlagen und suchen, obwohl ich – natürlich – etwas ahnte. Klit. Klang so komisch. *Lass dir Zeit und denk dabei an etwas Schönes.* Ich ließ mir Zeit. Mit nassen Fingern. Und das Schöne, an das ich dachte, war das Wasser eines warmen, sanft wogenden Meeres, so wie das in Bibione, das mit seiner leichten Brandung weit draußen meine Haut streicheln würde. Minuten später gab ich mich mit spuckenassen Fingern dieser Illusion hin. – In derselben Körperhaltung wie gerade eben.

Dieses erste Mal war unbeschreiblich. Dieses erste Mal machte mich neugierig. Dieses erste Mal war wie ein Schatz. Ich erfuhr von einem ganz besonderen Geheimnis. Unwahrscheinlich, dass die komischen Mädchen davon eine Ahnung haben wollten – so wie sie darüber redeten, schämten sie sich, diese Gefühle entdeckt zu haben. Ich aber war stolz darauf.

Das mit den Härchen wurde nichts. Auch nicht mit einer weiblicheren Hüfte. Ich blieb eher bei der Ausgabe „Lange schöne Beine und nicht viel Po". Okay, damit kann ich inzwischen leben. Dafür wurden meine Brüste größer und, wie ich finde, sogar schön. Was die Härchen anbetraf, war es ohnehin egal geworden. Schau ich in Illustrierte, den Fernseher oder die Ratgeber im Internet, sehe ich nackte Frauen oder welche mit Bikini – auch Frauen in meinem Alter –, die höchstens noch briefmarkengroße Reste dieser Weiblichkeit zeigen. Als wäre die Stelle ein Bermudadreieck ihrer weiblichen Sexualität, die ihre Unschuld bewahren würde, weil man ihnen weisgemacht hat, dass sie nur als glatt rasiertes *my Baby* erotisch aussähen und einen Mann bekämen. Auf ein paar Seiten weiter hauchten sie mit aufgespritzten und knallroten Lippen wie zur Bestätigung und Animation *Daddy* in die Kamera. Nein, so wollte ich dann doch nicht sein.

Wie zur Ablenkung schüttelte ich den Kopf. Das alles war doch schon viele Jahre her. Und danach gab es Monate, die mir viel schönere Geschichten erzählten. Eine davon war besonders schön. Ich selbst hatte nur den Schluss vermasselt. In diesem Moment bemerkte ich, wo ich war, und als ich deswegen schnaufend Michael ansah, lag er nackt und ausgestreckt neben mir. Eine Faust um sein vollkommen erigiertes Glied. Mit der einzig möglichen Bewegung. Kurz schaute ich zu und er sah mich an. Meine Schenkel immer noch weit auseinander, zwischen diesen – wie einst – drei Finger meiner Hand, die im langsamen Auf und Ab in mich selbst tauchten. Meine Zähne in die Unterlippe beißend hauchte ich mit belegter Stimme:
„Komm!"

Zwei Jahre später war Schluss mit dem Schwimmunterricht und das Mädchen, warum auch immer, nicht mehr an unserer Schule. In den Pausen unterhielten wir uns ab und zu, nur Bettina und ich, über unseren aktuellen Schwarm. Über sein Aussehen, seine Kleidung und seinen Musikgeschmack. Der eine Depeche Mode, der andere Eminem.

Oft stand ich mit ihr, meiner einzigen Freundin, die ich zu Schulzeiten hatte, am Ende der Fahrraddecke. Wir redeten über die Klassenarbeiten, ihre Eltern, die ihr allmählich auf die Nerven gingen, und über das, was man am Nachmittag noch zusammen unternehmen könnte. „Treffen wir uns um vier in der Eisdiele?" Wir quasselten über die Hausaufgaben, die Noten, die Mayer, den Kollweit, die Kaczmarek, die ganzen Lehrer und ihre Fächer. Kamen Jungs herein, verstummte unser Gespräch. Obwohl wir Sex und solche Sachen ausließen. Mein Geheimnis und das, was es offenbaren könnte, behielt ich für mich. Es reichte mir, zu sehen und zu hören, wie die anderen sich an ihren Tischen wohl darüber unterhielten und erwachsener taten, als sie waren. Nur wenn Christian, Philipp oder Bernhard aus der Klassenstufe über uns kamen, um mit ihrem Rad nach Hause zu fahren, schaute ich leise kichernd auf den Boden, presste die Lippen aufeinander und verstummte. Der einzige Moment, in dem Bettina und mir klar war: Da war was. Manchmal grinsten die Jungs rüber und machten irgendeinen Spruch. Philipp: „Na, wie läuft's? Alles klar? – Schule schon aus? Soll ich dich mitnehmen? Wohnst doch in der Ludwigsfelder, oder? Kannst ja hinten draufsitzen." – „Hab noch Nachmittagsschule", erwiderte ich, „morgen vielleicht?"

Bettina fragte dann „Wen?" und ich antwortete rot geworden:

„Philipp." Eine Begründung brauchte das nicht. Philipp, nächstes Jahr in der zwölften. Alle Mädchen aus meiner Klassenstufe waren hinter ihm her. Sagten sie. *Der ist süß. Der ist anders. Der ist so still. Der hat was. Der hat noch keine. Der wär' was für mich.*

Warum also nicht auch für mich? Musterschüler. Nicht Gruppe „Hübsch", sondern eher „Stille Wasser sind tief". Jede von uns sah sein Pop-Idol in ihm. Von Billy Idol bis Chad Kroeger, den ich mochte. Mit keinem hatte er auch nur einen Hauch von Ähnlichkeit. Aber die Fantasie machte ihn zum Star. Ich war mir sicher, keine Chance zu haben. Er hatte ja die freie Wahl: Sarah, die Strohblonde, seitdem sie zwölf und trotzdem schon ganz Frau war, verdrehte sie allen Jungs, einschließlich der Abiturienten, den Kopf. Barbara, schwarze Haare, schwarze Augen, unsere Spanierin, obwohl sie nicht von dort kam, aber mindestens genauso geheimnisvoll war. Oder Franziska, die Quirlige, halblange, dunkle und wehende Haare, eine Unterhaltungskanone, ständig gut gelaunt und mitreißend ...

„Kannst du haben. Der ist mir zu dünn", meinte Betti kichernd, „ich nehm Christian. – Unbesehen. *Den* find ich süß." Ich war platt und sah sie verdattert an. Als Philipp sich auf sein Rad setzte, ging ich an ihm vorbei und grüßte ihn so selbstbewusst wie möglich und er sah mich lächelnd an. Träumen war ja wohl erlaubt.

Tage danach fragte er mich tatsächlich und ich nickte schüchtern, rot geworden und auch stolz. Zum ersten Mal hatte mich ein Junge angesprochen, ohne einen blöden Spruch zu machen. Im Gegenteil.

„Setz dich vor mich. Hinten fällst du mir sonst noch runter."

Es dauerte, bis ich einigermaßen gut, zwar schief, aber ohne zu wackeln, auf der Stange Halt fand. *Na, ihr blöden Weiber, seht ihr? Philipp nimmt mich mit!* Links und rechts an mir vorbei seine Arme. In jeder Linkskurve berührte ich auf Höhe meiner inzwischen etwas größeren Brüste seinen Oberarm, und wenn er in die Pedale trat, kippte mein Kopf auf seine Schulter. Zu Hause verabschiedeten wir uns ziemlich ungelenk voneinander. Klar, ich hatte keine Chance, oder? Trotzdem gab Philipp mir einen Kuss auf eine Wange – „War schön. Morgen wieder?" Ich nutzte die Gelegenheit mit einer schnellen Umarmung – der Kuss war wirklich schön – „Bis morgen".

Vielleicht ein oder zwei Sekunden sah er mich mit leicht zusammengepressten Lippen an und ich ihn genauso mit weit aufgerissenen Augen. Er lächelte, ließ den Arm, den er gerade noch um mich gelegt hatte, langsam sinken und damit seine Hand über meinen Arm streichen, bis sie auf meiner Hand angekommen war und er setzte sich wieder aufs Rad. Wahrscheinlich etwas blöde lächelnd schaute ich ihm dabei zu. Kämmte mir ständig die Haare hinter die Ohren, hob halb entschlossen eine Hand, wedelte mit der vor meinen Brüsten, als würde ich irgendwelche Flecken auf einer Glasscheibe wegputzen oder etwas zurechtrütteln wollen, quasselte etwas von „Ja, bis morgen" und ich vermute auch „Ich freu mich" und andere Sachen wie „Schönen Tag noch" oder „Fahr vorsichtig" oder sonstigen Blödsinn. In meinem Kopf purzelte alles durcheinander und in meinem Bauch machten sich die berühmten Schmetterlinge auf, flatterten umher, stießen mit ihren Flügeln an meine Lunge, sodass ich begann komisch zu atmen und an mein Herz, das gleich darauf immer lauter schlug und sich deshalb wie ein Beben anfühlte. Ich dachte, Wackelpudding zu sein.

Als er längst um die Ecke gebogen war, kämmte ich mir immer noch die Haare hinter die Ohren und berührte mit den Fingern die Stelle auf meiner Wange, auf der sein Kuss gelandet war. Wow! Was war das denn gerade?, schoss mir durch den Kopf und ich ging sicherlich etwas wackelig auf unser Haus zu. Ich zitterte. Aber nicht weil ich fror, sondern weil mir warm, ja sogar heiß geworden war, und das fühlte sich verdammt gut an. Kurz vor der Haustür schaute ich zum Küchenfenster. Mutti sah ich nicht in ihm.

Zwei Wochen später auf der Schulparty. Wir hatten von der Musik und dem Gehopse die Nase voll. Vielleicht wäre egal gewesen, welche Musik gelaufen wäre.

Wir stahlen uns davon, mein Herz raste, neben mir zum ersten Mal ein Junge. Der, für den ich schwärmte. An dessen Profil ich mich nicht sattsehen konnte. Vorne an der Ecke griff Philipp nach meiner Hand, sah mich kurz verlegen mit eingesogenen Lippen an, deutete mit seinem Kopf in die andere Richtung und ging mit mir daher nicht an der Straße, sondern den Fußweg zu den Sportplätzen entlang. Nur ein anderes Pärchen hatte sich noch hierhin *verlaufen*. Sie nutzten die schwache Beleuchtung und knutschten an einen Baum gelehnt. Ich schaffte es gerade noch, nicht zu prusten. Ob Philipp etwa dasselbe bei mir vorhatte?

„Du hast auch die Mayer in Deutsch?", fragte er und ich nickte, überlegte, was ich fragen könnte, aber in meinem Kopf waren gleichzeitig ein unglaubliches Herumtoben und ein Vakuum.

„Die ist ganz gut", antwortete ich nur. Nach einer Sekunde fiel mir ein:

„Kollweit ist auch da."

„Muss er ja. Mindestens ein Lehrer muss ja Aufsicht machen."

Wieder nickte ich. Seine Hand hatte meine fest umschlossen und nun verschränkte er seine Finger mit meinen. „Wow", dachte ich, „was für ein Gefühl." Sein Daumen streichelte unruhig einen Finger, es war eher ein Reiben.

„Er ist ja nicht allein. Die Huber ist auch da."

Wir waren bei den Sportplätzen angekommen.

„Die haben vorhin sogar zusammen getanzt." Ich sah, dass er grinste. „Stehblues", sagte er leise. Wir bogen von dem Weg ab und gingen am Zaun der Tennisplätze entlang. Hier war alles dunkel. Mein Herz raste nicht mehr, es donnerte. Es glich einem Stück, irgendeiner Symphonie, die wir neulich im Musikunterricht hören mussten. Die Pauken setzten ein. Bumm – bumm

– bumm. Schneider, unser Musiklehrer, den alle, natürlich auch wir, wegen seiner Frisur nur Karajan nannten, war vollkommen entzückt.

„Die hängen auch in den Pausen immer zusammen."

Philipp war stehen geblieben und zog mich an sich. Wieder mehr als ein *Wow* tauchte in meinem Kopf nicht auf. Er umarmte mich und meine Arme machten es seinen automatisch nach. Eine Hand von ihm schob sich an meinem Rücken hoch über den Nacken und landete in meinen Haaren. Ich schaute auf, Philipp war einen guten halben Kopf größer als ich, und er küsste mich. Kein Geknutsche, wie bei den anderen beiden, sondern ein vorsichtiger Kuss auf meine Lippen. *Vielleicht haben die was miteinander,* wollte ich sagen, aber es spielte keine Rolle mehr. Ich streichelte seinen Rücken, erwiderte den Kuss und er wiederum meinen. Seine Hand in meinen Haaren begann meinen Kopf zu kraulen. Beim nächsten Kuss öffnete ich meine Lippen, unsere Zähne klackten aufeinander, wir mussten lachen, wiederholten den Kuss, schon klappte es besser, seine Zungenspitze flirrte zu meiner, ich schluckte, hatte die Augen zu, hatte sie offen, wie er, immer im falschen und richtigen Moment, ließ sie dann offen wie er, sah in seine blauen Augen, da wusste ich schon, dass er blaue Augen hatte, seine Hand – Wo war die zweite? – streichelte mein Gesicht, die zweite – da war sie – auf dem Rock über meinem Po, mein Vokabular war eingeschränkt, bestand nur aus einem Glucksen und – den Rest hatte ich bereits vergessen, die Hand krempelte den Saum hoch und Philipp schob sie darunter. Wieder grunzte ich so etwas wie *Wow* und wollte nicht hintenanstehen oder mich blamieren oder ihn enttäuschen, wollte nicht, dass er aufhörte, dass es aufhörte. Dieses Gefühl, dieses langsam entstehende Kribbeln in meinem Bauch und Kopf, das entsteht, wenn ich es mir selbst machte, wollte ich mit ihm genießen. Daher ließ ich meine Hand von seinem Rücken auf seinen Po sinken, rutschte auf seinem Gürtel vor und fasste daraufhin mutig von außen an seine Hose. Ich spürte etwas, aber der Stoff der Jeans war zu dick. Das an meiner Hand hatte nichts mit dem zu tun, was in meiner Mädchenzeitung stand. Seine Hand wanderte derweil zwischen meine Beine. Der Rock fiel am Po wieder herunter. Und in den nächsten wenigen Sekunden war ich kein Mädchen mehr, sondern zu einer jungen Frau geworden, die ungeduldig eine Hand bei einem Jungen hinter den Gürtel auf die Beule seiner Unterhose schob. Gleichzeitig machte ich einen kleinen Schritt zur Seite. Mir wurde heiß und auch etwas schwindelig. Ich taumelte, musste schlucken, denn ein Finger von ihm hatte einen Weg gefunden und wohl dank meiner Hand bekam er einen Steifen und in der Sekunde drauf spürte ich, wie der Stoff seiner Unterhose feucht wurde.

Das Loch ausgerechnet an *der* Stelle meiner Strumpfhose wollte ich zu Hause lieber nicht erklären müssen. Ich warf sie weg, wie in dieser Nacht die Decke aus meinem Bett. Dann zog ich mich aus, machte es mir und dachte an Philipp.

Michael war weder ein Aufschneider noch Angeber noch Großmaul. In diesen Minuten war er der Mann, der einem kurzen Traum nicht nur ein vages Bild, sondern auch das notwendige Gefühl gab. Eines, für das allein sich die Reise schon gelohnt hatte. Das damals mit ihm im Flur war überraschend schön und befriedigte – mehr allerdings auch nicht. Aber das gerade hätte gereicht, um über Zukunft nachzudenken.

Andererseits war das damals im Flur vielleicht verrückt genug und auch notwendig gewesen, um überhaupt auf die Idee für eine solche Reise zu kommen und diese dann auch noch zu tun. *Ich hoffe, er ist gut zu dir.* „Ja, Papa, er ist gut zu mir. Und ich hoffe, es war für euch damals genauso geil wie für mich gerade eben", dachte ich. So etwas hat jeder verdient.

Kaum vorstellbar, dass ich je den Inhalt der Schublade *dafür* brauchen würde. Schon gar nicht die Handschellen. Alles würde ich Michael erlauben, aber Gewalt, und sei sie noch so soft, kam nicht infrage. Dann doch eher ein Spiel mit einem der Dildos. Fremd und doch intim, ein wenig gewagt und erotisch genug. Ich hörte die Stimme der Frau im Internet, als sie den Gebrauch eines solchen Teils beschrieb. *Dieser flexible Stab ist wie geschaffen für eine Massage der Extraklasse, mit ihm kannst du nach Lust und Laune entscheiden, was dir beim Liebesspiel größere Freude bereitet.* Die Frau stand vor der Kamera, wie unlängst eine Kollegin neben meinem Schreibtisch. In den mitgebrachten Ordnern ein unlösbares Problem, bei dessen Schilderung sie genauso klang. Ihr Rock genauso unentschieden kurz und ihre Stimme etwas affektiert und fürchterlich neutral. Von vornherein war klar, sie wäre nicht schuld, wenn die Lösung nicht funktionierte.

Ich musste an die halb geschälte Banane denken und schüttelte den Kopf. Die Natur hatte wärmere und viel effektvollere Lösungen parat – und diese würden mir sicher mehr Lust bereiten, zumal ich befürchtete, laut loslachen zu müssen, wenn ich dabei an die Stimme der Frau dachte.

Minuten bleiben wir mit unserem Schweiß aneinandergeklebt liegen. Jede Bewegung schmatzte wie ein nasser Kuss oder das Matschen vorne im nassen Sand. Ich schloss die Augen und dachte an den Gedanken im Flieger: *Sich einfach fallen lassen, wäre das Beste.* Ich tat es. Was ich gerade erlebt hatte, war dieses Abenteuer wert.

Wohin es führen könnte, würden die nächsten Tage zeigen. Noch hatte ich nicht den Eindruck, in einen Dschungel voller Gefühle, noch zu klärender Fragen und Vorstellungen geraten zu sein, aus dem ich nicht mehr entrinnen konnte. Über die ganz großen Gefühle und deren Konsequenzen hatten wir beide bislang nie gesprochen. Nach dem Flur wurde eine seit Jahren verschwommene Idee von Lust bei mir die Idee für diesen Urlaub. Im Grunde wollte ich auch nichts weiter erwarten. *Vergessen Sie Ihren Alltag ...* Der Prospekt log mit keiner Zeile.

Vergessen Sie Ihren Alltag und alles, was Sie bisher über Urlaub zu zweit gelesen haben.
Vergessen Sie alles, was Sie bisher über zuvorkommenden oder zurückhaltenden Service gehört oder gelesen haben.
Vergessen Sie alles, was Sie dabei bisher in irgendeiner Weise eingeschränkt hat.
Ihr 160 m² großer Bungalow schützt Sie vor neugierigen Blicken. Zimmernachbarn gibt es nicht.
Wir umsorgen Sie von A bis Z, ohne aufzufallen, ja, ohne gesehen zu werden, wenn Sie es nicht wünschen.
Sie teilen uns gegebenenfalls Ihre Vorstellungen über den Verlauf der Tage mit. Wir tun unser Möglichstes, damit Ihre Wünsche in Erfüllung gehen.
„Love and Beach" ist das außergewöhnlichste Resort dieser Art.
Versprochen!

Ich trinke selten bis gar nicht, rauche nicht, war nie verheiratet. Hatte dennoch einige Männer, auch für nur eine Nacht, denn ich mag körperliche Nähe, Wärme, Berührungen, ich mag Sex. Allerdings nicht in harter Manier. Selbst in meinen manchmal wilden Träumen nicht. Ich will mich nicht schlagen oder peitschen, mich ans Bett fesseln lassen oder Gummianzüge überstreifen müssen. Kann ich mich gehen lassen, ohne die Hand auf den Mund zu pressen, weil ich genau in diesem Moment an die Nachbarn denke oder glaube, was und wie man es macht, sei unanständig, ist für mich wild genug. Sex hat vielleicht deshalb nicht immer Spaß gemacht, jedoch recht häufig. Der mit Michael bisher immer.

Aus einem Nachbarbungalow schallte ganz leise *1999* von Prince herüber. Uralt, aber gut. *I only want you to have some fun.* Rate mal, warum ich hier bin, grinste ich und sah unsere unbekannten Nachbarn wie zwei Jugendliche nackt und wild herumhüpfen. Es war ein Gute-Laune-Song. Etwas für Hupfdohlen. Für etwas anderes schien mir der Rhythmus nicht passend. Wahrscheinlich waren sie tatsächlich jung und sie hatte den knackigen Körper – wie auch immer ein solcher aussah –, den ich mir immer gewünscht habe. Ich hob die Achseln und sah an mir herunter, es gab da eine Moderatorin im Fernsehen, war die nicht sogar Model? Mir fiel der Name nicht ein. Die hatte einen ähnlichen Körper – bildete ich mir ein – und – Erfolg.

Zu Hause empfand ich wegen der Spiegel meine Figur nämlich eher zu normal als sexy und für einen solchen Urlaub ungeeignet. Ohnehin empfand ich bis jetzt alles *eher zu* an meinem Körper: Der Po *eher zu* schlank, ja fast spitz, dafür der Bauch *eher zu* dick, die Brüste waren seit der Sache mit den Mädchen zwar gewachsen und – zugegeben – gut geformt, aber mir doch *eher zu* klein, die Beine nicht nur *eher zu* lang, sondern viel zu lang und die Schultern *eher zu* breit. Mein Rücken, den ich nun musterte, gefiel mir bisher genauso wenig. Mein Gesicht hingegen empfand ich als schön, wie auch die dunkelblonden nun halblangen Haare. Aber ansonsten fühlte ich mich einfach überlang. „Du könntest Leichtathletin sein", meinte mal eine Freundin zu mir und ich lachte. Demnach war das Frau genug für Lust und Sex. Michaels Worte: „Du bist mehr Frau, als du immer denkst und sagst". Warum kam ihm gegenüber das große Gefühl nicht zustande? *1999.* Ich lächelte und knuffte Michael in die Seite. Die nächste Zeile stimmte: *We could all die any day, Oh! But before I'll let that happen, I'll dance my life away* und ich sang mit. *1999 ...*

Alle zwei, drei Monate kam meine Cousine aus Dasing zu Besuch, natürlich mit ihren Eltern, Tante und Onkel. Papis Bruder Harald. Es war jedes Mal ein großes Trara, als hätte man sich Jahre nicht gesehen. Auch Papi verdrehte manchmal die Augen. Karin, meine Cousine, war ein halbes Jahr älter und ein vollkommen anderer Typ als ich. Sie war auch groß, vielleicht lag es an den Genen in der Familie, hätte aber auch, wie diese Barbara aus der Schule, als Spanierin oder Italienerin durchgehen können. Vielleicht auch wegen dieser Barbara konnte ich sie nicht besonders gut leiden. Es gab außer Pferden kein Thema, über das ich mich mit ihr länger unterhalten konnte. Ich mochte und mag Tiere, war auch oft mit meinen Eltern oder Großeltern im Münchner Tierpark Hellabrunn. Besonders gerne war ich in der damals neuen Dschungelwelt mit ihren unzähligen frei umherfliegenden Vögeln und den Leguanen. Es gibt nun mal noch ein paar Tierarten mehr als Pferde, die einen faszinieren können. Eine Zeit lang wollte ich sogar dort Tierärztin werden. Aber Karin schweifte nach ein paar Minuten immer ab und hatte nur dieses eine Thema. „Ich sag nur, setz dich auf ein Pferd, dann weißt du, was ich meine." Mochte ja sein, aber wie geht es sonst so? Hast du schon 'nen Freund?

Hast du schon Notting Hill im Kino gesehen? Wie war dein Zeugnis? – wollte ich fragen und tat es nicht.

An diesem Wochenende schaute Karin mich den ganzen Nachmittag besonders genau an. Ich bildete mir ein, abschätzend, mümmelte nebenbei an ihrem Stück Zwetschgenkuchen mit Sahne und ich sah jedes Mal kritischer werdend an mir runter, um den Fehler zu finden. Dabei fielen mir die Gören vom Schwimmunterricht ein. Als sie spätabends endlich wieder nach Hause fuhren, sie hatte mich die ganze Zeit über wirklich genervt – *Wusstest du, dass Pferde sehr intelligente Tiere sind?* Mein Gott ja, andere auch –, erzählte ich meinen Eltern von ihrem komischen Blick. Papi zog lächelnd die Brauen hoch und meinte:

„Die einen Mädchen sind so, die anderen so. Vielleicht ist sie ein wenig neidisch auf deine langen Beine. Ich finde, du hast wirklich schöne …", er machte mit der Hand eine Bewegung, „… wie eine … Gazelle. Sei doch froh! Für ihr Alter find ich Karin nämlich ein wenig zu … pummelig."

Mutti nickte lächelnd und ich sah ihn mit großen Augen an. Sie pummelig und ich die Gazelle. Grazil, schlank und lang. Die Thomson-Gazelle sah mit ihren schwarzen Seitenstreifen tatsächlich besonders edel und sogar ein wenig sportlich aus. Schwimmen und Laufen konnte ich ganz gut. Ansonsten fiel ich von jedem Turn-Gerät im Sportunterricht herunter. Vielleicht hätte es geholfen, wenn ich damals schon weniger kritisch gewesen wäre? Immerhin war ich erst 14. Vor dem Schlafengehen stellte ich mich nur in Unterwäsche vor den Spiegel, betrachtete mich und meine … Gazellenbeine und legte den Kopf schief.

Bibione. Der Urlaub, vierzehn Tage bevor ich fünfzehn wurde. Der Urlaub, in dem mein Vater eines Abends neben mir auf meinem Bett saß, mich gleichzeitig lächelnd und ernst und nachdenklich und nahezu sprachlos ansah. Es verstrichen ein paar Sekunden, dann kratzte er sich am Kopf.

„Der Junge ist, denke ich, ganz nett", sagte er und schwieg gleich darauf wieder. Er hatte mich also gesehen, als ich unter einer der Duschen stand, mir den Sand vom Körper schwemmte und mich ein Junge ansprach. Paolo. Trotz seines Namens und Aussehens kein Italiener, sondern aus Österreich. Er drückte den Knopf und ich ließ meinen Kopf nach vorne hängen und das Wasser durch die Haare laufen.

„Na, machst auch Urlaub hier?", fragte Paolo.

Ich sah hoch, grinste ihn an, schleuderte dann meine damals noch langen Haare nach hinten und meinte:

„Nee, ich gebe professionellen Schwimmunterricht."

Paolo grinste zurück. Ich schätzte ihn auf siebzehn. Jedenfalls sicher ein paar Jahre älter als ich. Schon richtig männlich. Groß gewachsen, schwarze Haare, sogar auf seiner Brust und den Beinen, genauso schwarze Augen, die mich hypnotisieren wollten, und ein Kreuz, als machte er irgendeinen Sport.

„Das trifft sich gut", nickte er und sah mich forschend an, „was kostet eine Stunde?"

„Jede eine Coppa Italia", antwortete ich spontan und beugte mich wieder in den Wasserstrahl, sicher, dass ihm die fünf Euro, was auch immer er da draußen unter Schwimmunterricht verstand, zu teuer wären.

„Abgemacht", meinte er und streckte eine Hand nach mir aus, „dann zeig mal, was du kannst."

Zwei Minuten später lag er strampelnd im flachen Wasser und tat, als könne er nicht schwimmen.

„Nee, so geht das nicht", meinte ich in meiner Naivität und schob eine Hand unter seinen Rücken, um ihn über Wasser zu halten, und er hielt sich sofort mit einer an mir fest. Im Bauch begann es wieder mal zu kribbeln.

„Stell dich hin und guck, wie ich es mach", befahl ich und schwamm extra langsam ein paar Züge hinaus. In Schwimmen hatte ich immerhin eine Eins. Es mussten wohl ein paar Meter mehr gewesen sein, denn als ich unter mir den Boden suchte, war da keiner mehr. Dafür war er, Paolo, plötzlich hinter mir aufgetaucht und hatte mich bereits von hinten umarmt. Mit einem Kuss in meinen Nacken verkündete er:

„Schwimmlehrerin bei erster Unterrichtsstunde fast ertrunken. Mutiger Junge rettete aber ihr Leben."

Ich war steif wie ein Brett und seine Hände auf meinem Bauch auf Wanderschaft. Ein zweiter Kuss von ihm zwischen meine Schulterblätter und seine beiden Hände eher schon auf meinem Slip als nur an der Seite. Ich brauchte, bis ich wieder zu mir kam. Ich wollte mich umdrehen, doch er glitt mit seinen auseinandergespreizten Fingern an der Seite bis zu meinen Beinen herunter. Die Fingerspitzen landeten tief in meinen Beinbeugen und ein Daumen Sekunden später auf meinem Po, während eine Hand eine Brust streifte. Und genau in dem Moment, als ich lachen wollte, drehte er mich auf den Rücken und küsste meinen Bauch. Dann hielt er für einen Moment inne, ließ mich los und schwamm von mir weg. Spätestens da kribbelte es wie damals in der Nacht nach dem Schwimmunterricht. Als ich ihm folgen wollte, rief Paolo mir zu:

„Komm! Die Coppa Italia wartet. Die hast du dir redlich verdient. Was hältst du davon, wenn ich dir die im Luna-Park spendiere?"

„So?" Ich zeigte an mir herunter, immerhin hatte ich nur einen Bikini an.

„Gar kein Problem bei der Wärme", meinte er und sah mich an. Blicke von Jungs hatte ich noch nicht allzu oft auf diese Weise erhalten. Wenn ich ehrlich bin, noch nie bis dahin. Mir wurde warm, ich wurde rot und ich fühlte mich geschmeichelt.

„Aber das kostet doch sicher was ...", versuchte ich einzuwenden und er schüttelte den Kopf.

„Nur die Fahrgeschäfte. Aber kein Problem!"

Es wurde ein Eis auf die Hand. Als wir nebeneinander in einem Karussell saßen, es hieß ausgerechnet Amor Express, und ich gegen ihn gepresst wurde, umarmte er mich mit seinem rechten Arm, zog mich noch dichter an sich heran und seine linke Hand lag auf einem Oberschenkel von mir. Selbst wenn ich gewollt hätte, konnte ich mich nicht dagegen wehren und wollte es auch nicht. Sicher keine zwei Minuten kreisten wir im Eilzugtempo herum und seine Hand rutschte immer weiter auf der Innenseite meines Schenkels hinauf. Nicht weil ich es nicht wollte, sondern die Schwerkraft es nicht zuließ, verhinderte mein anderer Schenkel, dass seine Hand ihr Ziel erreichte, und sie blieb einen Fingerbreit vor meinem Slip stecken. Auch in der nächsten Fahrt. Dafür zog er mein Gesicht zu sich und gab mir einen Kuss. Den ersten richtigen Kuss mit Zunge, den ich von einem Jungen bekam.

Papa saß am Abend neben mir. Er hatte die Szene am Strand wohl gesehen und bevor die nächste mit Paolo gefährlich werden würde, wollte er mir ein paar Dinge erklären.

„Der Junge ist, denke ich, ganz nett", wiederholte er, „aber vielleicht solltet ihr euch, wenn ihr zusammen seid, nur am Strand aufhalten. Er scheint mir ein wenig älter zu sein und du weißt ja ..."

Ich wusste es noch nicht. Aber Papa erzählte mir dann die Geschichte mit Mutti und ihm. Die ersten Sätze klangen wie ein Märchen. Sie war siebzehn, er achtzehn.

„Ich hab' sie gesehen und wusste, die möchte ich haben. Und ich wusste, ich war nicht allein. Wie du siehst, habe ich Glück gehabt. Die Zeit damals erlaubte bereits vieles. Bei unseren Eltern war das noch anders. Auf jeden Fall sind wir, als sie achtzehn geworden war, auch hierhin, nach Bibione, gefahren. Da waren wir bereits über ein Jahr zusammen. Ich muss dir nichts vormachen ..." Er lächelte, schüttelte sanft den Kopf und ich sah, dass er etwas rot wurde. „Wir wussten, wie wir nackt aussahen. Aber hier in Bibione haben wir zum ersten Mal miteinander geschlafen. – Ich weiß, die Zeiten haben sich längst wieder geändert, und ich möchte dich auch nicht ermahnen. Dennoch will ich dich ein wenig warnen. Nicht alle Jungs meinen es ernst. Und ich würde es unendlich bedauern, wenn dein erstes Mal nicht nur eine Enttäuschung, sondern ein schmerzhafter Reinfall würde."

Wahrscheinlich verstand ich nicht alles oder wollte es nicht. Immerhin hatte mich ein Junge umarmt und geküsst. War das nicht so etwas wie Liebe? Papi sah mein Gesicht und erzählte den zweiten Teil unserer Familiengeschichte, die davon handelte, warum ich keine Geschwister habe.

„Wir wissen nicht genau, was passiert ist. Lass es uns eine Entzündung nennen, die ein Jahr nach deiner Geburt bei der zweiten Schwangerschaft festgestellt wurde. Jedenfalls blieb uns damals keine andere Entscheidung, als diese abzubrechen. Du warst, bist und bleibst unser einziges Kind. Und egal welche Enttäuschungen lauern, ich will sie von dir fernhalten."

Als ich vom Schwimmen zurückkam, duschte ich und brauchte einige viele Minuten, bis ich die Armaturen kapiert hatte. Aus weiß Gott wie vielen Richtungen kam das Wasser in allen erdenklichen Variationen. Michael blieb auf der Veranda liegen und sonnte sich. Meine Dusche zu Hause ist Standard, so wie wahrscheinlich in achtzig Prozent aller Fälle. Eine Kabine mit Schiebetüren, gerade mal knappe achtzig auf achtzig groß und natürlich ohne Spiegel und weitere Düsen. Im Gegensatz zu hier. Zu zweit in ihr zu stehen, würde wahrscheinlich nichts anderes erlauben, als sich zu umarmen. An gegenseitiges Einseifen oder sogar mehr – was ich vielleicht hier noch gerne nachholen wollte – war nicht zu denken, außer man wollte blaue Flecken oder alle paar Minuten den Musikantenknochen spüren. Der neue Duschkopf war ein Luxus, den ich mir vor Monaten geleistet und bei irgendeinem Discounter für fast dreißig Euro besorgt hatte. Fünf Einstellungen gab es: Normal, was dafür sorgte, dass ich nass wurde, mehr aber auch nicht. Nebel, was an heißen Tagen eine angenehme Kühle bescherte. Regen, der nichts anderes vorgaukelte als Pieselwetter. Aber den gab es noch in Kombination mit Nebel – nicht so interessant – und dem Massagestrahl. Wenigstens hatte die Beurteilung einer Käuferin auf der Homepage des Herstellers nicht gelogen: *Wunderbar! Ihr wisst schon!*

Ich ahnte es und seitdem ist er an manchen Abenden mein bester Freund. Die Diagonale der Duschwanne reicht immerhin, mich in der Ecke sitzend gegen die warm geduschten Kacheln zu lehnen und die Beine entweder angewinkelt zur Seite zu klappen oder fast schon auf dem Rücken liegend an den gläsernen Wänden hochzustrecken. Diese Haltung liebe ich am meisten, nahezu bewegungslos halte ich den Duschkopf nur mit einer Hand und lasse den Massagestrahl auf meiner Klit tanzen. Jedes Mal muss ich schmunzeln, wenn ich an das Wort *Klit* denke. Und wenn ich das Wasser etwas zurückdrehe, lege ich den Brausekopf einfach auf den

Unterleib und lasse die rotierende Fontäne je nach Lust und Laune zielgenau mal die vibrierende Zunge von inzwischen Michael oder einem anderen, viel jüngeren sein, der von seinem Glück leider nichts wissen kann, mich nun befriedigen zu dürfen.

Auch hier ließ ich die Augen geschlossen, bewegte mich in den Wasserstrahlen und ließ sie auf Nacken, Rückgrat, Po und, wenn ich mich ein wenig nach hinten lehnte, auf meinen Unterleib prasseln. Es war ein überwältigendes Gefühl. Scharf zog ich die Luft ein.

Papa musste sich keine Sorgen machen. Paolo traf mich am nächsten Tag natürlich wieder. Dieses Mal war ich aber in der Nähe unseres Platzes geblieben und saß lediglich vorne in der schwachen Brandung im Sand. Meine Beine lang von mir gestreckt. Ab und zu klatschte das Wasser bis zu meinem Nabel hinauf und hinterließ zwischen meinen Schenkeln die erste Ahnung, was eine gute Brandung bewirken könnte.

„Kein Schwimmunterricht heute?", fragte er grinsend, drehte sich um, sah wahrscheinlich meinen Vater in einer Zeitung blättern und ließ seine Hand unten, anstatt sie mir auf den Rücken oder womöglich sogar auf eines meiner nackten Beine zu legen.

Ich deutete nach vorne in das Getümmel im Wasser:

„Da hat man ja keinen Platz."

Paolo nickte und sah den Strand entlang. Das Bild war in jede Richtung dasselbe. Paolo kratzte sich am Kopf. Kurz sah er wie Papa am Vorabend aus.

„Lust auf 'n Eis?", fragte er dann und ich nickte, stand auf und ging zu unserem Platz, um mir ein Tuch zu holen, das ich wie einen Rock um mich wickelte. Ich zwinkerte Mama und Papa zu und er streckte mir einen Zehner hin und meinte:

„Lass es dir schmecken!"

Ich denke, Paolo hatte am nächsten Tag ein neues Opfer. Gesehen habe ich ihn nämlich nicht mehr. In der Eisdiele hatte ich ihm zwar keinen Grund geliefert, aber diese war so überfüllt, dass er sich nichts traute. Und auf dem Weg zurück ging ich wohl zu direkt auf unseren Liegeplatz zu. Ein Jahr später sollte sich das durch Philipp ändern. Ein Jahr später fuhren wir nicht nach Bibione, dafür ich fast täglich ins Freibad.

Lieben wurden schon seit jeher von vielen Dingen bestimmt. Einmal, weil es die Familie wünschte, die lieben Konventionen, die Religion, einmal, weil es die Natur verlangte, manchmal auch die Gefühle. Früher waren die Liebenden, die dann Heiratenden, ob sie sich liebten, spielte keine Rolle. Jedenfalls waren sie zumeist jünger als heute, meine Großeltern wie meine Eltern erst Anfang zwanzig. Meine Großeltern mussten heiraten, meine Eltern wollten. Davor, was meinen Großeltern ein Zwang wurde, wollte mein Vater mich schützen. Seitdem tue ich mich vielleicht schwer, die Liebe von der Lust zu unterscheiden. Oder ich hatte die Liebe zu früh kennengelernt und war obendrein zu jung.

In unserem Verlag erscheint eine ganze Reihe Bücher, die sich Liebesromane nennen. Aber entweder sie verschweigen etwas oder wissen selbst nicht, wie sie Liebe und ihre Wege darstellen sollen. In einigen bleibt sie ein obszönes Geschwurbel, in anderen ist sie lächerlich zart. Selbst die häufig älteren Autorinnen und Autoren haben also keine oder genug Erfahrungen und wissen nicht, wie sie erzählen sollen. Aber manche Seite ist immerhin ein animierendes Lehrstück.

Inzwischen bin ich immerhin etwas älter geworden, ob mich die Jahre erfahrener gemacht haben, kann ich nicht sagen. Denn das Einzige, was sich änderte, ich folgte mehr und mehr meiner Lust. Im Grunde genommen gelang mir dies ziemlich einfach. Ich fand heraus, dass es für mich zwei Arten von Vertrauen gab. Ein blindes Vertrauen, verbunden mit dem ein oder anderen Risiko, und ein Vertrauen auf mein Bauchgefühl, das irgendwann so weit ging, die Nachnamen meiner Liebhaber – nach dem besten und zärtlichsten, den ich bis Michael hatte – mit meinem Vornamen zu ergänzen: Laura Schulze, Mayr, Hofmann. Keiner passte. Meistens nach dem dritten oder vierten Mal mit dem Jungen oder Mann, der ihn trug. Als ich ihn *danach* deswegen betrachtete, zerplatzte dieser auf dem möglichen Klingelknopf wie eine Seifenblase. Plopp. Papi sorgte sich damals vielleicht deshalb. *Egal welche Enttäuschungen lauern, ich will sie von dir fernhalten.*

Jetzt lag ich seit zehn Tagen hier auf der Insel neben Michael und sinnierte über die Version des Vertrauens nach. Die Version mit dem Risiko hatte ich seit einigen Wochen ohne sein Wissen ausgeschaltet. Zum ersten Mal in meinem Leben nahm ich die Pille. Jetzt nach zehn Tagen wunderte ich mich, dass Michael es wohl für selbstverständlich nahm und nicht einmal fragte. Stattdessen spürte ich jedes Mal, wie er – eigentlich von Anfang an – nicht eine Sekunde zögerte und sich in diesem Moment gehen ließ. Ich hätte also davon ausgehen können, einen Vater für das möglicherweise werdende Kind zu haben. Auch einen liebenden? Vertrauen, Version zwei, wollte dennoch nicht gelingen.

Andererseits genoss ich genau dies. Seine Ungezügeltheit, dieses Aufdrehen, weil in ihm sämtliche Gefühle der Welt genauso zu explodieren begannen wie in mir, seinen und meinen Schweiß, dieses Egalsein, was nebenan von uns zu hören wäre, die Bilder in meinem Kopf, diesen Satyr über mir, sein Gesicht. Dennoch hätte ich mir gewünscht – nicht nur bei ihm – am Ende nicht nur ein Schnaufen zu hören, sondern auch ab und zu mein Vorhandensein, meine Beteiligung dabei und danach zu spüren. Dies war vor Jahren einmal anders gewesen. Ein kleines *Geil* hätte schon gereicht. So reduzierte ich auch bei Michael alles auf meine trotzdem gestillte Lust. Und wegen meiner Lust war ich hier. Wegen ihr weiß ich, wie ich mich nun entscheiden würde.

Nichts bestimmt für mich seitdem, seit Philipp also, den folgenden Moment so sehr wie ein solches Bild. Ein Autor kann den Stift, an dieser Stelle angekommen, zur Seite legen, um durchzuatmen, genauso ein Maler seinen Pinsel oder ein Musiker sein Instrument, jedes Mal pausiert damit die Interpretation eines Gefühls, die Melodie, die etwas antreiben kann. So lange, bis der Autor oder Maler oder Musiker sein Werkzeug wieder in die Hand nimmt, um sein Kunstwerk zu beenden.

Der nackte, erregte Körper eines Mannes, sein provozierend ragendes Geschlecht, das seine Lust nicht nur unverhohlen darstellt – im Gegensatz zu mir als Frau –, sondern im wahrsten Sinne des Wortes unmissverständlich verkörpert, ist Beginn eines – hoffentlich – unbeschreiblichen Moments, in dem zwei Menschen willentlich einander geben, was allein mit Vereinigung zweier Körper, mit Nähe, Intimität, vielleicht Liebe oder nur bloßem Sex nicht mehr zu beschreiben ist.

Ich beobachtete Michaels flirrenden Blick, hörte seinen Atem schneller und schwer werden und führte ihn Augenblicke später in den einzig möglichen Ort auf dieser Erde. *Wish you were here,* schoss mir als Nächstes durch den Kopf. *And the wish had come true.* Mit flackernden Augen spürte ich wenige Minuten später das Beben meines eigenen Körpers.

„Einfach nur geil." Wieder nicht er, sondern ich mit zitternder Stimme.

„Was hast du vor?", fragte Camilla, meine einzige aus der Zeit nach der Schule übrig gebliebene Freundin. „Das ist doch nichts anderes als ein ..." Camilla schüttelte etwas fassungslos – *So kenn ich dich gar nicht* – lächelnd und dann doch wieder ungläubig den Kopf, „... scheiß ... Fickurlaub."

Und ich rollte wieder mal die Lippen ein. Der Aperol in meinen Händen hatte mich zu viel erzählen und preisgeben lassen. Als ich auch noch den Namen des Hotels nannte, hatte Camilla schon längst die ersten Fotos in ihrem Handy aufgerufen und wischte eines nach dem anderen zur Seite.

„Aber geil sieht es schon aus. Und du dumme Gans gehst ohne mich." Der zwar gelächelte Vorwurf war dennoch deutlich. Wahrscheinlich meinte sie ihn sogar ernst, denn sie fügte noch hinzu: „Vielleicht hätte ich ja auch an so etwas Spaß. Und ist ja nicht so, dass ich keinen Typen kennen würde."

Ich blies die Wangen auf und sah sie meinen Platz an einem weißen Strand einnehmen. Eine Figur zum Dahinschmelzen hätte ich gesagt, wäre ich ein Mann. Weizenblonde, gelockte, bis zu ihren Brustspitzen reichende Haare, eine fast griechisch anmutende Nase, volle, wunderbar geschwungene Lippen, dunkelblaue – ja, diese Irisfarbe gibt es wirklich – Augen, immer perfekt gezupfte Brauen, den festen Hintern einer Sportlerin und den immer etwas süffisant wirkenden, weil selbstbewussten Blick. „Und was ist das für einer, dass er dich zwei Wochen ... bumsen darf?"

Ich grinste in mich hinein und sah sie am Strand neben Michael stehen. Sie klopfte ihm zwischen die Schulterblätter und schubste ihn. „Und? Was is' nun? Traust dich nicht?", fragte sie ihn und ich wusste, welche Antwort sie erwartete. Immer noch grinsend schüttelte ich den Kopf. Camilla war nicht nur in dieser Beziehung besonders. Zu jedem Thema hatte sie einen Kommentar. Wahrscheinlich war sie auch deshalb nicht nur meine beste und einzige Freundin, sondern auch eine Art Lehrherrin. Manchen Schritt nach der Schule hätte ich in meinem Leben ansonsten nicht getan.

Damals, kurz nach Georg, sein Nachname war Schulze, beziehungsweise nach dem vielversprechenden Kennenlernen, aus dem dann doch nur ein weiterer One-Night-Stand wurde, saß ich zu Beginn des Herbstes auf einer Bank an der Würm im ehemaligen Sommerbad Allach inmitten herabregnender, welkender und goldbrauner Laubblätter. Keine fünfzig Meter rechts von mir donnerte gerade ein langer Güterzug vorbei und ich heulte wie ein Schlosshund im Rhythmus der Radkränze, als wenn vor wenigen Stunden die Welt untergegangen wäre. Die Hände vor das Gesicht geschlagen, verging ich in eine dicke Jacke eingepackt in Selbstmitleid, quetschte Tränen zwischen die Finger hindurch und spielte die vom Glück Betrogene. Die Männerwelt mochte mich wohl nur für die Nächte, aber ansonsten verschmähte sie mich. Camilla hockte vor mir, schüttelte den Kopf und rubbelte ihre Hände auf meinen Knien.

„Lass den Typen springen", meinte sie, „der wird mal ein ganz normaler karrieregeiler Macho, kurze Haare, Anzug, mit 'ner Frau, die auf High Heels durchs Leben stochert. Vielleicht muss sie es sogar wegen ihm. – Ich kenn die Idioten. Der hat dich genauso schnell vergessen wie Florian sein ganzes alternatives Getue vor ein paar Jahren. Tun immer ganz groß und wissen alles besser, aber ... Vergiss sie alle!"

Sie sollte jedes Mal recht behalten. Der Letzte, Mayr, wurde Personaler, der davor, Hofmann, gründete eine Beratungsfirma und ein anderer, den Nachnamen habe ich vergessen, verdiente sein Geld durch Nichtstun.

Nur von Philipp, Neumüller, meiner ersten großen Liebe, wusste sie nichts zu berichten. „Ist, glaub ich, an einem Institut."

Nach meinen gescheiterten Beziehungen machte Camilla jedenfalls bei jedem Namen nur eine wegwerfende Handbewegung, statt mich zu bedauern.

„Aufstehen und weiter!", befahl sie mir. „Fällt man vom Pferd, muss man sofort wieder rauf, sonst klappt das nie wieder. Dreh den Spieß um! Lass dich nicht abschleppen, sondern schlepp ab! Dann kannst du sie rausschmeißen, wenn sie nichts taugen. Wenigstens hast du dann – hoffentlich – 'nen anständigen Fick gehabt. Lust darauf zu haben, ist ja nicht verboten. Also lass es zu."

Das mit dem Pferd kannte ich bereits von Karin, die ritt ja auch, allerdings sollte Camilla auch damit recht behalten: *Dreh den Spieß um!* Man glaubt es vielleicht nicht, aber im Grunde genommen bin ich schüchtern und vorsichtig, erst durch Camillas Sprüche und Tipps scheute ich mich eines Tages nicht, einen Kerl, genau dafür, quasi l'art pour l'art, mit zu mir nach Hause zu nehmen. Was zwei- oder dreimal geschah und bestens funktionierte. Mit Michael hatte *das* aber eine neue, vielmehr alte Qualität erreicht, auch wenn es beim ersten Mal in seinem Flur geschah.

Dabei hat das Ganze nichts damit zu tun, dass ich mich immer zu schnell verlieben würde und dann deshalb ... Sondern damit, dass ich Sex seit damals, nach der Nacht mit *Lass dir Zeit,* gerne habe. Später zeigte Philipp, wie er gehen konnte. Auch das ist ein Grund gewesen, hierher zu kommen.

„Vielleicht", schoss mir durch den Kopf, „war Michael doch der Richtige." Ich machte das Spiel mit den Nachnamen – und seiner fiel mir nicht ein. Was hatte

Papa gesagt? *Bist ohnehin schon zu lang allein.* Der Richtige, so wie vor Jahren Philipp. Ich schluckte. Warum dachte ich seit Tagen immer mehr an ihn? An meine erste wirklich große, verdammt große Liebe. Jetzt fiel mir auch noch das Bild ein, das er von mir gezeichnet hatte. Irgendwie glücklich lächelnd rekelte ich mich ein weiteres Mal in die Kuhle aus nassem und warmem Sand. So war es auszuhalten. Was wohl aus Philipp geworden war? Irgendwo hatte ich den Zettel mit seiner neuen Adresse, die mir Camilla besorgt hatte. Ich setzte mich auf und schüttelte den Kopf: so ein Blödsinn.

Was der Prospekt des Hotels versprach, stimmte. Kamen wir vom Strand oder einem Spaziergang zurück, standen Getränke, Snacks und immer wieder bunte, exotische Blumensträuße mit skurril wirkenden Blüten auf dem Tisch der Veranda. Im Bad kleine Fläschchen mit Seifen, Ölen, Cremes und Lotionen. Dazu ein ganzer Stapel frischer, großer Handtücher. Auch der Bungalow selbst war in jeder Hinsicht wie durch Zauberhand für alles vorbereitet. Geschirr und Gläser nicht nur gespült, sondern auch immer mit Obst und fruchtigen Getränken gefüllt. Überhaupt, es duftete jeden Tag verführerisch nach exotischen Dingen. Und das Bett an jedem Tag frisch bezogen und darauf neue bunte Seidentücher.

Das Bett. – Mitten im Raum unter dem dichten, aber dennoch transparenten Netz und der in der Nacht spiegelnden Scheibe. Übergroß. Nahezu drei auf drei Meter. Fest und doch verführerisch anschmiegsam. Neben der Natur mit ihren Düften und Farben und unerwarteten Geräuschen, dem Strand und dem stetig rauschenden Meer der sichtbare Wink und Zauber, der nächste Grund für diesen, unseren Urlaub. Wenn schon kein

Liebes-, so doch zumindest ein Lustbeschleuniger. Endlich ohne Terminkalender. Endlich ohne neugierige Augen und Ohren, nur den eigenen, wenn ich dabei nach oben schielte. Endlich jeden Tag. Endlich unbegrenzt sich hingeben und dabei uneingeschränkt sein können. Vielleicht sogar ein wenig zügellos. Vielleicht sogar mehr. In meinen Träumen gab es Verführungen, die ich noch nie ausgesprochen hatte.

In diesen Träumen lernte ich mich selbst allnächtlich auf eine ungewöhnliche, ja frivole Weise neu kennen. Weil ich in diesen etwas auslebte, was ansonsten unmöglich erschien. Auf dieser Insel hier, versprach der Prospekt, sollte alles möglich sein.

Als Michael ihn mitbrachte, zweifelte ich für einen kurzen Moment an meinem Mut, denn in all den Wochen zuvor fühlte ich mich, trotz ihm und seiner Zärtlichkeiten, nicht besonders sexy, nicht begehrenswert genug. Erst recht nicht für ein solches ... Abenteuer, obwohl Michael die wenigen Male, die dafür zur Verfügung standen, es mich wirklich nie spüren ließ. Im Gegenteil. Tage später sagte ich Ja und ich wollte die Zeit bis dahin nutzen, mein Aussehen meiner Einbildung bezüglich eines solchen Urlaubs anzupassen. Die Haut sollte straffer werden, mein Bäuchlein schrumpfen. Was sich nach zwei Wochen als albern erwies. Je mehr ich nämlich daran dachte, umso größer schien es zu werden. Dabei sagte meine Waage allwöchentlich das Gegenteil. So beließ ich es dabei. Das Einzige, was ich behob, war, meine siebenundzwanzig Grashalme, wie ich die Härchen in meinem Schoß verschämt nannte, täglich zu rasieren und die Haut danach einzucremen, bis sie seidenweich war. So seidenweich, dass ich mich selbst mit ihr verführte.

Erst nach dem zweiten Tag auf der Insel ließ ich mich richtig fallen. Verwunderlich, wenn ich bedenke, was ich im Flur zugelassen hatte. Ab diesem Tag lagen wir oft genug auf den breiten Liegen der Veranda so gut wie nackt. Die Büsche, kleinen Palmen und Tröge voller duftender Blumen um uns herum ließen keine neugierigen Blicke zu. Wir machten es uns auf einer überbreiten Liege vor dem Bungalow mit einem Fruchtsaft oder bunten Cocktail gemütlich, lasen oder schauten aufs Meer, das weit draußen, irgendwo dort hinten in der Ewigkeit, sich mit dem Horizont vermählte und an den Himmel schmiegte und dadurch nichts anderes als Ruhe ausstrahlte. Das Geräusch der sanften Wogen, die knisternd im Sand ausliefen, als wenn sie aus Sprudelwasser bestünden, untermalte den Frieden wie Musik. Dazu in den Palmen über uns nahezu unablässig Vogelstimmen, die wir nicht zuordnen konnten – neben den wenigen Beos, Krontauben und Sittichen, deren Stimmen ich aus dem Tierpark kannte, machten etliche mehr oft einen höllischen Lärm.

Abends bereitete sich die Sonne am Horizont wieder auf ihren fast schon theatralischen und kitschigen Untergang vor und nahm nach und nach den Schein von glühendem Gold an. Jedes Mal dachte ich, gleich müsste es im Wasser zischen. Ich trug nur eines der Seidentücher als Umhang und Michael Shorts. Das Weiß des Strandes veränderte sich langsam in ein zartes Gelb. Nur Sekunden später schien er orange und ich sah zu Michael hinüber, der davon keine Notiz nahm. Kaum hatte ich meinen Blick wieder dem Horizont zugewendet, war die Sonne nur noch als dünne Sichel über dem Wasser zu sehen. Der Strahl, den sie darauf erzeugte, traf uns genau in dem Moment, als sich Michaels Hand zwischen meine Beine schummelte. Fast automatisch öffnete ich sie und schon tauchte ein Finger von ihm in mich ein. Ich griff in Michaels Nacken, drückte ihn an mich, damit er einerseits nicht aufhörte, andererseits, weil es von meinem Gedanken ablenkte, nun doch etwas Ungehöriges zu tun.

Wie damals im Freibad.

„Hast du Lust, morgen mitzukommen?", fragte Philipp am nächsten Tag nach der Schulfete, sah dabei auf den Boden und drückte verlegen seine Zähne abwechselnd mal oben, mal unten in die Lippen. „Klaus und seine Freundin sind auch da", glaubte er ergänzen zu müssen und ich nickte sofort. Klaus und seine Freundin. Stefanie, soweit ich wusste. Eine aus der Parallelklasse, dunkle Haare, dunkle Augen, schon mit einer richtigen Figur, die aber, wie ich, auch nicht besonders viele Freundinnen hatte. Kein Wunder bei den Gänsen. Allzu lange waren sie und Klaus sicher noch nicht zusammen. Philipp wollte dabei, aber nicht allein sein und statt eines Kumpels hatte er mich gefragt. Philipp und ich also und nicht ein Freund von ihm, somit war ich nun Philipps Freundin, oder nicht?

„Klar. Freu mich. Ich bring was zum Essen mit, okay?" Es klang sicher wie ein Stottern.

Abends backte ich Muffins. Das kann ich ziemlich gut. Drei verschiedene Sorten. Schoko, Apfel und welche mit Käse. Und Mutti wunderte sich über die Menge, für die ich einige Tupper verbrauchte.

„Da hast du ja wohl was Größeres vor?"

Ich hob die Achseln und meinte leise:

„Bis jetzt war ich höchstens mit Bettina im Freibad."

Sie nickte, runzelte die Stirn und fragte:

„Was Ernstes?"

Wieder hob ich nur die Achseln und kaute wie Philipp auf den Lippen herum. Was Ernstes. Was bedeutete das? Knutschen und ein bisschen Fummeln? Ist *Ernstes* mehr als Herzklopfen? Hat das was mit … Gefühlen zu tun? Etwa mit Liebe? Und wie erkenne ich's? Mutti lächelte und strich mir durch die Haare, ahnte vielleicht etwas, fragte aber nicht weiter. Dann richtete ich die Tasche. Was sollte ich anziehen? Ich entschied mich für den roten Bikini zum Schwimmen und den dunkelblauen für unter das weiße Baumwoll-Kleidchen mit den blauen Streifen. Ich drehte mich mit jedem Stück vor dem Spiegel, der in einer Tür meines Schrankes klebte, hin und her und glitt dabei mit meinen Händen an den Seiten hinunter. Es war die richtige Wahl. Nach wie vor hätte ich mir nur etwas mehr Po für meine langen Beine gewünscht.

Philipp stand bereits am Eingang und sah mich den ganzen Weg von den Fahrradständern bis zu sich immer nervöser werdend an. Als ich bei ihm war, schien er sich zu sammeln. Ich nutzte die Gelegenheit und gab ihm einen Kuss. Einen richtigen. Keiner sollte Zweifel haben. *Seht ihr? Ich bin seine Freundin.* Und er blubberte mit rotem Kopf:

„Wow! Toll! Siehst ganz anders aus als sonst."

Klaus und Stefanie warteten bereits und hatten uns in der Nähe des Sprungturms Plätze freigehalten.

„Mal sehen, ob ich mich heute trau", meinte Klaus fast als Begrüßung, stützte sich auf seine Ellenbogen auf und deutete auf die Zehn-Meter-Plattform, „vom Fünfer bin ich schon mal."

Klaus sah in seiner Badehose eigentlich aus, als würde er dies heute nicht zum ersten Mal versuchen, sondern zum zigsten Mal machen wollen. Er war groß, alles andere als schmächtig, hatte braune Haare und fast genauso dunkle Augen wie Stefanie. Auf seiner Brust sprossen wie bei Paolo vor einem Jahr ein paar Haare. Er sah männlicher aus als Philipp. Aber darauf kommt es nicht an. Die beiden, Stefanie und Klaus, waren echt nett. Stefanie stand auf, begrüßte mich wie eine alte Freundin, strich anerkennend mit beiden Händen an meinem Kleidchen herunter und ich breitete mein Handtuch auf dem etwas sandigen Platz aus.

„Sieht dufte aus."

Die Aufnahmeprüfung war schon mal bestanden. Erst recht, als ich die Muffins auspackte und die drei die ersten gefuttert hatten. „Alles paletti, maximal lecker!" Philipp mochte die mit Äpfeln besonders, schaute mich fragend an und ich zeigte ihm die volle Dose. Grinsend futterte er den nächsten. Ich hatte allein von den Apfelmuffins über ein Dutzend eingepackt.

„Die sind echt extrem lecker", nuschelte er mit vollem Mund, leckte sich die Finger einzeln ab und wischte sich über die Lippen. Ich zog derweil mein Kleid über den Kopf aus, verfolgt von seinen Augen. Als ich es mit ausgestreckten Armen über meinem Kopf hatte, hörte er auf zu kauen und schaute mit halb offenem Mund an mir runter. Es sah drollig aus. Dann zog er auffallend umständlich seine Jeans aus. Darunter kamen dunkelblaue Badeshorts hervor. An ihm sah sie riesig aus, als sei sie drei Nummern zu groß. Eine halbe Stunde später standen wir alle zusammen auf der Zehner-Plattform – „Erst mal gucken" – machten Faxen, bibberten und froren, obwohl es heiß war, und stupsten uns deswegen gegenseitig an – „Mann, ist das windig hier oben" –, bis Philipp meinte:

„Schluss mit dem Müßiggang, abwärts geht's." Ohne auf die anderen zu warten, ging er zwei, drei Schritte zurück, nahm Anlauf und sprang. Ich schaute über die Kante, unten machte es nach nicht einmal zwei Sekunden platsch. Dann war die Wasserfläche frei. „Verdammt hoch", ging mir durch den Kopf und „Was solls?". Ich stand ja schon vorne. Bloß nicht kneifen! Ich stieß mich mit einem Fuß ab. Statt nur zwei Sekunden glaubte ich eine Ewigkeit unterwegs zu sein. Unten angekommen, flutschte mein Oberteil über die Brüste und blieb unter dem Kinn hängen. Philipp war schneller als ich, war schon auf mich zu geschwommen und nahm mich in den Arm. Brust an Brust. Das Kribbeln im Bauch kannte ich inzwischen. „Volle Punktzahl", meinte er. Rot geworden zog ich den BH wieder runter und er mich an den Rand. Dort ließ er mich nicht mehr los.

Die beiden anderen tanzten noch ein paar Augenblicke dort oben herum und Philipp hielt mich immer noch in seinen Armen, meinen Rücken an seinen Bauch gepresst. Dabei seine Hände auf meinem. Meine waren heimatlos. In meinem Bauch kribbelte es immer noch, ich legte den Kopf in den Nacken und gab ihm einen Kuss. Irgendwas war anders als vor einem Jahr bei Paolo. Dann dämmerte es mir. So wie er mich angefasst hatte, war ich für Paolo nicht die Erste gewesen. Für Philipp schon.

„Wenn du nicht gesprungen wärst, hätte ich mich nicht getraut", gab ich zu, seine ruhelosen Hände auf meinem Bauch stoppten und er erwiderte:

„Und wenn Stefanie und Klaus nicht hochgegangen wären, ich mich auch nicht."

In diesem Moment schoss Klaus keinen Meter vor uns hoch an die Oberfläche.

„He, Alter, da bin ich."

Einige Jahre später, ich war vielleicht Ende zwanzig, gingen Camilla und ich zusammen ins Freibad. „Männer gucken! Vielleicht hab' ich auch mal Erfolg", grinste sie und ich verdrehte die Augen. An fast derselben Stelle, wie damals mit Philipp, Klaus und Steffi, fanden wir beim Sprungbecken einen freien Platz. Sogar ein paar Muffins hatte ich wieder dabei.

„Keine schlechte Aussicht", meinte sie und sah den Turm hinauf, dann zog sie sich langsam die Jeans aus. Pellte sie regelrecht von ihren Beinen herunter und ich verfolgte lachend das bekannte Schauspiel. Ich hingegen legte meinen Rock sauber zusammengefaltet mit meinem Shirt neben das Handtuch. Ordnung muss sein. Meinen Bikini hatte ich bereits an. Wieder einen roten, lediglich der Bund war mit einem farbigen Schrägband gesäumt. Ich hockte schon auf meinem Handtuch und beobachtete Camilla, wie sie nun ihre Jeans etwas unordentlich zusammenlegte, sie zu einem Kopfkissen ballte und ihre Bluse auszog. Sie trug keinen BH und eine Badehose hatte sie auch noch nicht an. „Na, da haben die Männer aber gleich was zu gucken", ging mir durch den Kopf und war versucht es zu sagen. Stattdessen meinte ich:

„Lecker! – Als Kerl würde ich jetzt Stielaugen bekommen."

„Hmh", erwiderte sie bloß, zuckte mit den Schultern und zog gleichzeitig ihr alles andere als billiges, bordeauxfarbenes *Aubade*-Höschen aus. Nun auch ihr nackter Po für Sekunden Richtung Sprungturm.

„Ich sag's ja", stellte ich fest und betrachtete ihren Körper. In einer Zeitschrift fand ich dazu die Bezeichnung *Stundenglas-Figur*. „Wespentaille passt auch", dachte ich. Ich zog die Brauen hoch, wurde aber nicht neidisch. Sie bückte sich und zog ihre Badehose aus der Tasche. Auch nicht billig. Ein stahlblauer Hipster. Passend zu ihrem etwas rundlicheren Po – zumindest rundlicher als meiner – ihren sportlichen Oberschenkeln und der schmalen Taille. Gerade verschwand ihr dunkler Busch hinter dem Stoff, als ein nasser Typ hinter ihrem Rücken auftauchte und sich räusperte. Camilla kämmte sich die Haare nach hinten und drehte sich barbusig, wie sie war, um. Sein Aufkreuzen in diesem Moment schien mir nicht zufällig zu sein.

„Ach. – Hallo. – Gerd." Drei emotionslos ausgesprochene Feststellungen. „Na, wie geht's?"

Gerd räusperte sich wieder und sah, wie sollte es auch anders sein, Camilla mit entsprechendem Augenaufschlag von oben bis unten an.

„Gut", kam zurück. Dann Funkstille.

„Allein hier?", wollte sie freundlicherweise wissen.

„Ja. – Nein. – Ein paar Freunde."

Er zeigte mit einem Fingerwedeln in eine unbestimmte Richtung jenseits des Schwimmerbeckens. Wahrscheinlich lag dort irgendwo hinter den Büschen eher seine Freundin. Camilla ließ drei höfliche Sekunden wortlos vorbeigehen, dann meinte sie mit einem aufgesetzten Lächeln, „Na dann ...", und setzte sich neben mich. Gerd räusperte sich ein drittes Mal. Er war wohl auf Echo eingestellt, „Na dann", ging drei Schritte und drehte sich noch mal um und meinte mit einem Blick auf ihre nackten Brüste:

„Vielleicht sehen wir uns mal wieder."

Nachdem er weg war, blickte ich sie fragend an: „Wieder?"

Camilla verzog den Mund, richtete sich etwas auf und rollte den Bund ihres Hipsters nach unten, bis er nur noch einer Kordel glich, die ein bisschen Stoff an der richtigen Stelle festzuhalten hatte.

„Ich hatte mal vor zwei, drei Jahren etwas mit ihm. Ist etwas umständlich. – Quasselt dabei ohne Unterlass. Aber manchmal bekommst du halt nichts Besseres."

Ich nickte. Marke Fragensteller also. *Gut so? Gefällt's dir? Tuts weh? Magst du mal anders?* In dieser Reihenfolge nur zu beantworten mit: *Wenn du schon Zweifel hast. – Dir etwa nicht? – Dann hätte ich längst was gesagt. – Ihr mit eurem blöden Doggy-Style.*

Camilla zog die Kordel an ihren Seiten hoch.

„Hab' keine Lust auf bleiche Stellen", erklärte sie und alle Viertelstunde wanderte die Kordel rauf und runter. Den BH ließ sie aus. Wie Steffi seinerzeit.

„Tät ich an deiner Stelle auch. Zieh das Ding doch aus", sie deutete auf mein Oberteil, „du brauchst dich ja wohl nicht verstecken, oder? Musst ja nicht in der vollen Sonne liegen."

„Reine Selbstverteidigung. Hinterher sitzt dieser Gerd mit seinen Freunden hier", lachte ich zurück, „und als Lustbeschleuniger scheint er ja nicht zu taugen."

„Auch wieder wahr", grinste sie, ließ sich nach hinten fallen und drapierte sich regelrecht auf ihrem selbst gebastelten Kopfkissen. Ein Bein aufgestellt. Das andere angezogen darunter geschoben. Ein Arm hinter ihren Kopf. Dazu passend eine riesige Sonnenbrille auf der Nase. Perfekt für Werbeaufnahmen.

„Und bei dir?" Es war klar, was sie interessierte.

„Sendepause." Mehr war dazu nicht zu sagen.

„Wie lange schon?"

„Seit ein paar Wochen."

„Ich dachte ... wie hieß er noch? ... Daniel ..."

Mich aufsetzend schnaufte ich und schüttelte den Kopf. Daniel. Weber. Passte auch nicht. Meine Rolle im Bett dabei blieb für mich unbekannt. Ich sah hoch zum Sprungturm. Prompt stand ein junger Kerl mit blauer Badehose da oben und schaute über die Kante hinunter ins Becken. Viel war nicht dran an ihm. Er strich sich die Haare nach hinten, ließ einen Tarzan-Schrei los und stieß sich ab. Keine zwei Sekunden später machte es platsch. Als er auftauchte, schaute er prustend nach oben. Seine Freundin zögerte noch, hielt sich dann die Nase zu und machte einen Schritt nach vorne. Mit etwas Rückenlage schoss sie einen Meter neben ihm ins Wasser. Er hatte sie schon in den Armen, als sie an die

Oberfläche kam. Sie strampelte und zitterte und knutschte ihn ab.

„Nee, war wohl nix", stellte ich fest.

Camilla ging nicht drauf ein, dafür zeigte sie auf den Turm.

„Biste schon mal?"

„Klar!", gab ich zurück, „mit Philipp damals." Es klang sicher etwas angeberisch. „Nach dem ersten Schritt geht es wie von selbst", lachte ich nun.

„Kommste mit?" Schon war ich aufgestanden und reichte ihr die Hand.

„Du und dein Philipp."

Sie sah lachend zu mir hoch, als hätte ich den Witz des Jahres erzählt. Die beiden Jugendlichen knutschten immer noch und zappelten sich dabei mühevoll an den Rand. Camilla nahm ihre Sonnenbrille ab und kruschtelte nach ihrem Oberteil, was mich wunderte.

„Jetzt kannst du es erst recht getrost auslassen", befand ich daher, „hast du unten angekommen sonst als Augenklappe."

„Na denn. – Runtergucken kann ich ja mal. – Manchmal bist du verrückter, als ich denke. – Aber stille Wasser sind ja bekanntlich tief."

Eine halbe Minute später sah ich sie die Leiter vor mir raufsteigen. Die Kordel war wieder zu einem Badeslip geworden. Ihr hin und her schwingender Hintern machte mich nun doch neidisch. Oben angekommen musterte uns eine Handvoll Jugendlicher. Vier Jungs und ein Mädchen. Die Jungs, halb so alt wie wir, glotzten uns natürlich auf die Brüste, das Mädchen verschränkte seine Arme vor ihren, als würde sie frieren. Ihre Lippen waren sogar ein wenig blau.

„Wie lange wollt ihr noch warten?", fragte ich die fünf und ging vor an den Rand. Schluss mit dem Müßiggang. Wie das Mädchen einige Minuten zuvor, machte ich lediglich einen Schritt und rief gleichzeitig: „Abwärts geht's!"

Unten angekommen stellte ich fest: Eineinhalb Sekunden reichen, einen kompletten Nachmittag wieder zu erleben. Mein Kopf war voll mit den Bildern von einst. Langsam schwamm ich an den Rand. Der Junge klemmte mit seinem Körper das Mädchen an die Kachelwand. Sie hatte eine Hand um seine Schulter gelegt, die andere in seine Haare gekrallt. Ich schmunzelte. Irgendwie war mir der Rest unter Wasser klar. Camilla tauchte neben mir auf und für einige Augenblicke hielten auch wir uns zwei Meter von den beiden entfernt an der Kante fest. Über die Schulter des Jungen hinweg sah mich das Mädchen mit einem flirrenden Lächeln an. Ihre Augen verrieten, dass ich nicht falsch lag. Mit einem Schwung stemmte ich mich hoch und hockte mich die Beine im Wasser baumelnd hin. Nun hatte der Junge mich im Blick. Mit eingerollten Lippen betrachtete er meine Brüste. Camilla spritzte mit vollen Händen eine Fuhre Wasser in mein Gesicht.

„Ich hätte nicht gedacht, dass du springst." Hörte ich etwa ein Keuchen von ihr?

„Ich damals auch nicht", lachte ich sie an. Mit einem gekonnten Schwung, gekonnter als meiner, saß sie neben mir. Der Junge, ich schätzte ihn auf fünfzehn, bekam was zu sehen. Ich vermutete, ihm erging es wie Philipp, und sein Mädchen, wahrscheinlich jünger als er, spürte es.

„Bist du noch nie?", fragte ich Camilla und ließ mich rücklings auf die sonnenwarmen Fliesen sinken.

„Ist verdammt lang her. Damit habe ich versucht meinen ersten Freund zu beeindrucken. Seitdem nicht mehr. Ging wohl daneben. Marcel war doch nicht so angetan. – Männer, sag ich nur. Manchmal funktioniert nur das eine, manchmal nur das andere."

Sie ließ sich auch nach hinten sinken und flüsterte: „Wie bei den beiden da."

Mit etwas angehobenen Kopf sah sie über mich hinweg zu den beiden Kids im Wasser. Gerade machten sie sich auf, herauszuklettern. Zuerst das Mädchen. Leichtfüßig, sportlich und schnell. Sie glich etwas der Barbara aus meiner Schulzeit, die mit zwölf schon wie eine perfekte Frau aussah. Ihr Bikini war *très chic*. Etwas umständlicher stellte er sich an. Halb aus dem Wasser war es trotz seiner übergroßen Badeshorts klar, warum. Ich konnte nicht anders und grinste ihn an. Er haute seine Zähne in die Oberlippe und versuchte auch zu grinsen. Es wurde aber nur ein verunglücktes Lächeln. Er schämte sich. Jungs hatten in dieser Hinsicht einen klaren Nachteil. Langsam gingen sie beide an uns vorbei. Sie schaute geradeaus, sie hatte es nicht nötig, sich mit uns zu vergleichen, und er sah noch einmal mit demselben Gesichtsausdruck wie zuvor kurz auf unsere Brüste. Als ich Sekunden später was zu Camilla sagen wollte, meinte sie bereits:

„Wahrscheinlich liegt deshalb hier die halbe Garnison Männer auf dem Bauch. – Komm! Ich mach's noch mal."

Wieder ungewöhnlich geschmeidig stand sie auf und ging in Richtung des Sprungturms. Dieselben Jungs wie vorher standen nun unten. Hier hatten sie mehr Mut und sahen uns frech an.

„Sportlich, die Damen", meinte einer von ihnen.

„Komm mit, du Frechdachs", erwiderte Camilla, ging auf ihn zu und ehe er sichs versah, hatte sie schon einen Arm von ihm geschnappt und ihn zur Leiter gezogen, „springen wir zusammen, dann hast du noch mehr zu gucken. Ich nehm dich sogar dabei in den Arm."

Faxen machend folgte er ihr. Oben auf der Plattform wusste er allerdings nicht, wie ihm geschah. Er hielt Camillas Spruch wohl für einen Joke. Aber es war zu spät. Er kannte sie halt nicht, denn Camilla nahm ihn tatsächlich in den Arm.

„Mein Gott, stell dich nicht so an! Haste noch nie 'n Mädchen umarmt? Meine Nippel beißen nicht!"

Sie nahm seine Arme und schlang sie um ihren Oberkörper – *Darfst mich ruhig anlangen* –, trat an die Kante und mit einem kleinen Schritt sprang sie mit ihm im Paket nach unten. Der Platscher erregte natürlich Aufsehen. Die anderen Jungs standen am Beckenrand, jubelten und grölten.

„Komm! Das kriegen wir auch hin", sagte ich zu einem vielleicht Sechzehnjährigen, der mit mir hinaufgegangen war und mich überrascht ansah. Er war genauso groß, schlaksig und gerade dabei, mich für nicht ganz zurechnungsfähig zu halten.

„Meinste doch wohl nicht ernst? Wie bescheuert ist das denn?"

Schon machte ich es Camilla nach und schnappte ihn mir. Gut schauspielernd zierte und wehrte er sich ein wenig, aber als ich wie sie meinte, „Stell dich nicht so an!", ließ er meine Umarmung, meine nackten Brüste auf seinen Rippen nicht nur zu – „Wenn du meinst" –, sondern quetschte sich sogar an mich. Ein Arm quer über meinem Rücken, die Hand fast in meinem Nacken, die andere halb auf dem Bund meines Slips und damit halb auf meinem Po. „Kein Problem", grinste ich. *Ist ja nicht viel.*

Eineinhalb Sekunden reichen nicht, irgendwelche Fragen zu stellen. In diesem Fall wären sie nicht mal dusslig gewesen. *Ist doch schön?! Gefällt's dir? Wie heißt du? Wie alt bist du?* oder *Bist du hier aus der Gegend?* Eineinhalb Sekunden Taumel in der Vergangenheit machten eventuelle Antworten lächerlich. Eineinhalb Sekunden später ließen wir uns nicht sofort los. Jeder hatte seine Gründe. Seiner ähnelte dem Jungen von vorher. Deutlich zu spüren, nachdem wir als Päckchen wieder über Wasser waren. Erst dann prustete und strampelte er. Kurz vor der Leiter ließ er mich doch los. Ich sah, dass er einen Kommentar unterdrückte.

„Und?", schmunzelte ich.

Er nickte nur. Dann mit ein paar Sekunden Verzögerung.

„Ja. – War ... geil. – Willste etwa noch mal?" Es klang unerwartet ernst und er schwamm wohl vorsichtshalber in eine andere Richtung als ich.

„Warum nicht? – Ist doch 'ne gute Reifeprüfung", erwiderte ich, sicher darin, dass er den Film nicht kannte. Als der in die Kinos kam, war mein Papa gerade mal zehn. Er winkte ab.

An unserem Platz zurück, rollte Camilla wieder den Saum zu einer Kordel.

„Wenn man dich so sieht. Wärst du wohl noch mal gerne sechzehn, oder so? Stimmt's?"

„Manchmal schon." Ich stand über ihr und trocknete mich ab. „Gibt mir natürlich niemand eine Garantie, dass es dann besser klappt."

„Hängst du etwa immer noch Philipp nach?"

„Du weißt doch, ich spinn."

Wie Steffi schob ich das Handtuch unter den Slip. Prompt meinte Camilla:

„Dreh dich mal um. Wir haben Fans."

Ein zweites Mal waren wir dann doch nicht mehr vom Zehner gesprungen, dafür die Muffins bald weg. Danach knallte die Sonne so stark, dass wir uns in einem der abgelegeneren Becken abkühlen mussten. Im hintersten mit der Rutsche, normalerweise für kleine Kinder gedacht, war am wenigsten los. Klaus und Stefanie rutschten und Philipp und ich verdrückten uns in den hintersten Winkel. Dort war Schatten. Dort war niemand. Dort waren nur seine Hände wieder auf mir auf Wanderschaft. Ich drehte mich halb auf den Bauch, hielt mich halb stehend, halb liegend mit beiden Händen am Rand fest und er schob sich dicht an meinen Rücken. Mehr oder weniger zwischen meine Beine. Sein Kopf links auf meiner Schulter und seine Beine berührten meine.

„Fahrt ihr weg in den Ferien? – Urlaub, oder so?" Seine Stimme leise und rau und etwas zittrig. Ich schüttelte, so gut es ging, den Kopf.

„Papi hat dieses Mal keinen nehmen können. Sonst wären wir vielleicht ans Meer."

„Ehrlich gesagt, finde ich das ziemlich gut." Wieder genauso leise und rau und zittrig.

Mit den Lippen an meinem Hals tasteten sich die Finger einer Hand von ihm langsam und vorsichtig unter den Stoff meines Bikinislips, während die andere Hand mich einfach nur hielt.

„Wohin wärt ihr sonst gefahren?"

„Weiß nicht", erwiderte ich. Wahrscheinlich klang ich genauso rau und zittrig. Auch wusste ich nicht, wie ich mich heimlich genug verbiegen könnte, ich spürte seinen Schoß an meinem Po. Er hatte einen Steifen bekommen, den er mir ein wenig in die Poritze drückte. Mir wurde heiß und ich schaffte es gerade noch, „Vielleicht ... wieder nach ... Bi-bi-one", zu stottern.

Ein Schrei ließ uns erschreckt aufschauen und er mich leider los. Doch niemand war in der Nähe. Der Bademeister glotzte in das andere Becken, Klaus und Stefanie hatten die breite Rutsche für sich allein. Das Kind, das geschrien hatte, sprang auf der anderen Seite vom Rand ins Wasser und schrie ein weiteres Mal, als es wieder hochkam. Ich drehte meinen Kopf und gab ihm einen etwas verunglückten Kuss neben die Nase. Dann nahm er mich wie vorher wieder in Arm, streichelte kurz über meinen Bauch und schlüpfte mit der neugierigen Hand geradewegs unter meinen Slip. Ich hörte auf zu atmen. Als seine Finger den Weg gefunden hatten, meinte er, schneller atmend:

„Bibione kenn ich nicht. Da waren wir noch nie. – In Italien, oder?" Und nach einer kleinen Pause: „Du, am Samstag ist niemand da, magst du mich besuchen?"

Ich nickte wieder sofort, so gut es ging, und dachte, „Ja, in Italien" und „Ja, ich komme", allerdings ohne es zu sagen, weil ich einerseits mich hätte räuspern müssen, was ich doof gefunden hätte, und andererseits gerade dabei war, auf dem Mond und damit in einem anderen Universum zu landen. Stattdessen versuchte ich meine Beine still zu halten und den Po nicht zu bewegen, um nicht den Kontakt zu ihm zu verlieren. Denn so nah hatte ich noch nie einen Jungen an meinem Körper gespürt. Auch nicht letztes Jahr Paolo, obwohl er fast schon, und daher genauso nah, auf meinem Rücken lag. Jetzt aber genoss ich den Finger, der gerade in mich hineinschlüpfen wollte, mit ihm breitete sich gleichzeitig ein aufregendes, eine seltsame Hitze erzeugendes Gefühl in mir aus. Doch im selben Moment zischte Philipp „Scheiße!" und glitt zur Seite.

Michael schaute mit einem bübischen Lächeln zu, wie sich mein Körper wand und drehte, wie ich mich etwas aufbäumte und krümmte, wie ich meinen Po anspannte und zugleich meine Beine anfingen zu zittern.

„Manchmal ähnelst du einer Woge auf dem Meer", flüsterte er dicht an meinem Ohr. Meine Hände in seinen Haaren sog ich die Luft scharf ein und hielt sie gleich darauf an. Für einen Moment ließ er mich ruhen und ich nahm es keuchend dankbar an und küsste ihn nass und wild. Aber am liebsten hätte ich mit meinen Fingern noch alles beschleunigt, so gierig hungerte ich nach Erlösung. Unter seinem voyeuristischen Blick. Hier auf der Veranda, vom Strand recht gut zu sehen, war es ein völlig unbekanntes Gefühl. Plötzlich ließ er seine Lippen und die Zunge vom Hals über den Busen und Nabel hinunter zu meinem Schoß gleiten, biss im Vorbei lächelnd in meine Brustspitzen, in die Haut des Bauches, in meine Pölsterchen an der Seite, küsste und kniff dann mit den Lippen den Hügel meines Schoßes und nur einen Augenblick später vibrierte Michaels zitternde Zunge an der Spitze meines nassen Spaltes. Ich hörte mich selbst krächzen, nahezu heiser aufstöhnen und fühlte, wie tief in mir drin sich etwas ausbreitete, was ich so das letzte Mal vor vielen, vielen Jahren gespürt hatte. Ein weiteres Mal in diesen Tagen wurde dieses Gefühl von alten Filmen ersetzt. Ich saß bei Philipp auf dem Fahrrad. Philipp gab mir einen linkischen Kuss. Der Rock glitt an meinen Oberschenkeln hinunter und seine Hand zwischen meine Beine. Sein Blick vor dem Freibad scannte mich ab. Ich spürte ihn an meinem Rücken.

„Macht nix", flüsterte ich leise und bedauerte, dass Philipp seine Hand zwischen meinen Schenkeln weggezogen hatte. Er stellte sich verschämt mit dem Bauch zum Beckenrand und wischte sich unter der Badehose etwas von seinem ... Ding runter. Als ich meine Hand dabei zu seiner schieben wollte, war er schon fertig und zog seine aus der Hose heraus. „Ich komm dich am Samstag besuchen", flüsterte ich so bestimmt wie möglich in sein Ohr, es sollte wie ein Trost klingen.

Währenddessen sah ich mich wieder um, gerade sauste Stefanie in ihrem bunt gestreiften Bikini zum hundertsten Mal johlend die Rutsche herunter und Klaus hampelte unten im Wasser herum, um sie aufzufangen. Das kleine Kind sprang immer noch ins Wasser. Daneben weitere. Der Bademeister stand am anderen Becken und fuchtelte mit seinen Armen herum. Irgendjemand hatte sich wohl danebenbenommen. „Ihr seid hier nicht in eurem Partykeller", schrie er. Ich lachte und stupste Philipp an. Ansonsten war fast zehn Meter um uns herum niemand. Eine Frau, vermutlich die Mutter des Kindes, schaute zu uns. Ob sie uns wohl beobachtet hatte? Ich lächelte zu ihr rüber. Derweil kreuzte Philipp die Arme auf dem Rand des Beckens, legte den Kopf ab und sah mich mit zusammengepressten Lippen an. Ich lehnte mich weiterhin mit dem Rücken an die Seitenwand, biss mir auf die Unterlippe und glitt, nun dicht neben ihm stehend, mit einer Hand auf seinen Bauch, kraulte ihn ein wenig und schob sie unter seine Hose. Wie er bei mir. Erstaunt sah er mich an und zuckte kurz, als ich sein – Wie sagte er wohl dazu? – in die Hand nahm, ohne den störenden Stoff dazwischen wie am Sportplatz. Ich spürte einen wohligen Schauer und wiederholte:

„Ich komm dich am Samstag besuchen." Es fühlte sich seltsam und ungezogen und schön und fremd und aufregend an und ich mich mutig und unglaublich erwachsen. „Komm, wir gehen zu den anderen."

Philipp, eigentlich über ein Jahr älter als ich, nickte wie ein kleines Kind, kämmte sich mit einer Hand durch die nassen Haare, stülpte die andere über meine im Schoß und lächelte mich gequält an.

„Tut mir leid! Ich bin eine Niete!", schimpfte er sich.

„Du spinnst!", protestierte ich. „Warum das denn?"

Aber er gab mir nur einen schnellen, viel zu oberflächlichen Kuss und beantwortete meinen Vorschlag, „Alles klar", löste sich vom Beckenrand und wollte aus dem Wasser klettern. So wollte ich ihn nicht gehen lassen, hielt ihn fest und nahm seinen Kopf zwischen die Hände und sah ihn mit gerunzelter Stirn von einem ins andere Auge an.

„Quatsch! Du bist alles andere als eine Niete."

Er presste die Lippen zusammen und erwiderte stattdessen:

„Bibione also. Soll schön sein dort."

Ich nickte nur. *Ja, ist schön dort.* Vielleicht hätte ich noch sagen sollen: *Ich hab' dich lieb.* Aber das traute ich mich noch nicht. Ein anständiger Kuss musste reichen. Er rollte die Lippen ein, sah ins Wasser, strich sich mit einer Hand wieder die nassen Haare nach hinten und mit der anderen über die Wasseroberfläche, als wolle er es streicheln, und murmelte:

„Danke."

Ich wuschelte ihm durch die Haare, *da nicht für,* und zog ihn mit.

„Ja, ist ziemlich schön dort. Ertrinken kannst du da jedenfalls nicht." Ich lachte kurz auf. „Ist ein ganz flacher Strand. Leider mit ziemlich viel Leuten."

Am Platz zurück, zog sich Stefanie gerade ihren BH aus und trocknete sich ihren Oberkörper unbefangen ab. Dann zog sie den Bund ihres Badeslips nach vorne und fuhr sich mit dem Handtuch sogar zwischen die Beine. Die Jungs guckten natürlich. Sie sahen es nur kurz. Aber auch da war sie schon ganz Frau. Ihr Busch war genauso dunkel wie ihre Haare. Ich wurde etwas eifersüchtig, als ich Philipps Blick sah. Ich hockte mich auf mein Handtuch, zögerte nur kurz und tat es Stefanie nach. Philipp zog die Brauen hoch, Klaus guckte nun auch zu mir. Es sah von beiden anerkennend aus. Als müsste sie mit mir konkurrieren, beugte sich Stefanie barbusig zu Klaus hinunter und knutschte ihn auf eine provozierende Art mit langer Zunge. Ihre Brüste berührten seinen Bauch. Philipp hingegen kämmte sich ein weiteres Mal die Haare nach hinten und lächelte mich verzagt an. „Samstag", dachte ich, rutschte an ihn ran – auch meine Brüste auf seinem Bauch – und legte eine Hand auf seinen rechten Schenkel. Innen (!), bevor ich mir langsam den trockenen blauen BH anzog. Wie Stefanie obenrum nackt zu bleiben, das traute ich mich dann doch noch nicht. Stefanie hingegen legte sich mit ihrem nackten Oberkörper neben Klaus und stützte sich mit den Ellbogen ab. Er setzte sich sofort etwas auf, betrachtete mit der Zungenspitze zwischen den Lippen unverhohlen ihre Brüste, lächelt verschmitzt und sagte, ohne seinen Blick abzuwenden:

„Schon gehört? Loibl hat auf der Abschlussfahrt 'ne Abiturientin geschwängert."

„Der Loibl? Den hab' ich in Sport!" Ich schaute erstaunt und kicherte leise auf.

„Und ich in Erdkunde", meinte Philipp und verzog das Gesicht.

„Nun nicht mehr. Er muss die Schule verlassen."

„Der war schon immer ein Gockel", meinte Stefanie, „der hat mir mal mit beiden Händen an den Hintern gegriffen, als wir Reckturnen gemacht haben. ‚Du musst dich richtig an die Stange hängen, Mädchen', hat er gebrabbelt und mich dann tatsächlich mit seinen Wichslappen an meinem Hintern hochgeschoben."

„Und dann den Rock bei der Abiturientin, oder so?", grinste Klaus.

„Wer ist die Glückliche?", wollte Philipp wissen und streichelte meine Hand, die auf seinem Schenkel lag.

„Jennifer Huber heißt sie. Ist schon achtzehn", Klaus hob die Achseln, „volljährig also." Er sah zu Stefanie, ließ sie wieder nicht aus den Augen und fügte hinzu: „Ich kann ihn ja irgendwie verstehen."

Stefanie funkelte ihn böse an und machte „Pööh!". Er grinste und ich dachte: „Das muss man dir lassen, so wie du guckst, kann ich Stefanie auch verstehen." Klaus beugte sich zu ihrem Bauch hinunter. Sein Kuss klang eher wie ein Schmatzen, dann meinte er:

„Wenn du mir das gesagt hättest mit seinen Händen auf deinem Hintern, hätte ich dem Lüstling in Erdkunde vor allen anderen eine geballert." Dabei grinste er frech und gab ihr noch einen Kuss mit langer Zunge auf eine Brustspitze. „Ist jetzt leider zu spät."

„Wär' ja wohl das Mindeste." Sie streckte ihm die andere hin. „Auf einem Bein kann ich nicht stehen."

Wir lachten. Philipp sah mich verschämt an. Ich kniff ein Auge, küsste ihn aufs Ohr und hauchte: „Samstag." Meine Hand rutschte etwas weiter und dadurch ein, zwei Zentimeter unter den Saum seiner Badehose. Er lächelte verlegen. Den anderen war es egal. Ich war davon überzeugt, dass sie *es* schon gemacht hatten. Dann machten wir uns über die restlichen Muffins her.

Wieder war es Klaus, der mampfend meinte:

„Und das mit der Kroiß ist ja auch 'n Ding. – Die hat am Freitagabend den Benz vom Direx auf der Münchner Straße geschrottet."

„Die Kroiß aus 'm Sekretariat?", staunten wir anderen drei synchron. Klaus nickte und grinste frech: „Die ist den gefahren. Man munkelt, sie wären zusammen etwas trinken gewesen und er hätte zu viel gehabt. – Wohl nicht das erste Mal. Stellt euch das mal vor. Die hatte aber angeblich auch schon eins Komma zwei Promille. – Hammer, oder?"

Wir grölten. Klaus beugte sich über Stefanie, wieder ein Kuss, dann angelte er aus den Sachen hinter ihr ein kleines CD-Radio hervor.

„Die Kinder nerven mich. Was wollt ihr hören? Ich hab' Shakira, Madonna und Depeche Mode im Angebot. – Vielleicht Depeche Mode für die Damen? Dave Gahan ist doch euer Typ?!"

„Lass laufen! Der Gahan? Nee! Wenn, mag ich den Schlagzeuger, Christian Eigner. Weißt du doch", erwiderte Stefanie. „Findet ihr nicht, der sieht ein bisschen aus wie Klaus?"

Sie sah mich an.

„Machen auf jeden Fall gute Musik", erwiderte ich.

Klaus drückte auf die Taste, *Okay,* und Sekunden später sang Gahan: *Hey girl! You've got to take this moment. Then let it slip away.* Wieder sah mich Philipp an und ich nickte ihm zu. Ich kannte das Lied. Fast hätte ich mitgesungen: *And I'm only here to bring you free love. Let's make it clear, that this is free love. No hidden catch. No strings attached. Just free love.* Samstag. Wir waren den dritten Tag zusammen und ich wollte jetzt schon nichts anderes als mit ihm schlafen.

Am späten Nachmittag brachen wir dann auf. Die Vorräte waren weg und wir zu geizig, im Kiosk Nachschub zu organisieren. Schwimmen oder in den Becken waren wir nicht mehr, obwohl mein Po noch sandig war. Ich glaube, jeder von uns hatte Angst, es würde sonst auffallen. Wir hatten uns auch alles erzählt. Zudem wurde es frischer. Es dauerte keine fünf Minuten und wir standen um unsere Taschen herum.

„War mega", meinte Klaus und Stefanie nickte, „dringend zu wiederholen. Was meint ihr?"

Wir klatschten die Hände gegeneinander und nickten.

„Ja. Dringend!"

„Ich kann auch wieder Muffins beisteuern", meinte ich und wieder nickten alle.

„Dringend!" Klaus und Philipp im Chor. Sie hatten sich wohl abgesprochen. Ein paar Minuten später saßen Klaus und Stefanie schon auf ihren Rädern und fuhren irgendeinen Blödsinn rufend davon, den wir beide nicht verstanden. Für Sekunden standen wir uns dann gegenüber und sahen uns an. Ich lächelte, er schaute ernst. So konnte es unmöglich bleiben. Ich nahm ihn in den Arm und drückte ihn an mich. Seit der Sache im Schwimmbecken war Philipp stiller geworden. Mochte er mich nun nicht mehr? Und wenn ja, warum? Ich legte eine Hand in seinen Nacken und zog ihn zu mir runter.

„Hmh?" Ich forschte in seinen Augen. – *Was ist los?* sparte ich mir. Er sah an mir vorbei.

„War wirklich toll!", fügte ich ein paar Augenblicke später hinzu, weil er nichts sagte. Etwas gequält lächelte er mich an. Mit etwas Verzögerung nickte er, gab mir einen Kuss auf die Stirn und drückte mich an sich. Immer noch, ohne einen Ton zu sagen. Jetzt war der richtige Moment, befand ich: „Ich hab' dich lieb."

Am meisten liebte ich es nach einem Tag am Meer. Nachdem die warmen Wellen meinen nackten Körper gestreichelt hatten. Umhüllt von den vielen fremden Geräuschen der kreisenden Vögel, deren Gepiepe und Geschrei, das sich manchmal wie ein Gemecker, manchmal wie ein Lachen anhörte, und bedeckt von der schmeichelnden Nässe und dem salzigen Duft des Wassers, dem Licht, gleichzeitig gleißend und matt. Oder wenn Michael am Ende eines Tages lediglich den Slip meines Bikinis, den ich doch ab und zu trug, zur Seite schob und durch sich ersetzte.

Was die anderen machten, interessierte nicht. Die kannten wir nur von zwei, drei eher zufälligen Treffen vorne am Wasser, im Hauptgebäude oder im kleinen Supermarkt im einen halben Kilometer entfernten Dorf.

Es waren auf diesem Teil der Insel ohnehin gerade etwas mehr als ein Dutzend: Eine ältere, meist schick gekleidete Dame, die den Tod ihres Mannes seltsamerweise hier vergessen wollte und die wir nur abends beim Essen sahen. Ein unsympathisch wirkender Mittfünfziger, von dem wir nichts wussten und ihm daher eine immer mehr wachsende Geschichte bastelten. So wurde er für uns einer dieser sich selbst überschätzenden Manager oder Investmentbanker. Seine Frau hingegen schien ständig eingeschüchtert und hier irgendwie fehl am Platz. Egal, was der Prospekt *ihr* versprochen hatte, mit diesem häufig geltoupierten, künstlich gebräunten und im Sportstudio gestählten Typen konnte es nicht mehr gelingen. Die letzten Jahre mit ihm hatten die Reste ihrer Attraktivität zerstört. Dabei war sie sicher einmal eine attraktive Frau gewesen. Allein ihre Figur war im Grunde genommen hinreißend. Doch sie bewegte sich nicht so. Der Stolz, den sie einst besessen hatte, glaubten wir, war gebrochen. Meist etwas nach vorne gebeugt mit vor ihren Brüsten verschränkten Armen, stand sie vorne für Minuten im Wasser und fixierte irgendeinen weit entfernten Punkt am Horizont. Der dunkelblaue Bikini mit dem hohen Beinausschnitt an ihrem zwar schlanken, wirklich schönen Körper war sicher, davon war ich überzeugt, ein Wunsch von ihm und sah an ihr leider unpassend aus. Vielleicht fühlte sie sich nicht wohl in ihm.

„Nackt wäre unauffälliger", meinte ich und deutete auf das seltsame Paar weit vorne am Strand, „oder weswegen sind die hier?"

Dann war da noch ein junges Pärchen, wie wir aus Deutschland, das sich auf die eigene Hochzeit vorbereitete. Und dies, wir schmunzelten jedes Mal, hörbar und mit manchem verbalen Antreiben vor allem von ihr, mal auf der Veranda, mal unter den Palmen, mal im

Bungalow, die Wände waren alles andere als dick, warum auch? Das ganze Jahr über war es hier selten kälter als zwanzig Grad, erst recht nicht am Meer.

Jaaa! – Scheiiii...ße – Nicht aufhören! – Jeeeetzt! – Fester! – Geil!

Jedenfalls in einer ungenierten Art, die auch für uns animierend war. Die sie allerdings vorne am Strand nicht auslebten. Dort tobten sie züchtig gekleidet, als seien sie in einer öffentlichen Schwimmanstalt, in den Wellen herum. Sie erinnerte mich mit ihrer sportlichen Figur und den wehenden Haaren immer ein wenig an Stefanie.

Durch einen kleinen schmerzhaften Zufall und allen Vorurteilen zum Trotz lernte ich sogar eine schwergewichtige Frau kennen, die hier mit ihrem Mann, der im Gegensatz zu ihr eher eine zweite Ausgabe von Philipp war, zum fünften Mal ihren Urlaub verbrachte. Weit draußen stießen wir, bei einem meiner Schwimmausflüge, mit unseren Köpfen zusammen. Wir rieben uns kurz die lädierten Stellen, lachten und überhäuften uns mit Entschuldigungen.

„Mein Gott, tut mir das leid", kam von uns beiden in Stereo, „ich hab' Sie nicht gesehen."

Anschließend paddelten wir ein wenig im Wasser und sie erzählte mir freimütig den Grund, warum sie ausgerechnet hier Ferien machte.

„Sie sehen ja, freibaduntauglich. Aber wenn ich hier im Wasser schwimme, habe ich das Gefühl zu schweben. Ich komme einfach nicht runter von meinen über achtzig Kilo. Und die sind bei eins fünfundsechzig eindeutig zu viel. Mein Mann sagt nichts. Ja, er genießt es wohl sogar hier ... sehr mit mir."

Wir hatten wieder Boden unter den Füßen und sie blieb stehen.

„Wenn ich natürlich solche Beine hätte wie Sie ..."

Ich lachte und sah durch die Wasseroberfläche auf ihre schönen vollen Brüste, die nun wie sie zu schweben schienen.

„Sie sind dafür eine richtige Frau. Ich bin nur ein etwas lang gezogenes weibliches Wesen."

„Ach, Quatsch!"

Wir erreichten den flachen Teil des Strandes und gingen langsam aus dem Wasser. „Wirklich eine schöne Frau", dachte ich. Nichts an ihr wabbelte. Kein Wunder, wahrscheinlich schwamm sie jeden Tag stundenlang. Achtzig Kilo. Na und? Auch für sie hatte der Prospekt demnach auf einigen Seiten etwas parat gehabt.

Acht Seiten, die nach den ersten Tagen nun sogar eher etwas prüde wirkten. Die knappen Zeilen hatten dennoch animiert und auch wir ja deshalb gebucht. Vielleicht hätte ich es nicht getan, wenn er freizügiger gewesen wäre als mit *Endlich mehr Zeit für Ihr Liebesleben*. Daneben war nur ein Ausschnitt eines nackten Frauenoberkörpers und keine Anzeige für erotische Massagen, anderweitige Sex-Angebote oder nackiges, gruppendynamisches Sun-Set-Yoga.

Alles in diesem Prospekt war Animation und nicht Provokation. Endlich mehr Zeit *dafür*. Bisher, dachte ich, mich nicht beschweren zu können. Mein Liebesleben fand mittlerweile regelmäßig und im Großen und Ganzen zu meiner ... Zufriedenheit statt. Doch kaum hatte Michael mir den Prospekt gezeigt und ich ihn zwei Tage später vor dem Einschlafen nochmals durchgeblättert, überwog die Neugier und die Befürchtung, eventuell in diesem (Liebes-)Leben allzu lang doch etwas, vielleicht sogar einiges verpasst zu haben. Immerhin war ich im Internet schon auf der Suche nach ... Toys gewesen und wie gesagt, ich hatte bislang immer Spaß am Sex. War das nicht verräterisch genug?

Unser Resort verfügt über ein ungewöhnlich großes Areal, das Ihnen Privatsphäre garantiert. „Und Neugierde weckt", dachte ich nicht nur daheim. Die Aufnahme von der fast kreisrunden Bucht, sicher über einen halben Kilometer groß und die Farbe des Meeres waren auch ohne diese Versprechungen verlockend genug. *Unsere Bungalows sind mit allem ausgestattet, was Sie für Ihre Verführungen brauchen.* Darüber das Bild eines nackten Manns, der von hinten den gebeugten Rücken eines unfassbar schönen Frauenkörpers umarmte. Eine Hand von ihm zwischen Nabel und Schoß, den man – wie ihre Gesichter – nicht sehen konnte, die andere auf einer Brust. Fast wie damals Philipps Hände auf mir im Schwimmbad. Seine Hände mit schlanken Fingern und, was ich seitdem so mag, deutlich sichtbaren Adern auf den Rücken.

Ich legte den Prospekt zur Seite. So wie diese Frau sah ich nicht aus, das ist sicher, aber Michael hatte fast auch diese Hände. *Erleben Sie eine neue Leidenschaft zu zweit. Fragen Sie bei Bedarf nach Bungalows für mehr Personen.* Nein. Unnötig. So eine bin ich nicht. Solche waren auch nicht hier an unserem Strand. Mir fielen ein paar Verflossene ein. Florian und Georg und, weil Camilla ihn nannte, Daniel. Mit einem von denen hier, so wie damals, und ich würde an Selbstmord denken. Ich schüttelte den Kopf und lachte leise. Nein, alles gut. Michael oder doch etwas aus der Schublade in der Kommode reichte vollkommen.

An das Leben vor diesen ... Ferien wollte ich mich vorläufig nicht erinnern. Weder an das Geheimnis noch an die Vorgeschichten. Manche, besonders eine davon, hatte ich gründlich versemmelt.

Ja, es gab und gibt ... Körperlichkeiten. Somit auch Sex in abgespeckter Form. Eben dieses kleine Geheimnis, das ich verschwieg. Man (!) – ich bemerkte, dass ich nicht in Personen dachte – machte es, nachdem er, Peter, mich zuvor fünf Minuten ... animiert hatte, um nach weiteren drei vollendete Tatsachen zu schaffen. Eine Befriedigung war für mich nicht dabei. Höchstens eine Andeutung davon. Im Laufe der Zeit war dies für mich ein unbekanntes Terrain geworden. So was wie Trott. Aber ich nahm es hin und es hatte mir gereicht – bislang. Und ich wusste noch nicht, ob ich trotz der letzten Tage es missen wollte. Peter war für mich so was wie eine allwöchentliche Stimulierung geworden. Ein kleines Highlight. Ohne ihn war ich auf mich gestellt, ohne seinen sehr kargen Sex könnte ich meine Dusche oder das hier sicher nicht so genießen.

Auch nachdem Michael mich vor gerade mal vier Monaten nach der besagten Party, an die ich mich ansonsten nicht mehr richtig erinnern kann, und ohne mich vorher mit zu viel Alkohol verführt zu haben, um halb zwei morgens mit zu seiner Wohnung nahm und mich dort wieder zu dem werden ließ, was ich in den letzten Jahren vielleicht so nicht mehr gewesen war. – Eine Frau mit Sex-Appeal.

Samstag. Ich stand in meinem Zimmer und überlegte wieder, was ich anziehen könnte, und entschied mich für dasselbe wie im Freibad. Als Mutti fragte und Papi aufschaute, meinte ich nur: „Es ist so schönes Wetter, wir gehen ins Freibad." Das stimmte. Das genügte. Das reichte für einen Zehner extra, den mir Papi lächelnd hinstreckte. Er bekam dafür einen Kuss auf die Wange. Schon war ich weg. Die ganzen Badesachen und Handtücher würde ich, um keinen Verdacht zu erregen, bei Philipp im Bad nass machen.

Er stand vor dem Haus. Blaue Shorts, Unterhemd, mit schmutzigen Händen. Sein Fahrrad umgedreht auf Sattel und Lenker und ich in diesem Moment richtig.

Die Sonne mit voller Leuchtkraft hinter mir und ihr Licht fiel zwischen meinen Schenkeln durch den dünnen Stoff des dünnen Marinekleidchens. Wie bei Lady Di 1980, als sie noch Praktikantin war, fiel mir ein, als ich meinen eigenen Schatten sah. Der Fotograf wusste damals genau, was er tat, und Charles gefiel es.

„Die Kette ist runtergesprungen", erklärte Philipp und sah nirgendwo anders hin als auf sein Fahrrad, „morgen wollte ich mit Klaus zum Kick. Er spielt doch seit diesem Jahr in der A-Jugend."

Erst jetzt sah er zu mir. Seine Hände wie beim Pfarrer während der Eucharistie halb nach oben und zur Seite gestreckt. Die Haare in alle Richtungen, als wollten sie nichts miteinander zu tun haben. Es sah drollig aus. Auch wie er mich genau dort mit halb offenem Mund anschaute, als hätte er mitten in einem Satz aufgehört zu sprechen. Ich machte einen Schritt vor, gleichzeitig meine Lippen feucht und gab ihm einen Kuss – auch mit halb offenem Mund.

„Ich hab' wieder ein paar Muffins mitgebracht", lächelte ich ihn an und schwang die Tüte hin und her.

„Meine Hände sind schmutzig", seine Antwort. Er beugte sich über das Rad, hantierte noch etwas herum, stellte es auf die Reifen und ans Haus.

„Kommst du mit?", fragte er, betrachtete seine Hände und Arme, die er so schmutzig nicht um mich legen wollte. Ich schwenkte nur wieder die Tüte mit den Muffins und glaubte wieder ein Zittern in seiner Stimme zu hören. *Warum bin ich wohl hier?*, hätte ich am liebsten gesagt.

Kurz lehnte ich mein Gesicht an seine nackte Schulter, strich dabei über sein Unterhemd an der Seite und gab ihm einen weiteren Kuss auf die Schulterspitze. Genau in diesem Moment kam der alte Lobrecht aus dem Haus, blieb stehen und sah vorwurfsvoll zu uns rüber.

„Guck nicht so!", schoss mir durch den Kopf. „Ich bin kein kleines Kind mehr." Philipp – immer noch wie Pfarrer Müller am Sonntag – lächelte mich verlegen an und meinte nur, „Also", drehte sich um, ging am Lobrecht vorbei, „Tach", und noch mal „Schönen Tach dann auch", und feierte auch beim Treppenraufgehen mit seinen aufgeklappten Händen die Messe. Umständlich schloss er die Wohnungstür auf und ging sofort ins Bad. Ich schloss die Tür und lehnte mich gegen den Rahmen von der zum Bad.

„Wusste gar nicht, dass Klaus Fußball spielt", gestand ich und beobachtete Philipp beim Händewaschen.

„Schon lange. Aber jetzt hat er plötzlich die Chance bekommen bei den A-lern mitzuspielen. Viel falsch machen kann er nicht. Er ist Verteidiger. Und foulen kann jeder." Er grinste und trocknete sich die Hände und Arme ab. „Magst du was trinken?"

„'n Kakao tät zu den Muffins passen."

Philipp nickte und sah mich wieder von oben bis unten an. Auf Höhe des Saums blieb sein Blick hängen. Das mit der Di war mehr als zwanzig Jahre her.

„Das ... also das Kleid ... mein ich ... steht dir verdammt gut." Fast wie ein Stottern.

„Freut mich. Ist ja eigentlich nix Besonderes."

Jetzt kam er auf mich zu und blieb keinen halben Meter vor mir stehen, kämmte sich wie im Freibad etwas linkisch wirkend die Haare nach hinten, kaute auf seinen Lippen herum und sah plötzlich auf den Boden.

„Ich ... das heute ... also ... ich mein ... ein Mädchen ..."

„Alles gut." Ich schaute ihm vom linken ins rechte Auge und wieder ins linke und war über meine weiche und zarte Stimme verwundert. „Ich auch nicht." Mehr musste nicht gesagt werden.

„Ich mach dann mal Kakao." Ungelenk ging er an mir vorbei in die Küche.

„Wo sind deine Eltern heute?"

„Übers Wochenende bei Muttis Schwester in Feldafing. Die haben sich schon lange nicht gesehen. Kommen morgen Nachmittag wieder."

Ich nickte und sah vor mich auf den Boden. Müsste ich mich nun schämen? *Das heute ... ein Mädchen ...* Ich schüttelte den Kopf.

So ist das mit Sex und vielleicht mit der Liebe.

Und so war es bei uns. Wie gesagt ... vielleicht.

Michael und ich lernten uns also auf dieser Party kennen, fanden uns sympathisch und quatschten stundenlang miteinander. Was folgte, hatte ich bereits erzählt. Vielleicht hätten mehr als zwei Gläser Alkohol mein Ja und die folgenden Stunden leichter erklären können. Doch blieb es bei den zwei Gläsern Wein. Er hatte sicher nicht mehr getrunken. Die Party wurde zur Nebensache und am Ende erübrigte sich die Frage „Kommst du noch mit?" schon fast.

Denn Minuten später stand ich im Flur seiner Wohnung und kickte hinter uns die Tür mit einem Fuß zu. Sein erster Kuss ließ mich meine Hände in seine Haare krallen und im nächsten Moment hatte ich nur noch Slip und BH an – darüber waren eh nur das Kleid und eine dünne Jacke gewesen – und ich schob Michael mit einem Fuß die Unterhose längst ungeduldig hinunter zu seinen Knöcheln, während er eine Hand zwischen meine Schenkel schob. Weiter kamen wir nicht – was die Räumlichkeiten anbetraf.

Dass seine Nachbarn im Hausflur nur wenige Minuten danach durch die viel zu dünne Wohnungstür sicher mein Stöhnen und mein „Ooh Gooott!" hätten hören können, war mir auch Stunden später einerlei.

Vor sechs Wochen brachte er dann diesen Prospekt mit. Und mir wurde trotzdem etwas schwindelig. Doch dann wagten wir beide den entscheidenden Schritt, plünderten unser Erspartes und waren hierhergereist. – Und nicht nur *Love and Beach* hatte seine Versprechen gehalten, sondern auch meine ungehörigen Träume.

Ich wunderte über mich selbst, mit welcher Leichtigkeit ich für die Reise und *das* bereit war. Mit unserem spontanen ersten Mal im Flur hatte das alles nichts mehr zu tun. So wie ich es tat, so wie ich es zuließ, so wie ich mich hingab, ließ nur eine Schlussfolgerung zu: *Ich war ausgehungert, ja, vielleicht sogar süchtig.*

Nach einer der letzten Nächte in Frankfurt hatte er mir mal gestanden, dass er früher nach dem Liebesspiel bald eingeschlafen sei oder höchstens noch Lust auf Schokolade gehabt hätte, weil das davor wohl doch nicht süß genug, vielleicht auch zu eingespielt war. Vielleicht war es auch nur eine Behauptung. Ich wusste ja nichts über seinen Alltag. Besonders schläfrig sah er jedenfalls nicht aus, wenn wir es gemacht hatten. Nach nicht einmal einer Viertelstunde hatte er schon wieder Lust. Ich musste ihn nur ein wenig streicheln und die Hitze um uns tat ihr Übriges, sie ließ seine Männlichkeit bald wieder wachsen.

Mir hingegen reichte es allein, wie er an mir schnupperte und meinen Duft einatmete, wie er mit seinen Fingerspitzen meine Brüste berührte und ich mein eigenes Erschauern dabei spürte. Es reichte, wie er meinen Hals für eine kurze Sekunde lang hinterm Ohr leckte und er mein Seufzen zu hören bekam. Es reichte ihm, wenn ich leicht bekleidet im Sonnenlicht stand, weil der Hunger auf das, was der Stoff dennoch verhüllte, die Sonne aber verriet, immens wurde.

Wir hatten noch nie darüber gesprochen, was *danach*, nach unserem Abenteuer, nach diesem Urlaub mit uns geschehen könnte, würde oder sollte. Philosophische Fragen über die Zukunft gab es nicht. Unser zügelloser, gieriger Sex, wie wir ihn in diesem ... abenteuerlichen Urlaub hatten, in dieser oft ungestümen Art, die alles andere als alltagstauglich war, war nicht nur ungewöhnlich für mich, sondern auch für ihn. Wenn ich seine Reaktionen richtig deutete. Vielleicht befriedigender als der, den er ansonsten ohne mich hatte. Unvorstellbar, dass ich gerade die Einzige war. Denn so, wie er es mit mir tat, hatte ich manchmal das Gefühl, dass er jemand anderes in mir sah. So machte ich mir meine Gedanken: *Wie sieht sie aus? Was gefiel ihm oder ihr nicht? Warum ich? War bei ihm gerade eine leergelaufene Liebe zu Ende, ich im richtigen Moment da und nun der Ausgleich?* Vielleicht sollte ich ihn fragen, vielleicht sollten wir darüber sprechen. Eine Stimme in mir sagte, wenn, hätten wir dafür nicht mehr viel Zeit.

Philipp holte eine Tüte Milch aus dem Kühlschrank, Kakaopulver und zwei große Gläser aus einem der Oberschränke. Jede seiner Bewegungen von mir, an den Türrahmen gelehnt, verfolgt. Er war einiges dünner als Klaus und die anderen Jungs, schlaksig, ja sogar hager, das war mir im Freibad gar nicht so aufgefallen. Aber so passten wir auch irgendwie zusammen. Und seine strubbeligen, zumindest ungeordneten Haare und die etwas eingefallen wirkenden Wangen machten ihn viel interessanter als die Kreuze der Möchtegernsportler in seiner oder der Parallelklasse. Okay, Klaus spielte tatsächlich Fußball. Angeben tat er damit aber nicht.

„Warme oder heiße Milch?"

„So, wie *du* deinen Kakao trinkst."

„Dann heiß und süß", gab er zurück, grinste mich mit einem Augenzwinkern an und wurde rot.

„Klingt gut", stellte ich fest und sah ihn belustigt an.

Während er die Milch in einem Topf warm machte und in beide Gläser, ohne zu zögern, nicht nur zwei Esslöffel Kakao, sondern auch Zucker hineintat, löste ich mich vom Türrahmen und stand in der nächsten Sekunde neben ihm an die Küchentheke gelehnt. Seine blauen Augen sahen mich ein paar Sekunden verlegen an, dann schob er den Topf zur Seite.

„Die zwei sind schon lang zusammen?", fragte ich.

Wieder der Blick.

„Sicher schon ein halbes Jahr. Ich glaub', sogar länger. Er hat mir nichts gesagt. Richtig gesehen hab' ich Steffi erst ein-, zweimal vor dem Freibad." Er zuckte mit verzogenem Mund die Schultern. „Plötzlich war sie da und es sieht, ehrlich gesagt, nicht so aus, als wenn er sie erst am Tag zuvor kennengelernt hätte."

„Nee, das stimmt", erwidert ich und schob nach: „Das schaffen wir auch."

„Ist wohl warm genug", meinte er mit einem leisen Räuspern erklären zu müssen, statt darauf einzugehen – „Das schaffen wir auch" – und füllte die Milch in die Gläser. Seine Hand zitterte ein wenig, ein paar Tropfen gingen daneben und liefen außen herunter. Ich sah den Lappen auf der Spüle, nahm ihn und wischte, nun so dicht neben ihm, dass sich unsere Oberkörper berührten, während er mit einem klingelnden Geräusch umrührte, die vergossene Milch weg.

„Danke!", sagte er. Seine Stimme klang belegt. Ich ließ den Lappen neben den Gläsern liegen, streichelte seine Wange und rutschte von ihr über das Unterhemd auf seinen Bauch. Verdammt, fühlte sich das gut an.

„Ich zeig dir mal mein Zimmer. Hab's extra aufgeräumt." Er nahm die Gläser in die Hand, machte sich mit einem verkniffenen Schmunzeln etwas los und ging zurück in den Flur. Am Ende von diesem auf der rechten Seite sein Zimmer.

Erster Stock, Einheitsbauweise der 70er-Jahre. Wie bei uns zu Hause. Wir nur im Erdgeschoss. Die Wohnungen sahen alle irgendwie gleich aus. Unsere Eltern waren froh, aus den alten städtischen Wohnungen mit den hohen Räumen rauszukönnen. *Du wirst sehen, da draußen mit dem Wald und den vielen Feldern ist es schöner als in der lauten Stadt.* Mir war es egal. Freundinnen hatte ich weder in der Stadt noch hier besonders viele. Während der Schulzeit war es Bettina. Danach Camilla. Aber schöner war es dort wirklich. Lernte ich nicht für die Schule, fuhr ich bei schönem Wetter mit dem Rad in den Allacher Forst. Da hatte ich in der Nähe des Güterbahnhofs eine Stelle, an die ich mich zurückziehen konnte, um nachzudenken. Okay, das ist vielleicht übertrieben ausgedrückt.

Philipp öffnete die angelehnte Tür und ich dachte im ersten Moment, in mein eigenes Zimmer zu gehen. Seines war lediglich etwas länger als meines, der Rest aber so gut wie gleich. Rechts der Kleiderschrank aus Plastikkiefer. Anschließend der Schreibtisch, der auch nur so tat, als sei er aus echtem Holz. Darüber ein Buchregal, auch in diesem nur wenige Bücher. Seine stapelten sich unter und neben dem Schreibtisch. Geradeaus das Fenster mit nahezu dem gleichen Vorhang, links das Bett, am Fußende der obligatorische Bettkasten. Auf meinem zu Hause saß ein Teddybär, standen ein Wecker und ein Nilpferd als Spardose und in den kleinen Regalen am Kopfende waren die Bücher, die ich gerne las. Auf seinem türmten sich die auch auf dem Bettkasten – ohne Teddybär. Ich grinste, stand schon halb im Zimmer und drehte mich zu ihm um.

„Und wie sieht das aus, wenn du nicht aufgeräumt hast?", meinte ich erstaunt, weil es nicht den typischen Ich-räum-mal-schnell-auf-Eindruck machte.

Philipp hob die Achseln, in den Händen die Gläser.

„Es liegt sonst mehr Wäsche und Zeugs herum", behauptete er, stellte die Gläser auf den Schreibtisch und schien darüber erleichtert aufzuatmen. Er hatte nichts verschüttet. Ich schüttelte den Kopf und war versucht unter das Bett zu schauen, meinte aber nur:

„Kann gar nicht sein. Dann kommst du mal zu mir. Da hilft wahrscheinlich auch kein Aufräumen." Jetzt musste ich lachen. „Meine Mutter sagt mindestens einmal in der Woche: ‚Aufräumen hilft nicht. So etwas nennt man entmüllen.'"

„Und das kann ich mir bei dir nicht vorstellen."

„Stimmt aber schon ein bisschen", erwiderte ich und sah mich wieder um.

An den Wänden über seinem Bett, das nun durch drei Kissen leider wie eine Couch aussah, keine Poster wie bei mir – Robbie Williams und Bon Jovi –, sondern drei echte, von Hand gemalte Bilder. Mit schief gelegtem Kopf schaute ich sie an.

„Sind die von dir?", fragte ich erstaunt.

Philipp nickte nur.

„Wow! – Wenn ich male, kommt maximal Micky Maus dabei raus oder ein paar Wellenlinien, die alles sein könnten."

Philipp hob wieder die Schultern.

„Echt gut." Ich schob mein Kleidchen ein wenig hoch und kniete mich auf das Bett, um mir die drei Bilder besser anschauen zu können. Ich spürte seinen Blick. Nun auf meinem Rücken, wie Minuten zuvor vor dem Haus. Nun auf meinem Po gelandet. Irgendwie war mir mit einem Mal klar, dass ich tatsächlich das erste Mädchen in seinem Zimmer war. Und das bei dem ganzen Getuschel in der Schule. Ich war megastolz und bekam eine Gänsehaut.

Love and Beach hielt all seine Versprechen und ich schlief in den letzten Tagen *deswegen* wenig. Trotzdem war ich nicht besonders müde. Im Hinterkopf wahrscheinlich das Gefühl, uns würde hier für das Ausleben unserer Träume die Zeit davonrennen. Danach folgte jedenfalls eine andere, sicher in vielerlei Hinsicht enthaltsamere Zeit. Zügelloses hatte dann sicher keinen Platz mehr darin.

Jetzt aber hatten wir zehn Stunden geschlafen, nahezu bewegungslos, ich jedoch wieder mit einem Sturm frivoler Träume. Die Hauptperson allerdings nun keine Fabelwesen, sondern ein wohlbekannter junger Mann. Das lautstarke Konzert der Vögel weckte uns auf, begleitet von dem Meer, das wie reibendes Papier über den Sand am Strand kroch. Genau in dem Moment als ich in meinem Traum eine Hand unter Philipps Unterhemd schob. Ich lächelte. An dieser Stelle würde ich in der nächsten Nacht weitermachen.

Ein Sonnenstrahl zeichnete ein Schattennetz durch das Gewebe über uns auf unsere nur halb, eher sogar unzulänglich bedeckten Körper. Die Nacht war besonders warm gewesen. Irgendwann war ich aufgestanden und hatte deshalb die großen Glastüren zur Seite geschoben. In der Scheibe über uns sah ich nichts anderes als das Blau des Himmels. Am Fußende unseres Betts, auf der Veranda, stand das Frühstück im Schatten bereit. Kleine Baguettes, frisches Obst: Mangos, fleischige Melonen, aufgeschnittene Pfirsiche, die statt des Kerns ihr rötliches Innere präsentierten, Kiwis und Erdbeeren animiert halbiert und natürlich Feigen, verführerisch dekoriert wie die aufgeschnittenen Papayas, die neben den Kuppen von kleinen Honigmelonen lagen und wie kleine Brüste aussahen, daneben kleine Bananen und verräterisch polierte Karotten; alles wartete darauf, von uns verspeist zu werden.

Michael reckte sich etwas hoch und ich sah, wie er an sich, vielmehr zu den Resten des dünnen Tuchs bei seinen Füßen schaute und augenscheinlich kontrollierte, was die guten Geister an ihm wohl zu sehen bekommen hatten, als sie den Tisch für uns deckten. Das dünne Tuch bedeckte diesmal jedenfalls nicht den deutlich sichtbaren Rest seiner allmorgendlichen Erektion. Im nächsten Moment blickte er zu mir rüber und hob die Achseln. Ich musste grinsen, für das, was ihm durch den Kopf schoss, musste ich keine Gedanken lesen können. Stattdessen meinte ich grinsend:

„Und wenn schon, wahrscheinlich bist du nicht der Erste."

Einem Bild aus meinem Traum folgend rieb ich ihn ein wenig. Mit einem Grunzen presste er sich steif in die Matratze. Dieselbe Erinnerung ließ ihn Augenblicke später sich gleichzeitig merkwürdig fremd und doch wohlbekannt in mir fühlen. Vielleicht ahnte er es. Denn seine Hände blieben neben ihm liegen und er hielt seine Augen geschlossen. Tatsächlich störte er so nicht das Bild in meinem Kopf.

„Wo ist das?", wollte ich wissen und zeigte auf das größere Bild in der Mitte.

„Am Starnberger See. Da, wo meine Tante wohnt. Das Naturschutzgebiet Karpfenwinkel. Ich mach da manchmal für 'ne Woche Ferien. Und von da ist es vielleicht fünf oder sechs Kilometer mit dem Rad entfernt. Dem Bild gegenüber gibts ein paar Bootsstege. Da sitze ich dann und male."

„Wow!"

„Gefällt es dir?"

„Meine Mutti hat recht. Ich sollte echt mal entmüllen. Dann hätte ich Platz für so etwas Schönes. Ich hab' nur dusslige Poster an der Wand. – Malst du mir mal eines?" Ich strich fasziniert mit den Fingern über das Bild, spürte nach wie vor seinen Blick auf meinem Rücken, drehte mich noch auf den Knien hockend um und sah ihn an. „Echt klasse!"

Er hatte die Lippen aufeinandergepresst.

„Du kannst es haben, wenn du magst. Ich hab' noch genug, die ich hinhängen kann. Wenn ich nicht für die Schule lerne oder schwimmen gehe, male ich."

„Boah. Das ist toll." Ich streckte mich, immer noch auf den Knien hockend, bekam sein Unterhemd zu fassen und zog ihn an mich heran. Schob daraufhin eine Hand in seinen Nacken, um ihn zu küssen. So wie es sich zum Dank gehörte. Dennoch war ich von der Intensität meines eigenen Kusses für ihn so überrascht wie er. „Jetzt oder nie", dachte ich und schob die andere Hand unter sein Hemd.

„Ich verspreche, es kriegt den besten Platz." Gerade als ich auch die zweite Hand unter den Stoff schieben wollte, rückte er etwas von mir ab und meinte:

„Unsere Kakaos werden kalt – und du hast doch extra Muffins mitgebracht."

Ich lächelte ihn frech an und sah, dass sein Blick auf meinen halb entblößten Schenkeln angekommen war – den Rock hatte ich ja ein ganzes Stück hinaufgeschoben. Darunter blitzte sicher mein dunkler Slip hervor. Immer noch kniend ließ ich meine Hand langsam von seinem nackten Arm heruntergleiten und lehnte mich an die Wand unter den Bildern:

„Du hast recht. – Wir sollten uns ... vorher stärken."

Drei Wochen vor meinem sechzehnten Geburtstag fühlte ich mich alles andere als ein kleines Mädchen. Drei Wochen vor diesem Geburtstag war ich nicht nur verliebt, sondern fühlte ich mich alt genug. An diesem Tag wollte ich mehr als Petting. Wollte ich das erste

Mal. Und ich wollte es mit Philipp. Vielleicht sogar mehr als Philipp selbst. Und dennoch wurde es gerade wegen ihm so intensiv, dass es nicht nur zu einer Erinnerung, sondern auch zu einem tiefen Gefühl wurde. Warum war es damals nur so kurz geblieben? Monate später zerstob, nein, zerstörte ich dieses unverdorbene und gleichzeitig unfassbar sinnliche Gefühl, trotz meines „Das schaffen wir auch". Warum? Weil ich zu feige war. In erschreckend kurzer Zeit verließ mich der Mut, etwas festzuhalten, für das mich alle als zu jung bezeichnet hatten. Lust, Sinnlichkeit und Liebe. Danach fiel ich in ein Loch. Für mehr als ein Jahr war niemand da und es verlor an Bedeutung. Statt alt genug zu sein, hatte ich Philipp und unser Gefühl betrogen.

Für einige Zeit hatte ich sogar die Lust auf mich selbst verloren. Dann – ich war fast siebzehn – sprach mich unversehens Florian an. Ich könnte auch sagen, ausgerechnet Florian, und ich machte es mit ihm. Später mit Frank, Georg und ein paar weiteren One-Night-Stands, die ausnahmslos nichts brachten, außer dem Gefühl, eine im Endeffekt in dieser Hinsicht frustrierende Nacht erlebt zu haben. Allenfalls der verheiratete Kollege, der versucht, wenn ich Lust auf seinen Blick habe, etwas unter meinem kurzen Rock zu erkennen, und ich ab und zu so tue, als würde ich es nicht merken, und ihm deshalb eine kleine Freude mache, hinterlässt eine leise Ahnung, wie es sein könnte.

All das erinnert mich an das alte Kinderspiel *Stille Post,* das meine Großeltern oft mit mir und all den anderen Kindern in der Nachbarschaft an irgendwelchen Geburtstagen gespielt hatten. Das erste Kind sagte dem nächsten leise und wispernd eine Nachricht ins Ohr, die möglichst unverfälscht genauso an die restlichen Kinder weitergegeben wird, bis das letzte Kind diese Nachricht laut aufsagen sollte. Doch wie in diesem Kinderspiel sich die Nachricht veränderte, änderte sich der Satz „Samstag ist niemand da, magst du mich besuchen? Ich hab' dich nämlich lieb" nach dem sechsten oder siebten Mal in ein sprödes „Ich besuch dich". Die Liebe war unterwegs irgendwo stecken geblieben, verschüttgegangen und abhandengekommen. Bei wem oder wo, kann ich im Nachhinein nicht mehr sagen. Dafür wurde *Besuche* großzügig interpretiert. Und die haben mir am Ende wenig Spaß gemacht.

Ist es aufgefallen? Aber genau den letzten Teil, ich hab' dich lieb, hatte Michael in all den Tagen nicht einmal gesagt, in keiner Variation. Aber um Liebe ging es ja auch nicht. Es war nach wie vor ein Was-wäre-Wenn.

Hier, an diesem Strand, weit genug weg von daheim, legte ich wohl deshalb auch die letzte Zurückhaltung, was ich in meinem Alltag nicht tat, das letzte Bedenken und Aber wie ein störendes Korsett ab und tat Dinge, die nur in meinen nahezu gesichtslosen Träumen möglich waren. Manchmal kniff ich mich selbst, um diesen Schmerz zu spüren, denn es hieß, im Traum könnte man es nicht – sich selbst kneifen.

Ich sah auf Michael hinunter, lächelte und beugte mich über seine Brust, zog mit der Zunge eine lange feuchte Linie bis hinunter zu seinem Schoß, in dem seine Härchen dunkel glitzerten. Schnupperte an seiner Haut und glitt mit meinen Lippen weiter. Ich mochte den Geruch seiner Haut, deren Geschmack, vor allem die Erinnerungen, die dadurch in den letzten Tagen hochkamen, und ging deshalb mit meiner Zunge auf seiner Haut und in diesen Bildern spazieren. Wie damals nagte ich zärtlich an der gleichen Stelle neben seinem Schoß. Nichts war mir wichtiger, als ihn glücklich zu machen, um selbst glücklich zu sein und zu träumen.

Mit dem Glas Kakao in der einen Hand und einem Muffin in der anderen Hand ging ich zum Fenster und stellte mich in das Licht, das die Sonne hindurchwarf und spürte sofort wieder seinen Blick auf meinem Rücken hinuntergleiten. Ich trank einen Schluck, biss in das Gebäck und schloss die Augen. Würde Philipp mich verführen wollen? Oder sollte ich einfach den ersten Schritt tun und mich ausziehen? Unmissverständlich. Ich, das Mädchen, das vor zwei Jahren regelrecht aus dem Schwimmbad geflohen war, hatte plötzlich Lust darauf. Würde er es überhaupt wollen? Und wenn ja, wie? Dazu wusste die Zeitschrift keinen Tipp. Obwohl ... hieß es nicht, man sollte Atmosphäre schaffen?

„Was für Musik hörst du gerne?", fragte ich, ohne mich umzudrehen. Ich hörte ein nachdenkliches und dumpfes Räuspern. Philipp überlegte.

„Hmh, ich hab' nicht so viel. Elton John, No Doubt, Sade, The Corrs ... Jewel find ich ganz gut. Ich mag keine Rock-Musik."

„Oh!", ich lachte kurz auf, „ich glaub, meine Scheiben hörst du dir dann nicht so gerne an. Bon Jovi oder Nickleback. Chad Kroeger, Leadsänger von Nickleback, gefällt mir ganz gut." Dass Philipp mich ein wenig an ihn erinnerte, obwohl er hagerer war, verschwieg ich. „Aber Jewel kenne ich nicht. Lass mal hören."

Die Sonne wärmte meinen Bauch und statt mit der nächsten Bewegung mich umzudrehen, schob ich die Beine ein wenig auseinander. Lady Di hatte damals wirklich keine Ahnung, was auf dem Foto später zu sehen war, dafür aber nun ich in meinem kurzen Marinekleidchen. Ich schmunzelte, trank den letzten Schluck und aß den Rest des Muffins. Dann hörte ich Philipp das Glas abstellen und zählte langsam bis drei.

Ich hatte richtig geraten, gerade hatte er mich wohl noch angeschaut, nun schob er eine CD in die kleine

Anlage über seinem Schreibtisch und zwei Sekunden später sang eine zugleich mädchenhaft, aber auch sexy klingende Stimme: *You're the ship, I'm the wreck. You're the bomb, I'm a tick. You're the pause before the fall. I'm a crash that follows it all.*

Ich stellte mich neben ihn und fuhr ihm über den Rücken. Küsste seine nackte Schulterspitze und schob wieder eine Hand auf seinen Bauch. Meinen Kopf an seine nackte Schulter gelehnt.

„Klingt toll. Sie hat eine schöne Stimme. Ich hoffe nur, dass sie nicht recht hat: *I'm a crash that follows it all.*"

Meine Hand auf dem Bauch war schon unter den Stoff geglitten und erkundete bereits seine Haut. Kein Gramm Fett. „Haut und Knochen", hätte Mutti gesagt. Er hielt den Atem an. Dann, als müsste er mir widersprechen, schüttelte er mit einem Lächeln den Kopf.

„Nein! Du bist alles andere als ein *crash*."

Langsam, fast vorsichtig drehte er sich zu mir. Es wirkte sogar ein wenig unentschlossen. In den Augenwinkeln sah ich seine Arme etwas in der Luft rudern, bevor der eine Arm mich allmählich umfing und er mich dann genauso vorsichtig an sich drückte. Der nächste Kuss folgte und ich war es dann doch, die mit schnellen Handgriffen – jetzt oder nie – sein Unterhemd nach oben schob und leise meinte:

„Zieh's aus!"

Philipp streckte die Arme hoch und ich schob ihm das Hemd über den Kopf. Meinen Kopf etwas nach hinten gelegt betrachtete ich seinen Oberkörper. Wie hager er war. Aber genau das gefiel mir. Er war kein Protztyp und ich ohnehin nur ein Mädchen mit langen Beinen. Es passte einfach. In dem Moment, als er sich nach hinten wendete, um sein Unterhemd nach hinten zu legen, zog ich mir mit einer flotten Bewegung das

Kleidchen aus. Wenn, würde es nur mit ihm funktionieren. Mit einem leisen Räuspern, das eher an ein Knurren erinnerte, schaute er mich mit offenem Mund an. Ich gab ihm einen schnellen Kuss, legte den Kopf auf die Seite und fragte:

„Magst du?"

Wieder das Knurr-Räuspern und ein zaghaftes Nicken. Ich griff nach hinten, öffnete meinen BH, streifte ihn ab und nahm ihn in Arm. Wie im Freibad gab ich ihm einen Kuss, stellte mich für ihn auf die Zehenspitzen und rieb dabei meine nackten Brüste über seine Brust. Dann schob ich Philipp zu seinem Bett.

„Was machst du den ganzen Tag in Frankfurt ohne mich? Gib's zu, du hast Kolleginnen, die dir gefallen und mit mindestens einer hast du es auch schon gemacht, oder?"

Mein Lachen durfte ruhig verraten, dass ich von dem, was ich behauptete, überzeugt war.

Michael zog die Augenbrauen hoch, verzog mit einem missglückten Grinsen sein Gesicht und schnaufte.

„Ich bin zumindest keiner, der in Abstinenz gelebt hat oder …" Ich hörte das fehlende Satzende: *lebt.* In den Nachrichten hätte es nun geheißen, die Aussage wurde weder dementiert noch bestätigt. Immerhin hatte er *bin* und nicht *war* gesagt. Was sie wohl für ein Typ Frau ist? Natürlich stellte ich mir sofort ein paar vor. Von blond bis schwarzhaarig. Mit viel und wenig Busen. Sportlich, fraulich oder ähnlich wie ich. Hieß es nicht, dass man immer bei ähnlichen landete? Und warum war er nicht mit ihr hier? Ich schmunzelte, verwundert darüber, nicht eifersüchtig zu sein. Fast hätte ich sogar gesagt: im Gegenteil. Dann kroch ich zu ihm hinüber.

Wir hatten uns unten am Strand, hinter einem kleinen Sichtschutz, der auch den stetigen Wind abhielt, und einem Sonnenschirm einen gemütlichen Picknickplatz eingerichtet.

„Sei nicht so! Erzähl mal! Dann erzähl ich dir von Florian, Frank, Georg und all den anderen."

Das mit Philipp ging ihn nichts an.

„So viele Namen kann ich nicht aufzählen", lachte er, „manche sind wie Sternschnuppen vorbeigesaust."

„Sternschnuppen. Weia!" Ich glaubte ihm nicht. „Ich bin ja wohl nicht die erste?"

„Nein. Nicht." Wieder lachte er und schüttelte über meine für ihn neue Neugier den Kopf. „Alles normal."

„Normal. Hmh, lass mich raten – angefangen hats mit sechzehn, sturmfreie Bude, das Mädel blond, natürlich hübsch, ihre blauen Augen hypnotisierten dich, ihr beide aufgeregt von den Zehen- bis in die Haarspitzen." Ich lehnte mich zurück, an einen kleinen Haufen Sand und dachte logischerweise an damals, an Philipp, tatsächlich war ich seine erste Freundin. „Sie hatte sicher schöne Brüste und war unten schon eine richtige Frau, nicht so etwas kindlich Glattes wie ich …"

Michael nickte und schüttelte den Kopf gleichzeitig.

„Du bist viel mehr Frau, als du immer tust. Auf ein paar Härchen kommt's doch gar nicht an. Jedenfalls, so etwas wie mit uns war bei keiner dabei. Nicht einmal bei Petra. Die Vorzeichen waren ganz andere."

„Welche Vorzeichen?" Er hatte sich verraten.

Nun hüstelte er, als hätte er einen Krümel in den falschen Hals bekommen.

„Ich dachte, das ist es. Also das mit Petra. – Gewissermaßen Familie in Sicht."

„Du wolltest oder willst Kinder?", wollte ich wissen und merkte, dass ich mir diese Frage selbst noch nie richtig gestellt hatte. Aber immerhin nahm ich seit Wochen die Pille. Auch eine Antwort. Michael zuckte mit den Schultern und sah sinnierend in den Himmel.

„Ein paar Töchter, dachte ich damals", er schmunzelte, „ich dann der eifersüchtige Vater, wenn der erste Freund einer meiner Töchter zu Besuch kommt. Natürlich so ein ... unfertiger langhaariger Typ."

Er sah mich an, lachte laut los und wurde sofort wieder ernst. „Aber ein bisschen schon so in dieser Art."

„Jetzt auch noch?"

„Du?" Er wollte lieber meine Antwort hören.

Jetzt war ich es, die mit der Achsel zuckte und den Mund verzog. Dass ich die Pille nahm, war eigentlich Antwort genug. Hatte er es noch nicht gemerkt?

„Ehrlich gesagt, hat es sich nie für mich ergeben, darüber nachzudenken." Ich schaute, wie er vor ein paar Augenblicken, in den Himmel. Diese Antwort war eine Ausrede. Eine ehrliche Antwort wäre gewesen: *Ich nehm die Pille, falls du es noch nicht weißt. Und ich befürchte inzwischen, du bist nicht der Richtige, um sie abzusetzen.* Natürlich sagte ich nichts, sondern wollte nach einer weiteren Sekunde nur wissen:

„Woran lag oder liegt es?"

„Ich glaube, ich war immer zu langsam ... in meinen Entscheidungen."

„Ach du!", ulkte ich, „davon habe ich bis jetzt nichts gemerkt. Immerhin hast du den Prospekt mitgebracht! – Schade, dass die andere nicht wollte, oder?"

„Nein ... vielmehr ... das mit ... Petra ist vorbei."

Er zuckte mit den Brauen. Ich schüttelte den Kopf. Ich hatte ihn also erwischt und lenkte ab:

„Und wie war dein erstes Mal?"

„Nicht besonders erfolgreich", nun schnaubte er, fast erleichtert und hob die Schultern, „ich kam zu früh, sie war noch nicht mal richtig ausgezogen."

„Okay", dachte ich, „kann passieren. Ist alles andere als ein Drama. Im Gegenteil. Wäre in viel mehr Fällen besser so." Mittlerweile bin ich fest davon überzeugt, dass es mir geholfen hat. So bekam ich eine Ahnung, was passieren würde, und hatte keine Angst. Ich hatte ja nicht den blassesten Schimmer. Die Strichmännchen in der Zeitung waren durchweg lächerlich und blöde.

„Lach nicht", bat unterdessen Michael, „sie musste mir zeigen, wie ich sie dann ..."

„Dank einer Mädchenzeitung wusste ich wenigstens das für mich selbst. – Lach also lieber du nicht. Von selbst klappt so etwas auch nicht immer." Nun zog ich die Augenbrauen hoch. „Darin gab es ja keine Nachhilfe, aber du profitierst von ... ach, egal."

Etwas umständlich und schief setzte sich Philipp auf sein Bett, während ich die störenden Kissen zur Seite oder gar auf den Boden legte. Dann schob ich ihn sacht neben mich. In mir kribbelte alles und fuhr gleichzeitig Karussell. Ich hatte eine grobe Vorstellung davon, was ich zu tun hatte, streichelte sein Gesicht, fuhr ihm anschließend durch die Haare, in den Nacken und dann an seinen Seiten entlang. Trotz Freibad hatte ich einen Jungen so noch nie gespürt. Immerhin waren wir nun allein und Wasser ist manchmal doch dicker als Stoff.

Jedenfalls dachte ich, das Gefühl von nackter Haut zu kennen. Sei es die eigene vom Duschen, oder wenn ich jemanden in den Arm nahm. Wie Bettina, wenn wir ins Freibad gingen und uns begrüßten oder Mami nur ein kurzärmeliges Shirt anhatte. Erst vor ein paar Wochen durfte ich von einer Nachbarin das Baby in Armen halten. „Was für eine zarte Haut", dachte ich da und war sofort neidisch. Doch nun bekam ich Gänsehaut. Und ein Schauer nach dem anderen flog über meinen Körper. Philipps Haut war anders. Eine Mischung aus Wärme, auch Gänsehaut, Erwartung, Abwehr und unvermuteter Zartheit, ja Intimität. Genau diese spürte ich, als ich meine Lippen etwas öffnete und ihn auf den

Oberarm küsste. Ich schnupperte und bildete mir ein, Muttis Gewürzschrank und gleichzeitig das Wasser aus dem Freibad zu riechen und zu schmecken. Zimt, Karamell, Chlor. Ich lächelte, nippte und zupfte mit den Lippen an seiner Haut, stupste sie mit der Zunge und im gleichen Moment flog der nächste Schauer über meinen Rücken und ich strich mit einer Hand über seine Brust.

Irgendwie wusste er wohl nicht, wie er sich neben mir hinlegen sollte. Was in seiner Hose entstand, war ihm peinlich. Ich drehte ihn sanft auf den Rücken, begann seinen Bauch zu streicheln, bevor ich einen Kuss nach dem anderen auf ihn verteilte. Er spannte seinen Körper an. Allmählich glaubte ich, dass es ihm gefiel. Seine Hand kopierte meine und surfte, so gut er konnte, genauso über die gleichen Stellen meines Körpers. Ich schob mich ein wenig an ihm hoch, küsste sein Kinn, dann die Lippen und ließ meine Zunge in seinen Mund gleiten. Währenddessen schob ich eine Hand langsam in seine Shorts. Wie ein kleines Kind beim Verstecken schloss ich die Augen, als wollte ich dabei nicht gesehen oder beobachtet werden.

„So fühlt sich das also an", dachte ich, „wenn kein Stoff und Wasser stört, wenn man nicht darauf achten muss, dass keiner etwas sieht." Ich wartete ein wenig, weil ich nicht wusste, ob ich es richtig machte, und rutschte dann auf seinem steif gewordenen und doch zarten Ding entlang. Mir wurde heiß und kalt und wieder warm und ich hörte, wie er aufhörte zu atmen und etwas zu zucken begann. Gleichzeitig ängstlich, fast fiebrig, verwundert darüber und erstaunt und überrascht hielt ich inne.

„Ich tu dir nicht weh, oder?"

Nur ein Kopfschütteln und endlich war eine nervös zittrige und neugierige Hand unter meinem Slip angekommen, den ich nur deshalb angelassen hatte, weil mir die blöden Gören im Schwimmbad eingefallen waren. Was, wenn er ... Aber er hatte seinen Kopf längst zu mir gedreht und keine Sekunde später war seine Zunge schmatzend auf Achterbahnfahrt in meinem Mund und die andere Hand auf einer wilden Exkursion auf meinem Rücken und Po.

„Soll ich?", fragte ich ihn und ließ das Gummi von meinem Slip schnalzen. Wieder nur ein Nicken mit dem drolligen Knurr-Räuspern. Nun hielt er inne und ich erhob mich absichtlich langsam über ihm. Ich wollte seinen Blick, der meine Hand mit flackernden Augen verfolgte, sehen, ließ dabei eine Hand von seiner Schulter über die Brust über den Bauch über die Beule in der Hose über einen Oberschenkel gleiten, bis ich neben ihm hockend den Slip über meine Knöchel zog. Nackt verharrte ich etwas nach hinten gelehnt, hörte, wie er wieder langsam zu atmen begann, und mich ein wenig verschämt von oben bis unten ansah. Dann wieder über ihm gebeugt fasste ich an den Bund seiner Shorts.

„Darf ich?"

Ohne seine Antwort abzuwarten, hatte ich seine kurze Hose an seinem Rücken schon über den Po heruntergezogen. Der Bund blieb an seinem Steifen kurz hängen und ließ ihn auf seinen Bauch zurückschnellen. Es klatschte und Philipp sah mich erschrocken an. Sofort versuchte er seine Hände darüberzustülpen und sah mit zusammengekniffenen Lippen zur Seite. Doch schob ich die Hände weg und betrachtete ihn. Die Strichmännchen in der Zeitschrift waren tatsächlich bescheuert. Als gehörte es nicht zu seinem Körper, lag sein steifes Glied auf seinem Unterleib. Irgendwie hatte es so kaum Ähnlichkeit mit den schwarz-weißen Fotografien in *Zeig mal mehr,* dem Aufklärungsbuch, das ich mir zusammen mit Bettina vor Wochen verstohlen in einer Ecke unserer Bibliothek auf dem Boden hockend angesehen hatte. Als seine Hände sich nicht mehr wehrten, ließ ich meine über seine Brust dorthin hinuntergleiten. Wieder sein drolliges Knurr-Räuspern, als ich es in die Hand nahm.

Das Licht war inzwischen nicht mehr grell und gleißend und das Blau des Meeres weniger intensiv. Die Sonne schimmerte nur noch eine Handbreit über dem Horizont, als wir uns endlich über den Picknickkorb hermachten und unzählige leckere Dinge aus ihm hervorzauberten. Eine Schüssel mit einem Obstsalat aus Bananen, Papayas, Mango und vielem mehr. Sogar ein Dessert, eine Art Pudding, war dabei. Mittag- und Abendessen zugleich. Aber Zeit spielte ohnehin seit Tagen keine Rolle mehr. Michaels Uhr lag vom ersten Tag an ganz unten im Koffer, unter der Kleidung, mit der er hier angekommen war.

Ich hatte zwar irgendwann eine Uhr besessen, sie aber schon vor Jahren verlegt oder verloren und mich daran gewöhnt. Ich hatte die Zeit mehr oder weniger bewusst angehalten, stehen lassen und lebte seitdem zeitlos ohne Uhrzeit. Brauchte ich sie, konnte immer jemand Auskunft geben. Vielleicht kamen auf diese Weise alte oder bessere Zeiten wieder zurück, weil sie doch nicht vergangen waren?! Welche Termine, außer berufliche, galt es einzuhalten? Waren sie wichtig, standen sie ohnehin in meinem Notiz-Kalender und zu Hause wartete niemand. Die wenigen restlichen, privaten waren auf eine sonderbare Weise getaktet und ja schon zu einem Ritual geworden. Ich befand mich in einer Art Warteschleife. Auf andauernder Suche. Was ich bisher gefunden hatte, war wenigstens genug Lust. Somit konnte ich mich hier vom ersten Tag an treiben, die Zeit vor sich hinplätschern lassen, und es war daher vollkommen egal, dass es in diesem Moment, als ich den Löffel in das Dessert stippte, eher schon bald Abend war als noch Mittag. Meine Lust *Liebe zu machen* reichte. Nichts anderes war nötig.

Der Rest Dessert.

Ich lächelte in mich hinein und während Michael mir ein Stückchen Pfirsich in den Mund schob, sich bedächtig mit der Zunge seinen nassen Daumen ableckte, erzählte ich ihm mit einem fast kindlichen Lächeln und vollem Mund, genüsslich das Innere der Pfirsichhälfte mit der Zunge streichelnd, von Florian, Frank, Georg und ... und von dem Tag damals im Schwimmbad.

Philipp, meine erste große Liebe, verschwieg ich jedoch wieder.

Philipps Adamsapfel tanzte auf und ab. Er schluckte unentwegt. Wieder auf seinem Oberschenkel angekommen streichelte ich mit tippenden Fingern langsam über die Innenseite des Schenkels, dicht an seinem zuckenden Glied vorbei, über den Bauch, den er einzog, die Brust – er hatte den Atem wieder angehalten – und seine aufeinandergepressten Lippen. So dicht wie nie zuvor lag ich neben einem Jungen und erkundete ihn.

Vorhin, am Fenster, hatte ich entschieden, heute sollte es geschehen, heute wollte ich dem nachspüren, was die anderen Mädchen angeblich schon erfahren hatten. Philipp war der Richtige dafür.

„Sag, wenn ich was falsch mache!", forderte ich ihn auf und erhielt einen weiteren ungelenken Kuss von ihm. Sein Kopf torkelte herum und ich hörte nur ein geblubbertes „Du bist so schön ..." Ich lächelte, spürte eine Träne, schob mich noch dichter an ihn und er wirbelte mit seinen Fingern zwischen meinen Schenkeln.

„Sag ... lieber du, wenn ... ich was ... falsch mache."

Sein Blubbern glich eher einem Seufzen und ich streichelte Philipp, wie ich es in diesen Artikeln gelesen hatte, und schloss meine Finger zu einer Faust. Was für ein Gefühl! Wahrscheinlich war jetzt der richtige Zeitpunkt gekommen. *Wenn du Tampons benutzt, weißt du, wie es geht,* hatte dort gestanden. Ja, ich benutzte Tampons. Und als ich meine Beine öffnete, ihn auf mich ziehen wollte, weil er schon halb über mir schwebte, hörte ich ein leises „Scheiße!" und zwischen meinen lenkenden Fingern spritzte das Sperma auf meinen Bauch.

„Scheiße!" Nun war es ein Fluch. „Tut mir leid."

Er kippte kraftlos zur Seite, rollte zurück, strich wild durch seine Haare, zerkaute seine Unterlippe und ich schob mich über ihn, seinen Kopf zu mir und küsste ihn, während ich sein Gesicht streichelte. Nein, das Gefühl war noch nicht zu Ende.

„Alles gut! Alles gut! – Kein Grund zu fluchen. – Wir haben noch so viel Zeit. Ist für mich auch das erste Mal. Wahrscheinlich war ich doch zu heftig."

Enttäuscht schüttelte er den Kopf und bruddelte leise vor sich hin. Sein Sperma an meinen Fingern ließ mich lächeln, weil ich an meine Oma dachte, die immer *Milchmädchen,* die gezuckerte Kondensmilch, für ihren Kaffee nahm. Neugierig leckte ich einen Finger ab. Gezuckerte Kondensmilch war es nicht, aber der nächste prickelnde Schauer lief über meinen Rücken.

„Lass uns einfach so liegen bleiben", schlug ich vor, „wir probieren es später einfach noch mal – wenn du magst. – Ja?"

Die vier Jungs von vorher kamen wie bei einer Mutprobe lachend an unserem Platz vorbei, blieben stehen und legten sich gegenseitig die Arme über die Schulter. Eine lustige Phalanx. Camilla richtete sich als Erste auf. Oben nix und unten nur die Kordel mit dem bisschen Stoff über ihrem Schoß. Was für eine Provokation, fiel mir erst jetzt auf.

„Na? Wollt ihr nur gucken oder noch mal runterspringen, damit jeder mal durfte?!", grinste sie den ersten an. Prompt wurden sie alle vier still und zu meiner Verwunderung rot. Die Mutprobe war, wenn überhaupt, anders geplant. Camilla stand schon und wie eine gute halbe Stunde zuvor hatte sie den Jungen, der als einziger keine Badeshorts, sondern eine normale Badehose anhatte, am Unterarm gepackt und zwei Schritte Richtung Sprungturm gezogen.

„Ich weiß nicht ...", stotterte er leise und blieb stehen.

„Und ich beiß nicht", stellte sie fest, rollte die Kordel wieder hoch und um wenige Prozente züchtiger aussehend wiederholte sie den Griff, sah fragend zu mir:

„Machste mit? Schnapp dir einen! Soll jeder seinen Spaß haben."

Nein zu sagen, war bei Camilla unmöglich. Also fragte ich in die Runde:

„Wer will noch mal?"

Eine Viertelstunde später lag ich schon wieder auf meinem Handtuch. Michael – deshalb kam ich überhaupt erst wieder auf diese Anekdote – tatsächlich erst sechzehn, hatte seinen Spaß gehabt. Wie sein Kumpel zuvor, ein Arm quer über meinem Rücken und die Hand schon fast auf meinem Po. Camilla stand noch oben – allein. Ich schaute rauf und sah, wie ihr Bub sich auf die Kante setzte und müde abwinkte. Mit ungewohnt ernstem Blick setzte sie sich Minuten später neben mich.

„Was war?", wollte ich wissen.

Sie streckte zweimal ihren gekrümmten Zeigefinger.

„Verführung Minderjähriger." Sie lachte. „Armer Kerl – irgendwie. Wir lagen richtig. Eine Mutprobe und ich war vielleicht nicht schnell genug." Sie legte sich wieder neben mich und zu meiner Überraschung bastelte sie keine Kordel. „Ich hab' noch mit ihm geblödelt, à la Watzmann, brauchst keine Angst haben, ich beiß dich schon nicht." Sie hob die Achsel, setzte sich aufrecht, wickelte ihre Arme um die angezogenen Knie und beobachtete die vier Jungs, die nun ganz still und einträchtig nebeneinander auf dem Rand des Sprungbeckens saßen und wahrscheinlich nicht wussten, wie ihnen geschehen war. „Und als er mich endlich umarmte, meinte ich nur ‚Du bist aber ein starker Mann ...' und schon ..." Wieder streckte sie ein paar Mal ihren gekrümmten Zeigefinger. „Deshalb hat er sich hingesetzt und mich allein springen lassen. – Er ist erst fünfzehn und hat sich total geschämt dafür."

„Hmh", machte ich. Das kannte ich – von Philipp. Die Jungs sind echt im Nachteil.

„Als er endlich unten war, hab' ich gefragt, ob alles in Ordnung ist und er hat nur verschämt abgewunken. Ich bin dann nur zu ihm hin und hab' gesagt: ‚Macht doch nix und lass dir das nicht durch mich vermiesen.' ‚Ist schon okay', hat er gemeint und ist ab."

„Ich glaub nicht, dass sie jetzt den nächsten Coup planen", erwiderte ich mit einem leichten Lächeln und deutete zu den vieren.

„Ich hoffe, ich hab' ihm nix verdorben. Verdammt, ich bin fast doppelt so alt wie er ..."

„Lieber so die erste Erfahrung machen, als tatsächlich den starken Mann markieren. Die Mädels, denen er mal den Kopf verdrehen wird, werden es ihm danken."

„Ich glaub, wir Weiber sind in der Hinsicht nicht besser als ihr", mutmaßte ich lachend, sah den aktuellen Michael an und zuckte mit der Schulter, „wenn es stimmt, was ich so über euer ... pubertäres Gehabe gehört habe. Du bist in dieser Hinsicht auf jeden Fall nicht *normaler* als ich. Ich war fast siebzehn, als ich's zum ersten Mal gemacht hab." Ich zog es vor, *das* mit Florian, *das*, was über ein Jahr später war, zu meinem ersten Mal zu machen. Wieder einmal ließ ich Philipp außen vor und wusste nicht warum. „Es war wenig erbaulich. Schnell, hektisch und am Ende blieb nicht viel für mich übrig. So etwas muss man tatsächlich lernen. Auch zu zweit."

Fast hätte ich die Geschichte von Camillas Bub auf dem Zehner erzählt. Ich biss in eine mir unbekannte Frucht, drehte sie vorher mit einem prüfenden Blick hin und her und befand im nächsten Moment:

„Kennst du die? Probier mal! Ist verdammt lecker!"

Sie schmeckte frisch, ähnelte einer Limette, ohne sauer zu sein. Er kannte sie nicht und biss hinein. Ich deutete zur anderen Seite der Bucht. Der Manager.

„Ach der", erwiderte er kauend, ohne die Miene zu verziehen, „vielleicht hat er gleich am ersten Tag auch nur erkannt, dass es nicht so einfach ist, den Alltag abzustreifen, und gab sich deshalb wie ein stolzierender Gockel. Und sie hat alles ausprobiert, wenn unsere Theorie stimmt, von knappem Bikini bis vielleicht dem ein oder anderen Verführungsversuch, der, warum auch immer, bislang nicht funktioniert hat. Sie sieht ja nun wirklich alles andere als hässlich aus."

Ohne es zu wollen, zuckten meine Brauen. Michael beobachtete die beiden wohl mehr, als ich dachte. Ich verfolgte seinen Blick. Tatsächlich waren die zwei gar nicht so weit von uns entfernt, vielleicht hundert Meter. Sie hatten sich Paddle Boards ausgeliehen und sie stand mit ihrem dunkelblauen Bikini mit dem hohen Beinausschnitt, als hätte sie nie etwas anderes getan auf dem Board und glitt über die Wellen. Keine fünfzig Meter vor uns drehte sie in die andere Richtung. Wie sie das Paddel hob, sah es aus, als würde sie winken. Michael schaute ihr dabei zwar ernst zu, leckte sich aber wie automatisch über die Lippen. Der String ihres knappen Slips zerteilte ihren Po in zwei Hälften. Ich stülpte die Lippen nach innen und verhinderte einen eifersüchtigen Kommentar. Ihr Po war perfekt und im Gegensatz zu meinem sah man keinen bleichen Schatten eines anderen Slips. Auch nicht an ihrem schlanken und wirklich schönen Körper.

„Hätte sie Erfolg bei dir?", wollte ich überschnell wissen. Michael hatte meine kleine Eifersucht geahnt und statt zu antworten, fragte er:

„Er ja wohl nicht bei dir, so wie du es sagst und ich es richtig verstehe." Er sah mich lächelnd an.

„Ich mag solche ... künstlichen Typen grundsätzlich nicht", erwiderte ich und versuchte, ihn mir näher als zwei Meter vor mir stehend vorzustellen. Nein. Null. Schlichtweg nicht mein Typ. Ich blieb hartnäckig:

„Also?"

Michael zuckte mit den Schultern.

„Wir Jungs sind vielleicht doch anders. Ich sagte ja, hässlich ist sie nicht."

„Wie das klingt?!", grinste ich kopfschüttelnd, stellte sie mir in seinen Armen vor und biss in die nächste Frucht. Mit halb vollem Mund erklärte ich:

„Du täuschst dich. Die Verpackung ist uns Frauen mindestens genauso wichtig. Allerdings auch, wie und was ihr sagt. Und vor allem, wie zärtlich ihr seid. Ich unterstelle ihm, dass er nicht viel mehr kann als rein und raus. Da hab' ich schon anderes erlebt."

Nun war es an ihm, die Brauen hochzuziehen. Langsam wendete er erst den Kopf und dann mit einer kleinen Verzögerung auch seinen Blick zu mir. Ich verfolgte die Frau, die irgendetwas ungewohnt fröhlich ihrem Mann zurief, und suchte eine schnelle Überleitung, auch, um das Bild von ihr in Michaels Armen in meinen Gedanken auszulöschen:

„Findest du das nicht verrückt? Wir kennen uns gerade mal vier Monate ... plündern unser Sparbuch, um ohne Wenn und Aber vierzehn Tage nichts anderes miteinander zu tun als ...", ich sah zu ihm hinüber, dachte eigenartigerweise *bumsen* und *ficken* und *poppen* und sagte dann doch mit einem Seufzen: „... so was zu tun. – Reparieren wir auch was?"

Überrascht sah er mich an.

„Wie kommst du darauf?"

Ja, wie kam ich darauf? Gerade ging sie längsseits zu seinem Board. Er beugte sich etwas wackelig zu ihr rüber, strich ihr mit einer Hand über den Rücken und eine Hälfte des Pos. Dann fiel er alles andere als elegant herunter, platschte in das Türkis und sie lachte leise, bückte sich – streckte uns so ihren Po entgegen – und half ihm aus dem Wasser. Meine Theorie über die beiden begann gehörig zu wackeln. Wer weiß, wo der Fehler war, den ich in den Bildern an den Tagen zuvor glaubte, entdeckt zu haben. Michael verfolgte die Szene und meinte mit schief gelegtem Kopf.

„Vielleicht haben die beiden ganz andere Probleme. Und sie war es, die meinte, so ein Urlaub täte ihm gut. Bilder trügen manchmal. Wir sehen zwei Sekunden zu und denken, danach könnten wir die Welt erklären. Sie scheint mit ihm im Reinen zu sein."

„Ja, kann sein", entgegnete ich leise und dachte, vielleicht war es bei mir nicht anders, als ich Ja sagte und meinte, so ein Urlaub täte mir gut. Welche Probleme hatte ich? Eigentlich keine, oder? Allmählich glaubte ich, diese Tage würden eine bislang noch nicht gestellte Frage doch anders beantworten, als ich erwartet hatte. In Gedanken daran begann ich zu philosophieren:

„Es gibt so viele Rollen im Leben, die verteilt sein sollen, und hier am Strand gibt es nicht besonders viele Akteure dafür."

Wie die Frau zu ihrem Mann hätte ich mich zu Michael beugen können, um ihn zu küssen, zu streicheln oder ... was weiß ich. Doch ich zog nur meine Stirn kraus und fragte:

„Und wie ist das mit uns?"

„Ich dachte ...", fing er wohl mit einem Verdacht an und sah mit einem zweifelnden Blick zu mir. Seinen Verdacht ahnend winkte ich ab. Mein Lächeln misslang. Ich ließ ihm keine Chance und fiel ihm ins Wort:

„Natürlich! Mach dir deshalb keine Gedanken. Sex hat mir immer schon Spaß gemacht. Aber nächste Woche ist das alles rum. Ich glaube, dass dann jeder Tag, einer nach dem anderen, Woche für Woche, wie eine Seifenblase in dieser Hinsicht platzen wird. Was dann bleibt, ist nicht besonders viel, oder? – Erinnerungen verblassen nun mal."

Michael hatte durch meine Gedankensprünge keine Ahnung, auf was ich hinauswollte, und versuchte einzuwenden:

„Was wir hier voneinander erfahren haben, finde ich toll und ist nicht zu toppen – in meinen Augen."

Nicht zu toppen klang nach vorbei. Emotional jedenfalls nicht. Auch wenn er mich gekonnt verführte und zärtlich war. Er war *dabei* alles andere als egoistisch und wartete sogar ab. Und immerhin hielt er sich an die Spielregeln, keine Fesseln oder so – hatte sich aber dabei oder auch danach nie ... mitgeteilt.

„Ich möchte *es* auch nicht missen. Vielleicht müssen wir uns aber etwas einfallen lassen – für die Zukunft", erwiderte ich und lächelte etwas ernst.

„Was mich betrifft, glaube ich, bekommen wir das hin, oder magst du dich lieber mit mir *stattdessen* über Politik, Umwelt und das Desaster in der Welt unterhalten? Wobei ich von vornherein sagen muss, dass ich von allem nicht besonders viel Ahnung habe und mich in Widersprüche verwickle, wenn ich dazu etwas kundtue, beziehungsweise dauernd zurechtgewiesen werde, wenn ich meinen Senf dazugebe", erwiderte er und hob unentschieden die Hände. Aber Gott sei Dank *davon,* lächelte ich weiter in mich hinein und stellte mir die Frage noch mal: Reichte das für eine Zukunft? Deshalb nachdenklich geworden, erwiderte ich:

„Vielleicht lernen wir aber auch neue Seiten an uns kennen, die uns irgendwann abschrecken werden."

„Vielleicht sind die Seiten gar nicht so neu", gab er zu bedenken, „vielleicht haben wir sie – ich weiß nicht, wie ich es sagen soll – nur unterdrückt oder uns nicht getraut, sie zu zeigen. Mag sein, dass wir deshalb eines Tages erschrecken. Mag durchaus sein. Aber wer weiß schon, was nach der nächsten Ecke folgt? – An welche Seiten denkst du?", forschte er nach.

Wieder zog ich die Stirn kraus, sah an meinem nackten Körper herunter – ich hatte mich in den letzten Tagen, auch durch die Begegnung mit der schwergewichtigen Frau, mit ihm arrangiert –, sah wieder hoch zu den beiden Paddlern, die nun ziemlich weit draußen in der Bucht waren, augenscheinlich miteinander, und dachte nach. Ziemlich lange. Dann atmete ich ein, hielt die Luft an und meinte:

„An die aus meinen Träumen. Voller gut aussehender Satyrn, Faune und Lüstlinge. – Auch ein Grund, warum ich hier bin", lachte ich lauter, als ich wollte.

Verwundert, fast ungläubig schaute er mich an.

„Bist du etwa überrascht?", erwiderte ich wieder mit einem gespielten Grinsen, es sollte provozierend klingen. Mit schmalen Augen kontrollierte er meinen Blick.

„Im selben Moment, als du den Prospekt durchgeblättert hast und ich deinen Blick sah, nicht mehr. Das im Flur hat mich neugierig darauf gemacht."

„Und?" Ein Wort kann man schlecht stammeln, aber neugierig auf *darauf* hieß weniger als auf *dich*. Der Grund für unseren Urlaub war wohl ausgesprochen.

„Ich dachte ...", fing er wie Minuten vorher an und der Rest blieb wieder für Sekunden unausgesprochen, bis: „Weißt du, solche Hotels gibt es auch bei uns, an der Ostsee oder in den Alpen. Mir gefiel aber das mit dem Strand und den anonymen Bungalows besser."

Ein nachdenkliches Nicken als Antwort von mir, also tatsächlich, doch eher *das* als Zukunft, und ich wusste in diesem Moment noch nicht, ob es mich beruhigte. Andererseits waren es ab jetzt im Prinzip nur noch ein paar Tage, wenige Stunden, bis wir unsere Koffer wieder packen mussten. Und seit der Party hatten wir noch nie so lange miteinander gesprochen. „Lieber jetzt die Fronten klären", dachte ich.

„Und was ist dir zu ... diesem Thema eingefallen?"

Wohl froh über den vermeintlichen Themenwechsel fischte er mit einem zwinkernden Auge eine Pfirsichhälfte aus der Schale und wagte sich mit seinen Fingern – feucht von der Frucht – gleich zwischen meine Schenkel, führte sie dann an seine Lippen und lutschte sie übertrieben langsam einzeln ab.

„Mmh...", meinte er und klimperte schmunzelnd mit den Augen, „... das!"

„Mann!! Nicht besonders ... viel, aber ...", seufzte ich und schüttelte lachend den Kopf.

Philipps Hand rutschte von meinem Rücken herunter. Vielleicht zog er sie auch weg. Ich hörte sein leises „Scheiße!" und ein „Warum krieg ich das nicht hin?". Sein Körper bebte etwas und er fasste mit einer zittrigen Hand unter ein Kissen und zog Tempos hervor. Als ich es sah, hielt ich die Hand sofort fest.

„Nein, lass doch! Warum? Alles in Ordnung. Ich find es schön."

Sofort rutschte ich wieder näher an ihn heran, küsste ihn und strich über seine Haut. Dann verfolgte ich meine Hand dabei, wie sie langsam die etwas klebrigen Spuren auf seinem Bauch querte. Sein noch steifes Glied sah auf seinem hageren Körper immer noch unwirklich aus. Ich lächelte, auch weil mir ausgerechnet jetzt die blöde wissenschaftliche Bezeichnung für diese *Sache* einfiel, *Ejaculatio praecox*. Stand auch in der Zeitschrift. Vollkommen nüchtern. Warum musste man für alles Ausdrücke parat haben? Und musste alles gleich ein Fehler sein? Wenn man sich liebte, konnte man auch alles teilen. Ich strich mit den Fingerspitzen über sein Glied bis ganz hinunter, dachte an die schwarz-weißen Fotografien und wollte lieber wissen:

„War es denn wenigstens ein bisschen schön?"

Kurz sah ich ihn fragend an, beugte mich aber auch hinunter und küsste seinen nassen Steifen, weil ich einfach Lust dazu hatte, ihn so zu fühlen und zu schmecken. Philipp zuckte und nach einem kurzen Aufstöhnen wieder auf seinen Lippen kauend schaute er mich mit seinen blauen Augen an – „Chad Kroeger, so ein Blödsinn", dachte ich, „hatte der überhaupt blaue Augen?" – und er wusste wohl für einen Moment tatsächlich nicht, was er antworten sollte. Stattdessen krallte er eine Hand in meine Haare und zwang mich sicher unabsichtlich so zu einem weiteren Kuss. Dann doch:

„Ich hab' ... so etwas ... noch nie gefühlt."

Meine Hand war noch in seinem Schoß, der fast genauso haarlos war wie meiner. „Mein Gott, waren die Gören blöd", dachte ich weiter und kurvte mit meinen Fingern weiter. Inzwischen war das Glied klein und schlaff und klebrig und niedlich und ich fand den Geruch seltsam und schön und ... ich spürte ein Ziehen und Kribbeln in meinem Bauch, das ich kannte, wenn ich im Bett lag und nicht mehr anders konnte, als es mir selbst zu machen. Ich reckte mich, streichelte sein Gesicht und küsste ihn, damit alles klar war.

Michaels Lächeln wurde breit und frech. Er nahm eine der größeren Feigen, halbierte sie vorsichtig und zerteilte das Fruchtfleisch lustvoll mit dem Zeigefinger, streichelte und liebkoste es, als wollte er mich eifersüchtig machen. Dann nahm er die Frucht, zullte an ihrem Inneren, leckte es mit spitzer Zunge heraus und sah mit schelmischem Blick über die Frucht hinweg zu mir. Ich legte den Kopf nach hinten, hob die Brauen ... *Mann! Du bist unglaublich* ... und begann wie auf Knopfdruck schneller zu atmen.

Das andere Nachmittagsthema war beendet und durch den Sinn des Urlaubs ersetzt. Auch sein Körper reagierte. Logisch. Wahrscheinlich allein durch die Vorstellung, die die saftigen Früchte erzeugten. Seit Generationen war ihr aufgeschnittenes Innere Symbol von Verführung und Sexualität. Und durch meine Nähe, die Bewegung, mit welcher ich mir nun die Haare gleichzeitig etwas nervös, aber auch lasziv genug aus dem Gesicht strich. Durch meine Augen, die ihn nun doch süchtig verfolgten, studierten und streichelten. Durch meine Hand, die, zurückgekehrt auf einen meiner Schenkel, auf der eigenen Haut entlangglitt, weil ich wissen wollte, ob ich das alles nur träumte.

Noch mit der Feige zwischen den Zähnen griff er mit der rechten Hand in meinen Po, kniff und knetete ihn, bis ich verwundert über sein ungewöhnlich hartes und energisches Tun die Augen aufriss und leise aufschrie. *Ey! Du Lümmel!* Aber mein kleiner Schrei war natürlich nicht schmerz-, sondern lustvoll.

„Und? Was willst du noch von mir wissen?", grinste er frech und malte mit feuchten Fingern konzentrische Kreise um meinen Nabel.

„Halt den Mund!", hauchte ich. „Vielleicht später. Wehe du hörst jetzt auf!"

„Magst du mit mir unter der Decke kuscheln?", fragte ich Philipp und er nickte, wohl überrascht, dass der gerade begonnene Nachmittag noch nicht vorbei war. Mit einem Blick auf das Bild zog ich die Decke unter mir und ihm weg, um unter sie zu kriechen. Ich deutete nach oben.

„Ich kann da drin richtig spazieren gehen. Das sind Schwäne auf dem Wasser, oder?"

„Ja", Philipp nickte und lächelte mich an, wohl froh über die Abwechslung, das andere Thema. Trotz meiner Zärtlichkeit und dieses Kusses gerade wusste er wohl nicht, wie er sich nun verhalten sollte. In der Zeitschrift hatte gestanden, Jungs fühlten sich oft wie Versager, wenn sie glaubten, zu früh zu kommen. „Was für ein Blödsinn", dachte ich nur. Mir war es egal. Hatte ich eine Ahnung, wie es normal sein müsste? An diesem Nachmittag hatte ich ihn für mich allein und so lange ich wollte. Ihn dabei zu sehen und zu fühlen war viel wichtiger. – Und mit ihm reden zu können.

„Die kann ich noch ganz gut malen. Andere nicht", ergänzte er und ich protestierte.

„Ganz gut? Saugut! Wie auf Fotos."

Ich streichelte ihm über eine Wange und gab ihm einen Kuss. Gerade sang Jewel: *Just let me feel your arms again. Break me. Take me. Just let me feel your love again.* Wie recht sie hatte. Wir hatten wirklich alle Zeit der Welt. Das Fühlen war noch nicht zu Ende.

„Und die ist auch echt super. Gefällt mir wirklich gut", kommentierte ich die Musik. Noch ein Kuss auf seine Wange und ich kuschelte mich an ihn. Ich sah, wie ihm die Wärme ins Gesicht schoss. *Just let me feel your love again.* Ja, ich meinte dich und das! Bevor er sich allzu viele Gedanken machen musste, wollte ich wissen:

„Willst du mal Kunst oder so studieren?"

Philipp schüttelte den Kopf. Endlich hatte er sich getraut, einen Arm wieder unter mir hindurchzuschieben, um mich zu umarmen und festzuhalten und auf meinem Rücken mit seinen Fingern spazieren zu gehen. Der Aktionsradius war etwas eingeschränkt, aber der Kreis reichte immerhin von meiner Schulter über den oberen Teil der Arme, den Ansatz meiner Brüste und Taille bis zum Po. Auf diesem war er nun angekommen.

In einem Museum hatte ich das Bild eines malenden Künstlers gesehen. Ich stellte mir Philipp an einer Leinwand stehend vor. Sein Haar wie immer verstrubbelt, ein kratziger Dreitagebart im Gesicht. Ernst schaute er seinen Pinsel an, mit dem er gerade ein kräftiges Rot dirigierte. Ich schloss die Augen und es gelang mir gut.

„Nein. Mache ich einfach nur so. Ich glaub, ich weiß noch nicht, was ich mal machen will. In Mathe und Physik bin ich zwar gut, aber ...", er zuckte mit der Schulter, „vielleicht mache ich auch 'ne Lehre. Etwas mit Holz zu machen, als Schreiner, fänd ich ganz interessant und wäre auch kreativ."

„Cool", sagte ich, mein Kopf auf seiner warmen Brust. So wie er mich streichelte, vorsichtig und tupfend, bekam ich den nächsten Schauer, „ich hab' nicht den blassesten Schimmer, was aus mir mal werden könnte. Wahrscheinlich ende ich irgendwo als Tippse. Aber vielleicht hast du ja eine Idee."

Ich lachte und gab ihm den nächsten Kuss auf die Brust. Am liebsten hätte ich ihn gebissen.

„Tippse? Nee, sicher nicht", seine Hand war weiter unentwegt auf meinem Po unterwegs, bis er mit einem Finger in die Poritze rutschte und ihn dort parkte, „soweit ich weiß, bist du ziemlich gut in der Schule, kannst also alles werden."

„Das ist aus Langeweile", seufzte ich und meinte es ernst. „Lach nicht, 'n Hobby oder 'ne richtige Freundin oder so hab' ich nicht. Die Mädchen in meiner Klasse sind alle irgendwie komisch. Vielleicht bin ich es auch. Keine Ahnung. Also mache ich brav meine Hausaufgaben. – Ich hab' ja auch noch ein paar Jahre Zeit."

Ich gab ihm noch einen Kuss, fand, dass er unfassbar gut roch und schmeckte, und glitt mit der Hand von seiner Wange hinunter.

„Du schmeckst gut", rutschte es mir heraus, *Kiss me once. Well, maybe twice. Oh, it never felt so nice.* Ich lächelte in mich hinein und war auf seine Reaktion gespannt.

„Danke. Ist wahrscheinlich das Duschgel", lächelte er. Seine Hand war nun auf meiner Seite gelandet, fast dort, wo der Schenkel begann.

„Nein, das bist ganz klar du", widersprach ich, wusste aber gleichzeitig nicht, wie ich ihm den Geschmack erklären konnte. Salzig? Ein wenig nach Apfel? Also doch nach Duschgel. Ich hatte keine Ahnung, und das stimmte. Lutschte ich an meinem Arm, schmeckte der nach nichts. Bildete ich mir ein. Philipp hingegen schmeckte nach Philipp. Ich leckte noch einmal über seine Wange, lachte und sein Finger fahndete. Nun hob ich meinen Kopf und drückte ihm die Lippen auf die Nasenspitze. Seine blauen Augen machten mich fertig. Er hielt eine Brust von mir fest und strich über ihre Spitze. Stromstoß.

Am späten Nachmittag saßen wir auf der kleinen Veranda. Morgen würde schon der vorletzte Tag sein. Michael schaute stirnrunzelnd aufs Meer. Der Blick war das Einzige, was er mit meiner Vorstellung eines malenden Philipps gemein hatte. Ein kreatives Hobby, eines das ihn ausfüllen und inspirieren würde, gab es nicht. Das wusste ich seit dieser Party. Jetzt hatten wir noch ein wenig über sein Leben vor mir gesprochen und er sann darüber nach. Ein Ruhmesblatt war seines nicht, hatte er gemeint. Wollte er Mitleid?

„Weißt du, von dem Manager behaupten wir, er sei ein verzogener Kerl, aber vielleicht bin ich nicht besser. Petra – sie war die längste Beziehung bisher, lang ists her – hat sich jedenfalls über meine Art oft genug beschwert. ‚Super', hat sie gemeint, ‚Beruf, Karriere und Verdienst. Hauptsache der Herr hat genug Geld und kann damit protzen. Für das entwickelst du die tollsten Fantasien, aber für uns beide, für das, was man Liebe nennen … könnte, bleibt wenig übrig und etwas wie Familie kommt bei dir wohl nicht vor. Schon mal an die Zukunft gedacht?' – Nein, hab' ich nie. Ich wusste nicht, dass es für sie so wichtig war."

Wochen später war sie ausgezogen. Zukunft. Darüber hatte er in dieser Beziehung nicht nachgedacht. Er war immer davon ausgegangen, dass sich diese ergeben würde. *Wollen wir nicht mal heiraten? Kinder kriegen?* Sein Entschluss, beziehungsweise die Beantwortung dieser Fragen, auch für ihn selbst, erfolgte jedenfalls bezüglich Petra zu spät. Und das mit der Familie war auch bei uns bisher nie ein Thema gewesen. Jetzt etwa? Und Liebe? Kam sie wenigstens *dafür* vor? Vorher? Wenigstens? Nein. Denn:

„Auch *deswegen* wollte ich mit dir hierhin", meinte er und mit dem nächsten Satz war klar, was er tatsächlich mit deswegen meinte: „Entschuldige! Es muss dir wie ein Missbrauch vorkommen."

Schlussendlich war es Tina, und damit ausgerechnet Petras beste Freundin. Konnte er sie als Lauras Vorgängerin bezeichnen? –, die ihm in den wenigen Wochen, die sie zusammen waren – Waren sie überhaupt auseinander? –, das Leben beibrachte. Das, von dem er schon immer geträumt hatte. Eines, das ungezwungen, nicht durchgeplant war, nicht jeden Tag neu erklärt werden musste, Platz für spontane Entscheidungen, wie Kino oder Essen gehen, und vor allem spontanen Sex hatte, mal draußen in der Natur, in seinem oder ihrem Auto auf einem dunklen Parkplatz oder mitten in einem Maisfeld. Das alles gab es erst mit Tina. Fast täglich. Für wenige Wochen. „Weißt du, dass ich darauf seit Monaten regelrecht gewartet habe?", hatte sie ihn, ohne eine Antwort zu erwarten, gefragt und gemeint: „Das mit euch hab' ich sowieso nie kapiert."

Die letzte Lektion erfolgte vor ein paar Wochen bei einem ungeplanten Ausflug in den Bayrischen Wald in einer engen Dusche, in einem einfachen Hotel, nachdem sie von ihm einige Minuten zuvor noch im Bett verlangte, es ihr, von ihm an die seifenglitschige Kachelwand gequetscht, mit allem Drum und Dran zu besorgen. Bei ihm zu Hause war zu viel Belastendes. *Dafür.* Die falsche Vergangenheit. Das falsche Bett. Der falsche Duft. Nach dem ersten Mal entschieden sie sich für diese Lösung. In einem sterilen Zimmer konnte sie loslassen. Und das tat sie ohne Wenn und Aber.

„Stell dich nicht so an, wir Mädels mögen so etwas auch. Nicht nur in euren Träumen."

Ihr Körper oder die Haut oder die Kacheln quietschten, als sie ihre Beine regelrecht um seinen Unterleib band und ihm keine andere Chance gab, als sie währenddessen ununterbrochen zu küssen. Vielleicht, um zu verhindern, dass er protestierte, weil das Quietschen durch das ganze Haus schallte und wahrscheinlich einige in den anderen Zimmern alles verfolgten und dabei mit großen Ohren zuhörten.

Tina kam sogar als Erste, stieß sich zitternd ab – der Duschkopf fiel aus der Halterung – und Michael an die andere Wand, sodass ihm die Luft wegblieb. Ihr hingegen entfuhr ein lauter kehliger Laut, einem Grunzen,

Brummen und Knurren gleich. Gleichzeitig krampfte ihr Leib und er flutschte aus ihr heraus, sie die Kacheln hinunter und sie schon keuchend in der Duschwanne hockend, kam es ihm und spritzte ihr alles ins Gesicht und in die Haare. Das warme Wasser sprühte weiterhin neben ihr aus dem auf dem Emaille tanzenden Duschkopf und er stand außer Atem vornübergebeugt, sich mit den Händen an der Wand abstützend, denn neben ihr war dort unten kein Platz.

Es vergingen einige Augenblicke, bis Tina sich die Haare aus dem Gesicht kämmte, mit ihren dunkelbraunen Augen zu ihm nach oben schaute, gleichzeitig das Wasser abstellte und heftig atmend meinte:

„Und das ... habt ihr nicht hinbekommen? – Scheiße! Ich hab's immer gewusst. Dann hat anderes auch nicht gestimmt. Und das von Anfang an. Komische Lebensziele hin oder her."

Nachdem sie wieder zu Luft gekommen war, nahm sie den Duschkopf, zog sich an Michael hoch, hängte das brausende Ding wieder ein und küsste ihn filmreif. Dabei ließen ihre Fingerspitzen keinen Quadratzentimeter seines Körpers aus.

Spät am Abend, längst wieder im Bett, sie wollten eigentlich noch zusammen essen gehen und darüber sprechen, wie es mit ihnen weitergehen sollte, waren sie doch eingeschlafen. Tina wachte wie aufgeschreckt irgendwann nach Mitternacht auf, drehte sich zu ihm und raunte in sein Ohr:

„Und das von dir, will ich nachher in mir drin haben, auch wenn das verdammt schön gewesen ist, aber der Fick war unvollständig, okay?"

Das Nachher war das Wildeste, was er je erlebt hatte. Selbst die nächtlichen Fantasien hatten versagt. Jedenfalls erschien ihm dies nie wiederholbar. Bis jetzt.

„Weißt du, dass ich scheißfroh bin, neben dir zu liegen und das mit dir zu machen?" Ich sah Philipp an und war ernst geworden. „Ich hoffe, dir geht es auch ein bisschen so." Ein bisschen Zweifel schwang sicher in meiner Stimme mit. Meine Hand war schon wieder in seinem Schoß. Die Haut klebte immer noch ein wenig. Ich strich durch die spärlichen Härchen dort und meinte hinzufügen zu müssen:

„Du hast dich nicht darüber ...", ich struwwelte nervös in seinen Härchen herum, „... also bei mir ... über die fehlenden da ... beschwert, dass ich da noch nicht ganz ... ich meine optisch ... vielleicht nie ... eine Frau bin. Die dumme Gans aus der b hat es immer nach dem Schwimmunterricht blöd kommentiert."

Sein Körper wurde heiß und ich spürte, wie er etwas zu schwitzen begann. Dann antwortete Philipp mit einem leisen Krächzen in der Stimme:

„Red keinen Blödsinn, dann bin ich erst recht aus noch ganz anderen Gründen kein Mann ... das mit dem zu schnell, mein ich." Ein Seufzer von ihm, bevor er mich mit seinen blauen Augen anschaute und meinte: „Du weißt gar nicht, wie schön du bist. Aber ich weiß auch, wen du meinst. Die Leonie hat nur einen schönen Namen, ansonsten ist die nicht ganz dicht und hat immer eine große Klappe."

Ich streichelte weiter seinen Schoß. So liebevoll und zärtlich wie möglich – und ohne Hintergedanken. Irgendwie war das gerade unwichtig geworden. Ich fühlte mich mit einem Mal doch erwachsen.

„Ich glaub, ich hab' dich lieb." Ich war mir sogar sicher. Es konnte gar nicht anders sein. *Behind your eyes are endless blue skies. You travel places I want to come, too.* Sein Körper war warm, wand sich unter meiner Hand, aber doch eher mir entgegen. Seine andere Hand landete, so nun halb auf der Seite liegend, auf meinem

Oberschenkel, der auf seinem etwas angewinkelten dicht an seinem Glied lag. Er streifte dabei meine Hand, hielt sie fest, verschränkte seine Finger mit meinen, wie damals nach der Schulfete, führte sie zu seinen Lippen und küsste jeden einzelnen Finger. Als meldete sein Kopf die Anzahl der dabei wortlos verstreichenden Sekunden, erwiderte er:

„Ich dich auch." Ohne Krächzen, ohne Räuspern. Fest und sicher. „Ich dich auch", wiederholte er. Jeder Zweifel war unangebracht. Seine Hand kehrte mit meiner wieder auf den Schenkel zurück. Ich löste die Finger und er glitt sogleich mit seinen zu dieser Stelle meiner Haut direkt neben meinem Schoß. Dort, wo mein Bein begann.

„Leonie ist wirklich blöd", erklärte Philipp, strich dabei mit seinen Fingerspitzen über diese Stelle, „und du fühlst dich da an wie Porzellan."

Michael war auf den Rücken gerollt eingeschlafen. In seinem Gesicht glaubte ich ein glückliches Lächeln zu erkennen. Vorsichtig legte ich das dünne Seidentuch über ihn und beobachtete eine Weile seinen ruhigen Schlaf. Wie sich seine Brust hob und senkte und sein Glied unter dem dünnen Tuch erschlaffte. Momente später begannen seine Finger zu zucken, ebenso ein-, zweimal seine rechte Wange. Wahrscheinlich träumte er, vielleicht von mir. Ich lächelte und musste zugeben, mein letzter Traum hatte nicht mit ihm zu tun. Nicht einmal mit hier, nicht einmal *damit*.

In Gedanken sah ich das Bild bei mir über dem Sofa an der Wand hängen. Philipps Bild mit den Schwänen. Damals ging ich damit am nächsten Tag in einen Posterladen und fragte, ob sie einen schönen Rahmen darummachen könnten. Die Frau – sie sah mit ihren gefärbten

Haaren und einem bunt gemusterten Rock auf irgendeine Weise etwas verrückt aus – hob es hoch und betrachtete es lang. Ihr Gesichtsausdruck war dabei alles andere als abfällig.

„Wahrscheinlich von keinem bekannten Künstler, aber eine wunderbare Arbeit. Gefällt mir ausgesprochen gut. Woher hast du das?"

Stolz lächelnd biss ich mir auf die Unterlippe.

„Von meinem Freund."

„Der studiert sicher Kunst, oder? Ich glaub, ich hab' da was ganz Besonderes."

Die Frau, deren Frisur auch noch wie explodiert aussah, drehte sich um, zog eine Schublade auf, machte sie wieder zu, öffnete die nächste, schloss auch diese und zog die dritte auf. Mit einem „Ah!" und „Wusste ich's doch" holte sie aus ihr ein längeres Stück Holz heraus und hielt es im nächsten Moment an die Seite des Bildes. Ein schlichtes Profil mit einer dunklen Kerbe und einer goldenen Kante. Dann legte sie noch eine Ecke eines moosgrünen Passepartouts daran und ich sah sie erstaunt an. So schlicht war es dann doch nicht.

„Und?", fragte sie mit einem strahlenden Lächeln.

„Wow!", war das Einzige, was ich sagen konnte.

Eine Woche später hing das Bild an der Wand über meinem Bett. Die Poster hatte ich weggeschmissen. Die Wirkung war kolossal. Ich setzte mich auf meinen Stuhl, sah es den ganzen Abend an und saß doch neben ihm auf dem Steg und beobachtete ihn beim Malen. Nachts träumte ich, dann in den See gesprungen zu sein, und er legte das Bild zur Seite, um mich statt eines Schwans zu malen. Im Traum spürte ich auf meiner Haut jeden Pinselstrich von ihm. Als ich Tage später Philipps erfreutes Gesicht sah, weinte ich.

Bettina blies das Kaugummi auf und ließ es platzen. Die eine Hälfte klebte über ihrer Nase, die andere fast übers ganze Kinn. Sie schob die Fetzen wieder zusammen und kaute weiter. Es war einer der warmen Tage, die nichts anders zuließen als ins Freibad zu gehen. Wir allein. Mädelstag. Einen ganzen Nachmittag quatschen. Über das, was wichtig geworden war.

„Darf ich dich mal was fragen?"

Mit plötzlich todernster Miene saß sie mir im Schneidersitz gegenüber. Über ihren Schultern ein riesiges orangefarbenes Handtuch, das das Hellgrün ihres Badeanzugs unnatürlich wirken ließ. Der Badeanzug allein hatte mich schon gewundert. Sonst trug sie einen flotten Bikini mit großen bunten Karos. Ihre schwarz gelockten Haare klebten im Gesicht, tropften noch und machten das Cover einer *Brigitte* nass. Wieder platzte das Kaugummi. Ich sah sie etwas verwirrt an. Sie hatte mich noch nie gefragt, ob sie mich was fragen dürfte, schon gar nicht mit einem solchen Gesichtsausdruck.

„Klar", erwiderte ich nur und forschte in ihrem Blick, der das Titelblatt hypnotisierte. Dann sah sie mir in die Augen.

„Habt ihr schon?", flüsterte sie und verzog dabei ihr Gesicht. Es klang wie ein leises Hüsteln.

Ich nickte nur. Wieder ihr Blick. Die Mundwinkel gingen nach oben. Doch sah es nicht wie ein Lächeln aus. Eher nach *Hab' ich mir gedacht.* Passend dazu nickte sie. Alle Fragen schienen beantwortet. Sie kaute schneller, blies das Kaugummi nervöser auf und die Blase platzte. Dieses Mal klatschte es auf eine Wange. Wieder ein Kopfnicken. Sie sah sich um und fragte:

„Und?"

Vom Sprungturm mit Jungs, die gerade ins Wasser sprangen, ging mein Blick zurück zu ihr. Ich holte tief Luft, blies meine Wangen auf und ließ die Luft langsam zwischen meinen zusammengepressten Lippen raus. Bettina war meine beste Freundin. Sie durfte es erfahren. Mit einem bescheuerten Verdacht setzte ich mich auf und legte eine Hand auf ein Knie von ihr.

„Es war verdammt schön", flüsterte ich, „verdammt schön."

Wieder dieses seltsame Nicken. Es konnte nur einen Grund haben:

„Und bei dir war es eine Katastrophe", stellte ich deshalb fest, „scheiße."

Ihr Kopf zuckte zur Seite. Dann holte auch sie tief Luft, sah sich wie ich um und begann zu erzählen:

„Wir haben auf seinem Zimmer geknutscht. Also, ich mein, so richtig. Du weißt schon. Dann hat er angefangen zu fummeln. Auch okay. Nach ein paar Sekunden nahm er eine Hand von mir und legte die bei sich drauf. Also da vorne. Von da an ging alles ziemlich schnell. Eine Hand von ihm war unter meinem Shirt und die andere ... ich hatte nur 'nen Rock an. Scheiße. – Wirklich. Jedenfalls ... ich wollte eigentlich nicht ... aber ... Christian hat seine Hose aufgemacht. Und den Rest kannst du dir denken."

Nun nickte ich etwas doof. Ich beugte mich vor und nahm sie in Arm.

„Und aufgepasst hat er natürlich auch nicht", stellte ich fest und Bettina schüttelte kurz vor Tränen heftig den Kopf.

„Scheiße. – Wann hast du deine Tage?"

Sie zuckte mit den Schultern und ihr Kopf wackelte.

„Keine Ahnung. Die kommen unregelmäßig. Irgendwann innerhalb der nächsten zwei, drei Wochen."

„Dann könnt's gut gehen", meinte ich halb wissend.

„Er hat mir noch 'nen Knutschfleck fabriziert, deshalb der Badeanzug. – Verdammte Scheiße. Und schön ist was anderes. Sein Gefummel hat wehgetan, der

Reißverschluss von seiner Jeans hat gekratzt und als er fertig war, war ich uninteressant. ‚Meine Eltern kommen gleich', hat er gemeint und sich angezogen."

Ich lehnte mich zurück und schaute mich um. Der Strand vor mir war leer. Entfernungen konnte ich schlecht einschätzen, aber das junge Pärchen tollte wie zwei Jugendliche sicher mehr als zweihundert Meter entfernt im Wasser herum. Waren die zwei nicht in ihrem Bungalow miteinander beschäftigt, hatte sie – ich erinnerte mich nicht an ihre Namen – einen Bikini und er Bermudas an. Züchtig. Der Bikini rot, die Bermudas blau wie der Himmel über ihnen. Beides hätte in jedem Schwimmbad getragen werden können. Ich lächelte und sah mich und Philipp im Freibad herumspringen. Ich mit dem fast genauso roten Bikini und Philipp mit seiner blauen Badehose, die ich ihm zwei Wochen später in einer Umkleidekabine auszog.

Sonst war niemand zu sehen. Weder die ältere Dame noch die schwergewichtige Frau, beide hielten sich selten am Strand auf, höchstens, um kurz hinauszuschwimmen. Und der Manager und seine Frau waren wohl mit ihren Boards zurückgekehrt. Mit den anderen Gästen hatten wir nie größeren Kontakt. Man sah sich im Restaurant, grüßte sich und wechselte höchstens fast verschämt ein paar belanglose Worte. Ansonsten tummelten sich alle am anderen Ende der Bucht.

Ich stand auf, ging ans Wasser vor und lief langsam hinein. Meine Füße und Unterschenkel erzeugten wie bei einem Schiff kleine Bugwellen, die in der fast senkrecht stehenden Sonne sofort wie Kristalle glitzerten. Ich musste zwei, drei Dutzend Meter laufen, bis ich bis zu den Knien im Wasser stand. Dann blieb ich stehen und suchte unter mir mein nacktes Spiegelbild.

Doch außer einer von den Wellen verzerrten Spiegelung auf dem Wasser und dem kaum vorhandenen Schatten darunter im Sand sah ich nichts, was ich mit mir in Verbindung bringen konnte. Gestern hatte ich einen Entschluss gefasst. Und ich war gespannt, ob Michael diesen an meinem Körper noch bemerken würde. Es war nur ein kleines Detail, und doch für mich als Frau wesentlich. Jetzt sah ich davon noch nichts. Es wäre auch unwahrscheinlich gewesen, diese kleine Veränderung im spiegelnden Wasser zu sehen. *Du weißt gar nicht, wie schön du bist.* Philipps Worte. Als Erklärung reichten sie mir trotzdem seit damals lange nicht. Jedenfalls fand ich bis vor ein, zwei Tagen an mir selbst nichts Attraktives, was in meinen Augen den Männern den Kopf verdrehen konnte. Mein Liebesleben nach Philipp hatte mit *Verrücktwerden* auch nichts zu tun. Seitdem fand es statt. Einfach so. Ich mochte nun mal Sex, empfand mich aber eher normal. Doch seit gestern Nacht wusste ich auch, wer in meinen Träumen die Hauptrolle spielte. „Mein Gott, du blöde Kuh, das ist zwanzig Jahre her", zischte ich leise vor mich hin, sah den Strand entlang und sah dort drüben den jungen Mann – Philipp – mit mir in eine der kleinen Wellen der Brandung springen. Ich hörte mich selbst juchzen. Dann sah ich wieder auf mein welliges Spiegelbild im Wasser und lächelte es an. In all den Jahren hatte ich ein Quäntchen zu viel Selbstvertrauen verloren. Dabei hätte ich genug haben müssen, denn Philipp hatte mir seinerzeit genug davon geschenkt. Und Michael mir davon nichts genommen. Aber manchmal sind wir Menschen so. Aus irgendeinem Grund verlieren wir das Vertrauen in uns selbst und es ist leichter, unzufrieden zu sein. Aber das betrifft Frauen und Männer sicher gleichermaßen.

In vierzehn Tagen, vielleicht drei Wochen würde Michael bewusst werden, dass eine Liebschaft in München nicht notwendig ist, schaute er nämlich genau, gäbe es auch in Frankfurt genug schöne Frauen. Dieser eine Hunger war sicher gestillt. Irgendwie war ich mir sicher, dass schon längst eine andere auf ihn wartete. Wenn nicht, wusste er sicher, wie er eine Kollegin oder Bekannte *dafür* betören könnte, oder ich würde in den entsprechenden Portalen im Internet schon bald die Zeile *Michael, Frankfurt, erfolgreicher Geschäftsmann, 40 Jahre, sportlich, aktiv, gut aussehend* finden. Wie üblich stimmte daran nicht alles hundertprozentig, aber die Frau könnte nach einem Treffen sich ja anders entscheiden. Sex zu bekommen, ist leichter, als man denkt.

Nach einem Monat käme von ihm der erste Anruf, es täte ihm leid, aber er könne am nächsten Wochenende leider nicht kommen. Er würde von irgendeinem Termin reden, den es früher nie gegeben hatte, und ich hörte seine Stimme, den Tonfall und Klang, und wüsste, in spätestens drei Wochen käme der Satz, es hätte keinen Sinn mehr, der Beruf, wie er ihn hätte, würde sich mit unserem Leben nicht vereinbaren lassen. Nicht für eine Zukunft. Außer ich käme doch zu ihm ... Er wusste, dass es nicht ging, und hätte genau das einberechnet.

Ich wollte mich nicht hineinsteigern, denn ich spürte die ersten Tränen hochkommen, nicht weil ich ihn verlieren, sondern wegen der Ablehnung, die ich dann erfahren würde. Angeblich hatte ich Sex-Appeal, ich hatte ja etwas, was Männer faszinierte. Ich sah an mir herunter, ballte die Fäuste und nickte. *Du weißt gar nicht, wie schön du bist.* Vielleicht doch. Ich habe schöne lange Beine. Michael hatte mir geholfen. Aber heute war dennoch ein Philipp-Tag.

Bettina und ich standen uns in einer der Kabinen nackt gegenüber. Ich hatte sie noch nie nackt gesehen oder auf ihr Aussehen geachtet. Wir waren keine Girls, die in ihren Zimmern Modeschauen veranstalteten und „Hui" schrien. Aber jetzt wollte sie, dass ich sah, was Christian nicht nur ihren Gefühlen angetan, sondern auch auf ihr hinterlassen hatte. Den Kratzer und den Knutschfleck. Der hatte eine unverschämte Größe. Vielleicht auch, weil sie im Gegensatz zu mir noch etwas Babyspeck an der Stelle hatte. An der Seite, eine Handbreit unter der rechten Brust. Trotzdem oder gerade deswegen war dort, wo Christian ihre Haut eingesaugt hatte, ein fast handtellergroßer blau-grüner Fleck. Ich glitt mit meinen Fingern darüber und Bettina schlug die Hände vor das Gesicht. Dann ging ich in die Hocke und sah neben ihren schwarzen Härchen den Kratzer, der links durch den auffallend großen Busch bis zwischen ihre Schenkel reichte. Kratzer war untertrieben. Er war sicher zwanzig Zentimeter lang und sogar leicht entzündet. So ein Vollidiot!

„Hast du 'ne Creme?"

Sie nickte. Immer noch ihre Hände vor dem Gesicht.

„Das musst du ... was weiß ich ... desinfizieren. Das ist ja ganz rot."

Wieder ihr Nicken.

„Mensch, du ..."

Ich nahm sie in Arm, drückte sie und sofort fing sie an zu weinen. Ihr ganzer Körper zitterte dabei und ich rieb ihren Rücken. Unter der Tür sah ich immer wieder Füße vorbeilaufen. Wer weiß, was die Leute dachten, als sie uns hörten.

„Den lässt du nicht mehr ran. Klar? So ein Arschloch! Und wenn dir schlecht wird, gehst du zum Arzt! – Ja?"

Etwas missmutig setzte ich mich in den warmen Sand, direkt in den Saum der leichten Brandung, streckte mich nach einer Weile ein wenig aus und ließ die Wellen mit meinem Körper spielen, die mit ihrer sprudelnden Wärme mich genauso umschmeichelten wie zärtliche Hände. Ich ließ meine Brüste schwerelos im gleichen Rhythmus, wie die Wellen über mich schlugen, hin und her wiegen und hob den Schoß an die Oberfläche, nun klatschten sie sachte dagegen. Bibione. Das seltsam zärtliche Gefühl.

Ich dachte an den Traum damals, als ich Philipps Bild in meinem Zimmer betrachtete, daran, wie ich in dieser Fantasie ins Wasser sprang und er mich malte, auf dem Rücken liegend und im Wasser des Sees treibend. Dann die Stifte zur Seite legte und mir hintersprang. Bevor ich aufwachte, erhoben wir uns wie zwei Schwäne in die Luft und flogen davon. Das hätten wir damals machen sollen. Einfach mal für einen Tag abhauen, mit unseren Rädern. In die Felder oder Isarauen, an die Amper bei Günding oder in die Aubinger Lohe. Doch wir hockten entweder in seinem oder meinem Zimmer oder im Freibad, statt irgendwo anders einfach in den Himmel zu gucken.

Vielleicht fantasierte ich auch nur, was Michael und mich betraf. Immerhin erlebten wir gerade beide etwas Besonderes. So etwas konnte man nicht vortäuschen. Schauspielerei unmöglich. Dafür musste man mehr von sich zeigen als bei einem One-Night-Stand, der nichts brachte. Ohne eine gute Portion Zuneigung war da nichts zu machen. Und hatte ich ihm die nicht schon im Flur geschenkt? Oder in den Nächten bei ihm in Frankfurt? Oder in denen in München? Trotzdem änderte es nichts an meinen Gedanken über unsere Zukunft. Zuneigung war nicht Liebe.

Ich drehte mich kaum merklich auf den Rücken und Philipps Hand rutschte unendlich langsam von dieser Stelle – *die ist so unglaublich zart und weich.* Mit einem knacksenden Seufzen empfing ich seinen Finger und verschloss mit einem nassen Kuss seinen Mund und er wusste, woher auch immer, was zu tun war. Jetzt würde es sicher funktionieren. Sein Glied wurde steif, reckte sich auf der Innenseite meines Schenkels entlangstreifend hoch und wir mussten uns nicht absprechen, nicht darüber unterhalten, nicht rätseln, wie es vonstattenzugehen hatte. Mit einer weichen Bewegung schob ich das Bein ganz unter ihm hindurch, dann meinen Arm und ich zog Philipp auf mich.

„Magst du?", fragte ich, nur um seine zitternde Stimme zu hören.

„Darf ich?", gab er tatsächlich mit einem Zittern zurück.

Ich nickte nur mit feuchten Augen und meinte leise: „... hatte vor 'ner Woche meine Tage ..." Es war Erklärung genug. Dann lag ich ganz auf dem Rücken, winkelte die Beine etwas an, *Wenn du Tampons benutzt, weißt du, wie es geht,* lotste ihn ein wenig und rutschte mit meinen Händen auf seinen kleinen Po. Nichts von dem, was in der Zeitschrift stand, stimmte. Ich drehte mein Becken nur ein wenig und er drang sanft, mit einer kleinen Pause, als wenn er sich besinnen müsste, langsam in mich ein. Ich lächelte, als ich sein Grunzen hörte, lächelte, weil ich weinte, lächelte, weil ich ihn küsste, nass, unanständig und verliebt, lächelte, weil seine Nähe so unbeschreiblich war, während er sich auf und in und mit mir bewegte.

„Scheiße, ist das schön!", befahl mir das unbeschreibliche Gefühl zu rufen. Philipp drückte sich mit seinen Armen nach oben, betrachtete mich mit flackerndem Blick und hielt wieder ein wenig inne. Ich schob eine Hand zwischen ihn und mich, fühlte ihn in mir und an meiner Klit, rieb sie ein wenig, weinte vor Glück und er senkte seinen Kopf, küsste eine meiner Brüste, fühlte meinen vibrierenden Finger, konnte sich nicht mehr zurückhalten und ergoss sich – in mir.

Bettina konnte ich von alldem nichts erzählen. Vielleicht hätte sie es nicht eifersüchtig, aber sicherlich traurig gemacht. So hielt ich sie minutenlang in meinen Armen und ihre Tränen rannen an meinem Rücken herunter, sammelten sich über meinem Po und tropften mal an dessen Seite, mal von ihm herunter.
„Wird schon schiefgehen", befand ich, was hätte ich auch sagen können und strich ihr die Haare aus dem Gesicht, „das wär noch was, dass ich jetzt schon Patentante werden müsste."
Mein Lachen klang sicher etwas dämlich, aber wie Bettina hatte auch ich plötzlich Angst. Meine Tage kamen bislang überraschenderweise pünktlich. Ich hoffte, mich nicht verrechnet zu haben, und schüttelte in Gedanken daran den Kopf. „Wird schon schiefgehen", wiederholte ich leise, fast eher zu mir selbst.
Bettina nickte und ließ mich los, setzte sich auf das schmale Bänkchen und stellte die Füße auf dem Tritt gegenüber ab. Kopf auf den Knien. Ein Häufchen Elend.
„Ich bin nich' mal sechzehn", schluchzte sie, „und dann so was. Hättest du gedacht, dass er so einer ist?"
„Nee", antwortete ich und überlegte, ob ich Philipp deshalb mal fragen sollte.

Schon in dem Moment, als Michael mich in seine Wohnung zog, mich sogleich an sich presste und ich die Tür mit dem Fuß schloss, war schon mit dem Plopp der Tür seine Hand an mir herunter und unter mein Kleid gerutscht. Er raffte den Stoff wie damals Philipp bei den dunklen Tennisplätzen und war im nächsten Moment zwischen meine Schenkel geglitten und mit ein, zwei Fingern neben meinem Slip in mich eingedrungen. Leicht. Ungehindert. Weil ich es so wollte und mein Körper es ihm zeigte. Spätestens sein intensiver Kuss, zu intensiv, um nur für eine schnelle Nummer geeignet zu sein, verhinderte ein schlechtes Gewissen, vielleicht hätte ich es mir sonst anders überlegt, mich anders entschieden, wenn er nicht ... Ich schüttelte den Kopf und stand auf. Ich war auf der Suche nach Ausreden. Zuneigung war nun mal nicht Liebe.

Christian, dieser Idiot, hatte über all diese Details hinweggesehen. Bettina wollte eigentlich nicht und er wurde trotzdem zudringlich. Bei ihm war nicht einmal Zuneigung dabei. Vierzehn Tage später wussten wir, sie hatte Glück im Unglück gehabt. Die Wunden heilten gut und sie war nicht schwanger.

Michael beobachtete sie. In Gedanken sah er Tina vor sich. Ihre Figur war ähnlich. Tinas vielleicht etwas fraulicher. Die Haarlängen glichen einander. Tinas waren lediglich dunkler und lockiger. Wie ihre Augen. Dunkle, braune Abgründe, die ihn in der Dusche aufsaugten. In ihrem Schoß sprießte ein ungestümer dunkler Busch und er strich in Gedanken über ihren Hintern. Er lächelte, spätestens ab da waren sie, Tina und Laura, wie zwei Welten, egal wie verrückt sie beide waren.

Tina konnte Regimenter führen. Laura war manchmal wie ein junges Mädchen, manchmal ohne Zögern mutig, manchmal schüchtern und zurückhaltend. Tina hätte hier, wenn er überhaupt gefragt hätte, ob sie mit ihm einen solchen Urlaub machen würde, und sie tatsächlich – unvorstellbar – mitgekommen wäre, andauernd den Kopf geschüttelt über seine Naivität. Wahrscheinlich mit Ähnlichem wie: *So was wie dich hab' ich noch nie kennengelernt, zu Hause ohne Ahnung und hier unersättlich. Mal sehen, wie lang du das Programm mit mir durchhältst. Ich kenn da noch ein paar Dinge mehr.* Inzwischen hatte er deshalb Zweifel an seiner Kondition. Allein die dritte Schublade wäre ein Fundus für Tinas Vorstellungen *darüber.*

Laura war neugierig gewesen, vielleicht, wie auch er, frustriert genug. An dem Abend, als er ihr den Prospekt zeigte, hatte sie ungläubig das Gesicht verzogen, die bunten Blätter von sich weggehalten, als würden sie ein giftiges Gas ausstrahlen und dann gemeint: „Das würdest du tatsächlich mit mir machen wollen? Hast du mich schon mal genauer angesehen?" Und als er ihr antwortete, „Gerade deswegen", hatte sie nicht gelacht, sondern nur gemeint: „Das könnte verdammt geil oder ein Reinfall werden. – Von meiner Seite aus geil."

Den Kopf schüttelnd verfolgte er Laura vorne am Strand, wie sie sich nach vorne beugte und ihm, ohne es zu wissen, ihren Po entgegenstreckte, weil sie mit ihren Händen Wasser schöpfte und sich dieses wohl zur Abkühlung über die Arme goss. Fast genauso stand Tina seinerzeit am nächsten Morgen am Waschbecken und er nahm sie, ohne zu zögern, von hinten und beobachtete sie und sich in dem kleinen Spiegel. Er würde es hier mit Laura nachholen.

„Entschuldige! Ich glaube, ich war wieder zu schnell", keuchte Philipp auf seinen Armen abgestützt über mir und ich zog ihn zu mir herunter und küsste ihn wieder.

„Ist doch scheißegal – und es war scheißschön!" Meine Stimme zitterte. „Nur dass du es weißt! Rate mal, warum ich schon wieder heule?! Und bleib bitte ... so ... in mir drin, ja? Ich möchte dich spüren."

Philipp nickte. Mehr ging nicht. Sein Kopf war rappelvoll. *Mathe kann ich,* fiel ihm ausgerechnet jetzt ein, er dachte an seine Eltern, ans Freibad, fragte sich, ob Klaus und Stefanie es auch schon mal gemacht hatten, und versuchte, sie sich dabei vorzustellen. Es gelang nicht. Trotzdem war er sich sicher. Da war auch etwas anderes. Nicht nur dieses komische Gefühl, das er manchmal hatte und schon wieder weg war, wenn er sich mit einem Taschentuch abputzte. Klang es blöd, wenn er an Liebe dachte? Sein Ding erschlaffte und er drückte sich ein wenig gegen Lauras Schoß. Ja, das war scheißschön gewesen. Er streichelte, so gut er konnte, ihre Haut, die Seiten herunter, die Außenseiten der Schenkel, überall diese zarte Haut, wieder hinauf, glitt über ihren Po, dann die Taille, küsste ihre Lippen, etwas umständlicher schon – Wie macht man das in der Position? – die linke Brust, streichelte ihr übers Gesicht und ein paar Tränen weg, streckte den Kopf wieder hoch, um sie besser ansehen zu können, und flutschte im selben Moment aus ihr heraus.

„Scheiße! Ich hab' dich lieb! Ehrlich!"

Ich schob eine Hand in meinen Schoß, fühlte die Schwemme zwischen meinen Fingern und zupfte mit der anderen Hand die Tempos unter Philipps Kopfkissen hervor. Ich reichte ihm lächelnd eines und meinte:

„Ist, glaub ich, jetzt doch besser."

Philipp kniete sich hin, sein Glied schwang ein wenig nach oben, verteilte so noch einen Spritzer auf meinen Bauch und nahm das Tempo und ich meines, mit dem ich mich, ohne ihn aus den Augen zu lassen, abwischte. Das Taschentuch war nass und ich nahm ein weiteres. Philipp sah mir dabei zu, studierte seufzend meine Nacktheit und ich beugte mich vor und küsste sein noch wippendes Glied. „Was für eine Nähe", ging mir durch den Kopf und flüsterte kurz vor Tränen:

„Ich hab' dich lieb!"

Nach vielen Jahren auf ewig, klingt nach: *Bis der Tod uns scheidet,* nach althergebrachten Traditionen, beziehungsweise nach Pflichtprogramm der Konventionen. Ich versuchte zu lächeln und fühlte gleichzeitig, irgendetwas stimmte nicht. Bei mir.

„Was ist los, Liebling?", wollte er daher wissen.

Sein Blick unerwartet liebevoll. Vielleicht war ich auch nur in eine Art Panik geraten, vielleicht hatte ich ihm und seinen Gefühlen die ganze Zeit unrecht getan und suchte nach Ausreden für das, was ab der nächsten Woche, in Zukunft folgen könnte? Und jetzt sagte er auch noch *Liebling* zu mir, was er die ganzen Tage nicht gesagt und ich eigentlich – vielleicht – ich wusste nicht einmal, ob ich so genannt werden wollte ... von ihm ... hier – vermisst hatte, als wollte er prompt alles widerlegen und einen Gegenbeweis zu all meinen Gedanken über uns schaffen.

„Ich weiß nicht, was folgen wird ...", begann ich, räusperte mich und biss mir wieder einmal auf die Unterlippe, „ich meine nach einem solchen Urlaub. Der Alltag bedeutet, wieder allein zu sein. Nun gut, tagsüber arbeite ich. Aber ich wache morgens nicht mehr neben dir auf und abends schlaf ich nicht mehr neben dir ein. Klingt kitschig, nicht wahr? Aber ... Abenteuer in irgendeiner Weise passieren nicht und *das* dann ... zumindest vorerst ... sowieso nicht."

„Ich werde dir ein Toy schenken", lächelte er, „wie das pinkfarbene, damit du dich auf das nächste Mal einstimmen und noch mehr freuen kannst. – Es wäre etwas von mir und vielleicht denkst du dabei dann ... ab und zu ... an mich."

Er drehte sich zu mir, in seiner Hand ein Sexspielzeug, und schob es auf meinen Bauch. Woher hatte er das jetzt so schnell? Dort ließ er sowohl seine Hand wie das Ding zunächst regungslos liegen. Nur mit der anderen Hand strich er mir über eine Wange und damit eine Träne weg. *Wenn du dabei dann ab und zu an mich denkst.* Ahnte er doch etwas von meinen Träumen und Gedanken? Wenn man sich in diesen an die erste Liebe erinnert. Ich sah hoch zu einem Sonnen-Flur-Isarauen-Amper-Fleck im Sonnenschirm über uns.

„Vergiss meine Gefühlsduselei einfach." Nichts anderes als ein sentimentaler Seufzer. Ich drehte mich auf den Bauch und ließ eine Hand auf seinen gleiten. Das Toy rutschte zwischen uns. Nun konnte es nicht einmal blaue Flecken fabrizieren. Gleichzeitig spürte ich Michaels Erregung. Doch es passte nicht. Nicht jetzt. Das, was in meinem Kopf an Bildern war, ließ gerade die Gegenwart nicht zu. Zum ersten Mal empfand ich in diesem Urlaub keine Lust. So entschied ich, mich zurückzuhalten oder abzuwarten. Ich rutschte lediglich etwas näher an ihn, um etwas von seiner Lust und seinem Drängen zu spüren. Vielleicht würde sie dann überspringen. Wäre ich bereit, würde ich ihn auf mich ziehen. Ich drehte meinen Kopf zu ihm und lächelte:

„Lass uns ein paar warme Gedanken machen."

„Mach dir ein paar warme Gedanken, das geht auch ohne Kerle", hatte Camilla gemeint, lang bevor ich von dem Urlaub erfuhr. „Du bist kein kleines Kind mehr. Nimm dir den Typen, der dir gefällt, und mach's mit ihm. Fertig."

„Du stellst dir das immer so leicht vor. Aber nicht alles, was du mit links machst, kann ich auch. Das Leben besteht ja nicht nur aus … bumsen."

„Aber wenn du allein und unzufrieden bist und niemanden hast, der dich wenigstens ein bisschen glücklicher machen kann, dann ist das doch scheiße. Und Sex macht nun mal glücklicher. Frag mal deinen Arzt und

Apotheker. – Du sollst den Typen ja nicht heiraten. Aber du wirst sehen, es wirkt."

„Wie du sehe ich nun mal nicht aus. Ich krieg so Typen nicht mit einem ... Fingerschnippen."

Camilla sah mich lange mit schmalen Augen an, dann nahm sie Anlauf und meinte:

„Wie kommst du eigentlich darauf, dass du nicht gut aussiehst? Echt Schwachsinn! Das soll wohl so 'ne Art Dauer-Joke sein, oder was? Du siehst hervorragend aus. Bist 36 und hast sogar dieselbe Kleidergröße. Allein diese langen Beine. Gigantisch! Wer hat dir was anderes eingeredet?"

Ja, wer hatte mir was anderes eingeredet? Ich zuckte mit den Achseln. Ein bisschen die dumme Gans damals im Schwimmbad. Okay, das im Schwimmbad war nicht schlimm, sondern doof. Genauso doof, als ich dann mit Philipp zusammen war und die dumme Ziege mich in einer Pause auf dem Schulhof anrempelte:

„Na? Biste jetzt 'ne Frau oder herrscht da unten immer noch Leere? Er sieht nämlich nicht so aus, als wäre er begeistert. Na ja, in vierzehn Tagen bin ich dran und dann wirst du einen glücklichen Philipp sehen."

Fast wäre ich auf sie losgegangen. „Du blöde Pute!" Warum regte ich mich auf? *Die Leonie hat nur einen schönen Namen, ansonsten ist die nicht ganz dicht.* Aber trotz Philipps Satz damals und der Zeit mit ihm, immerhin über ein halbes Jahr, wirkte Leonies Satz nach. Jeden Tag schaute ich in den Spiegel und fand etwas, was angeblich nicht sein durfte. Nur beheben konnte ich's nicht. Und drei Wochen später schliefen Philipp und ich immer noch miteinander. Punktsieg.

Und – das war das eigentlich Schlimme – ich war es. Ich war schuld! Nach dem scheiß Umzug seiner Familie, *Vater hat 'nen Job in einer Computerfirma,* hab' ich mich viel zu selten in den Bus gesetzt und war zu ihm gefahren. Einmal in der Woche wäre kein Problem gewesen. Sogar öfter nicht. Vom Allacher Forst bis nach Unterhaching war es mit Bus und S-Bahn nur etwas mehr als eine Stunde. Nur wenige Wochen später hätte sich dann schon sein Führerschein gelohnt, den er sofort gemacht hatte, als er achtzehn wurde. *Ich könnte dann zu dir oder dich abholen oder ... Ich könnte dann zu dir*, funktionierte nun mal nicht. Schon als er noch in der Nähe wohnte. Immer war jemand zu Hause. Wenn wir ungestört sein wollten oder Lust hatten, *es* zu machen. Nur einmal in der Woche fiel dies nicht auf und ich fuhr mit dem Rad zu ihm. Nachmittags hatten wir dann drei Stunden Zeit. Seine Mutter war in einem Supermarkt aushelfen und sein Vater kam nie vor fünf nach Hause. Ich war es definitiv selbst schuld. Das mit Philipp schlief ein. Er konnte es nicht verstehen und ich ihm nicht erklären. Ich suche nach Ausreden – mein Aussehen – bis heute. *Ich* war und bin blöd.

Ich erzählte das mit Leonies blöden Kommentaren Camilla und sie sah mich mit großen Augen an.

„Die? Leonie? Hahaha! Toller Witz! Die kenn ich auch. Nur zu gut. Und so einer glaubst du? Demnach weißt du nicht, was aus der geworden ist? Drei Kinder von drei Männern. Super, kann ich da nur sagen. Das nennt man, das Leben hat zugeschlagen. Ein Hammer-Erfolg, um glücklich zu sein, oder?"

Ich stutzte. Dann lachte ich. *Ehrlich?* Jahre später hatte ich einen weiteren Punktsieg errungen, der nichts half.

„Mach's wie ich. Nimm, was du kriegen kannst. Wenn der Kerl ein Idiot ist, weg mit ihm! Abheften und vergessen. Streich Florian, Frank, Georg und die ganzen anderen Schwachköpfe aus deinem Gedächtnis. Und wenn du mal einen richtig geilen und treuen und lieben und was weiß ich für tollen Kerl kennengelernt hast, mach ein Foto von ihm und schick es mir, damit ich weiß, wen und was du mir weggeschnappt hast."

Als Jugendliche hatte ich nicht den Mut. Sonst hätte ich Bettina dasselbe vorgeschlagen. *Wenn der Kerl ein Idiot ist, weg mit ihm!* So und nicht anders. Aber mir fehlte die Erfahrung. Bei mir war es ja auch anders. Ich war glücklich. Zwei Wochen dauerte es, bis es glücklicherweise nicht mehr notwendig war. Dann bekam Bettina ihre Tage und ich besuchte nicht sie, sondern, so oft ich in den Ferien konnte, Philipp.

Am letzten Ferientag kam Bettina zu mir. Ungewohnt chic und irgendwie zufrieden. Ich glaubte, den Grund zu wissen, aber der richtige Grund überraschte mich. Ihre Stimme verriet, dass sie lange über jeden Satz nachgedacht hatte. Jeder klang fremd aus ihrem Mund. Aber nur, weil wir seit der Umkleidekabine, außer über ihre Regel, nicht mehr *darüber* gesprochen hatten. In meiner Naivität, und weil das mit Philipp vollkommen anders war, dachte ich nicht an außergewöhnliche Konsequenzen.

„Ich hab' Anfang der Woche mit meinen Eltern gesprochen. Mein Vater ist explodiert, er hat sofort mit denen von Christian telefoniert." Schlagartig wurde ihr Blick ernst und ihre Augen feucht. Ihr Kopf schwenkte mit hochgezogenen Brauen zur Seite und sie holte tief Luft. „Es ist etwas eskaliert. Aber, was ich sagen will, wir sehen uns am Montag nicht in der Schule. – Glaub mir, ist besser so. Ihn jeden Tag zu sehen, das halte ich nicht aus. Ich bekomme ja ein Abschlusszeugnis. Dann hab' ich die Mittlere Reife. Meine Tante in Nürnberg hat ein Bekleidungsgeschäft. Sie hat mir eine Lehrstelle angeboten. – Wir fahren nachher hin und machen alles klar. – Deshalb", sie zeigte auf ihre Kleidung, „ich freu mich sogar inzwischen."

Dann kamen die Tränen und wir lagen uns wie in der Umkleidekabine heulend in den Armen. Als Freundin wurde ich nicht gefragt.

„So ein Scheiß!", schluchzte ich.

„Echt ein Scheiß!", sie.

„Wenn ich ihn seh', schmier' ich ihm eine", drohte ich.

„Kann sein, dass er auch bald nicht mehr kommt. Mein Papi hat was angeleiert."

Sie ließ mich los, wischte sich die Tränen und damit auch ein bisschen die Wimperntusche aus dem Gesicht und sah mich mit schwarzen Schlieren unter den Augen an. Ich vermutete, was sie sagen wollte, und meinte:

„Geschieht dem Arschloch ganz recht!"

Sie nickte und versuchte zu lachen. Dann setzten wir uns auf mein Bett. Zuerst zeigte sie mir die Reste des bescheuerten Knutschflecks und die zu einer dünnen Linie gewordene Narbe des Kratzers. Beides wäre sicher in ein paar Wochen unsichtbar und nur noch in ihrem Kopf als blöder Film vorhanden. Ich gab ihr ein paar Tücher und Schminke von mir und wir erzählten dabei über die Zeit, die für sie kommen würde.

Tatsächlich sahen wir uns erst ein halbes Jahr später wieder. Vorher telefonierten wir ab und zu und dann sicher mehr als eine Stunde lang.

Christian kam an diesem Montag in die Schule. Ich sah ihn nur kurz. Keine Ahnung, was ich von seinem Auftritt halten sollte. Er schaute zwar ernst drein, aber besonders getroffen schien er nicht. Gerne hätte ich ihm ein *Arschloch* an den Kopf geworfen. Aber dazu kam es leider nicht. Philipp erzählte mir dann, er habe die Schule wechseln müssen und hätte Papiere abgeholt. Er zuckte mit der Schulter. Weil er nach Bettina fragte, berichtete ich ihm das Wichtigste. Heute würde ich sagen, er wirkte danach konsterniert. Er lehnte sich auf seinem Bett hockend etwas blass geworden an die Wand und stotterte nur:

„Ich hab' dir hoffentlich nie wehgetan?"

Ich beugte mich zu ihm.

„Nein! Wie kommst du darauf? Rat mal, warum ich gesagt hab: ‚Weißt du, dass ich scheißfroh bin, das mit dir zu machen?' Und da hatte ich noch keine Ahnung, was mit Bettina passieren würde. Dass so etwas passieren könnte, war ganz weit weg für mich. – Wegen dir."

An diesem Nachmittag schliefen wir nicht miteinander. Es passte einfach nicht. Wir blieben nackt unter der Decke aneinandergekuschelt, streichelten und küssten uns höchstens ab und zu und quatschten, so wie ich es sonst mit Bettina tat, ziellos in der Gegend herum. Wir versuchten uns damit abzulenken, hatten jedoch sicher das mit ihr ständig im Hinterkopf.

Das alles war über fünf Wochen nach unserem ersten Samstag. Das war über fünf Wochen, nachdem wir das erste Mal miteinander geschlafen hatten. Das war fünf Wochen, nachdem wir uns über unsere Berufe Gedanken gemacht hatten. Es war keine fünf Monate, bevor ich blöde Gans aufgab.

Das alles erzählte ich dann an diesem Nachmittag im Freibad Camilla, nachdem wir das erste Mal gesprungen waren. Sie sah ernst zu den paar Jugendlichen auf dem Sprungturm, die dort oben und bei ihren Sprüngen Faxen machten, wahrscheinlich, um den Schiss, den sie hatten, damit zu überspielen. Mit einem Mal sah sie mich an.

„Hoffentlich ist für Bettina nie wieder so etwas passiert. Ich hab' dem Typen damals tatsächlich eine geschmiert und ihn rausgejagt. Seitdem sag ich, was ich zulasse, oder tue es erst gar nicht."

Ich dachte an die Kombi Michael und Camilla und lächelte ein wenig. Er würde wahrscheinlich auf der Strecke bleiben. Und ich dachte an die Sache mit dem Foto. *Mach ein Foto von ihm.* Ein Foto von Michael. Obwohl ich welche hatte, wollte ich ihr lieber keines geben. Und ich dachte an das mit Philipp und an das, was Bettina und wohl auch Camilla passiert war. Als ich nachfragte, winkte sie nur ab, stand auf, zeigte zum Sprungturm – *Seitdem sag ich, was ich zulasse* – und meinte:

„Mal sehen, ob es noch ein paar willige Opfer gibt. Vielleicht sollten wir es mal mit so einem unverdorbenen Jüngling versuchen. Und uns richtig austoben. Ich fang schon mal mit Springen ins kalte Wasser an."

Ich sah sie fragend an.

„Ich dachte, genau mit so einem Jüngling hättest du die schlechte Erfahrung gemacht?"

Sie hob unentschlossen die Achseln und die Hände. Für eine Sekunde schwebten sie vor ihrem Körper.

„Ich hab' dazugelernt", entgegnete sie trocken, „und er lernt es dann gleich richtig."

Nun drehte sie sich um, stemmte die Hände in die Seiten und sah mich mit schmalen Augen an. Es sah zu lustig aus und ich musste lachen. Eine so gut wie nackte Frau in einem öffentlichen Freibad. Ihr Hipster bedeckte, selbst ohne zu einer dünnen Kordel aufgerollt zu sein, ihren Hintern nur halb. Sie war also eine Augenweide für das gute Dutzend halbwüchsige Kerle im Hintergrund auf der Zehner-Plattform, die nicht wussten, wohin einerseits mit ihrer werdenden und überbordenden Männlichkeit und gleichzeitig doch noch vorhandenen Kindlichkeit.

„Der von vorhin ist auch wieder da", schüttelte ich deshalb lachend den Kopf.

„Also gut. Aber ich befürchte, er wird wieder türmen. Nehm' ich halt 'nen anderen … dann."

Schon war sie unterwegs. Ich zögerte einen Moment und entschloss mich, das Ganze mit den Füßen im Wasser vom Beckenrand aus zu beobachten. Um kein weiteres Aufsehen zu erregen, zog ich mir mein Oberteil an. Als ich mich in eine der Ecken setzte, war Camilla fast schon oben. Drei Jungs der hungrigen Meute verfolgten sie bereits mit entsprechenden Kommentaren auf der Leiter. Kurz vor der Plattform drehte sie sich um und rief zu ihnen runter:

„Und wehe, ihr kneift wieder."

Mit ihrem ersten Schritt auf die Plattform begann ich die Sekunden zu zählen. Bei acht hampelte einer der Jungs mit wedelnden Armen und irgendwelchen Blödsinn rufend zu ihr. Hier unten neben mir, hätte sie ihn sicher als knackig bezeichnet. Alles andere als schmächtig, breites Kreuz, fast Sixpack. Er ähnelte ein wenig Klaus. Bei zwölf verteilte sie seine Hände auf ihrem Rücken und ich hörte sie, obwohl viel zu weit entfernt, regelrecht ihre Anweisungen machen. *Zier dich nicht! Mein Gott, ich bin nicht aus Glas! Das ist nur mein Hintern, mehr nicht!* Bei zwanzig hatte er tatsächlich eine Hand auf ihrem Po und die andere zwischen ihren Schulterblättern. Ich schüttelte den Kopf und grinste. Bei dreißig stand sie immer noch oben. Bei zweiunddreißig beugte sie ihren Kopf vor, stieß sich ab und hatte längst sein Gesicht an ihres gedrückt. Selbst mit diesem Abstand sah ich, dass sie ihn küsste und die eineinhalb Sekunden dafür ausgiebig nutzte. Unten angekommen schwamm er sogleich mit einem deutlich verwirrten Blick davon. Sie hingegen mit Tränen in den Augen langsam zu mir in die Ecke am Beckenrand.

„Er kanns nicht wissen. Er heißt zufällig auch Marcel und hat allein deswegen den Fehler von damals wieder ausgeglichen."

Plötzlich stand der Bademeister über uns. Es war immer noch derselbe wie seinerzeit mit Philipp. Inzwischen hatte er einen deutlichen Bauch. Er war ziemlich in die Jahre gekommen. Nun beugte er sich mit hochrotem Kopf vor, zielte mit einem Zeigefinger in Camillas Gesicht und zischte völlig aufgebracht:

„Und jetzt ist verdammt noch mal Schluss! – Verstanden? – Raus aus dem Wasser. – Aber flott!"

Camilla sah hoch. Erschoss ihn mit ihrem Blick, rieb langsam die Zähne über ihre Oberlippe, aber statt zu antworten, winkte sie wieder nur ab. Es war das erste und letzte Mal, dass ich sie so emotional erlebte. Für einen Augenblick verharrte er in seiner Haltung. Camilla atmete heftig ein und schwang sich neben ihn auf den Rand. Schneller als er erwartet hatte, stand sie ihm gegenüber und ging nah an sein Gesicht:

„Hab – dich – nicht – so!"

Ihr Ton war unmissverständlich. Sie griff nach meiner Hand und zog mich mit. So laut, dass er es verstehen konnte, sagte sie:

„Der ist ja nur neidisch, weil nicht er seine Hand auf meinen Arsch legen durfte. Der kriegt da oben ja Höhenangst. – Der Wichser."

Es war wie das nachmittägliche Gewitter auf der Insel. Am Platz zurück schien nichts passiert zu sein. Lachend hockte sie sich wieder hin und meinte lediglich:

„Gut, dass es noch ein paar andere Freibäder gibt. Aber für ein paar warme Gedanken reicht ein solcher Nachmittag. Die solltest du dir auch machen. Gucken kostet nix. Manche von denen sehen doch lecker aus."

Ein paar warme Gedanken. Die hatte ich danach zuhauf. Nicht nur im Freibad, sondern auch in den blödesten Situationen. Sah ich einen Kerl, scannte ich ihn ab, ob er *dafür* gut genug sein könnte, um das Bisschenglücklicher-Werden zu finden, statt irgendein Fiasko zu erleben. „Du gehst dann ganz anders durch die Welt", hatte Camilla noch gesagt und lachend hinzugefügt: „Da verschwinden jedes Mal mindestens ein Dutzend Falten. Auch wenn ich geheult habe ..." Sie streckte ihren gekrümmten Zeigefinger: *Das macht dich erst recht sexy. Mein Gott, genieß das Leben! Mach ich auch. Machen mehr Menschen, als zugegeben wird. Nicht nur Männer betrügen ihre ... Lebenspartner. Und du siehst wirklich verdammt hungrig aus.*

Camilla hatte recht. Das mit den warmen Gedanken funktionierte nicht sofort. Dafür lernte ich Georg kennen. Kein Schönling, aber so doll fand ich mich ja auch nicht. Die Ausrede half, mich unschuldig zu fühlen. *Er* betrog. Schon am dritten Abend passierte es und hinterließ das Gefühl, etwas Neues erlebt zu haben. So ging das einige Zeit lang, bis er eines Abends, keine vier Wochen später, heulend bei mir aufkreuzte und mir umständlich erzählte, dass er versetzt worden sei. Ehrlich gesagt, sah ich ihn trauriger an, als ich mich fühlte, denn ich empfand es nicht als Verlust und begann mir nachts *warme* Gedanken zu machen. Traum für Traum.

Philipp kam ab diesem einen Tag nahezu nächtlich in ihnen vor. Kein Wunder. Das Glück eines langen kuscheligen Nachmittages gab es nur mit ihm. Danach war Schluss. Auch Georg konnte daran nichts ändern. Der Sex und die Stunden mit ihm waren in Ordnung, aber ansonsten hatte es nicht gepasst, nicht für ein Zusammen, wie auch immer. Träumte ich davon, war Philipp die männliche Besetzung, nur mit ihm klappte es. Er war und blieb, ich könnte auch sagen, seelenverwandt. Auch meine Eltern mochten ihn. „Er ist wirklich nett, ein wenig schüchtern vielleicht, aber sehr anständig", meinte Mutti und freute sich, dass meine Mathe-Noten immer besser wurden.

An diesem einen Nachmittag, Wochen vor Bettina, lagen wir noch eine ganze Weile nebeneinander, streichelten und erkundeten uns und erzählten nebenbei über Gott und die Welt, lästerten über einige Schulkameraden und überlegten, was die Zukunft uns bringen könnte. Richtige Vorstellungen hatten wir von dieser nicht. Ich war inzwischen sechzehn und er noch siebzehn. Zukunft hieß damals Schulabschluss und das Unwissen danach, was man nach diesem machen könnte. Einen Freund zu haben, versüßte die Zeit und lenkte davon ab, Verantwortung zu übernehmen.

„Was könnte ich mit Mathe machen?"

„Warum Mathe? Du malst genial. Warum nicht etwas Künstlerisches?"

„Ich glaube, meine Eltern wären damit nicht einverstanden. Mein Vater arbeitet für Computerfirmen, die schießen gerade wie Pilze aus dem Boden, und denkt sich Programme für die aus. Der könnte mich in so einer unterbringen." Philipp zuckte mit der Schulter. „Eigentlich hab' ich mit so was aber nix am Hut."

„Das wäre auch nichts für mich."

„Hast du Hobbys?"

„Weia", prustete ich. Hobbys. Noch so 'ne Sache. Mit einem Haufen Fragezeichen. Ich fing Hunderte Sachen an, tat jede Menge und davon nichts richtig. Lesen, ein bisschen Handarbeit, okay backen konnte ich gut und ich hatte mich tatsächlich schon gefragt, wie es wäre, Konditorin zu werden. Als ich es beim Abendessen einmal erwähnte, sah mich Vater zum ersten Mal ernst an und seine Stirn sah dabei aus, als hätte der Landwirt aus der Nachbarschaft seine Egge über sie gezogen. „Konditorin? Dafür musst du nicht aufs Gymnasium. Du hattest doch mal vor, Tierärztin zu werden." Hatte ich das?

„Papi glaubt immer noch, ich würde mal Tierärztin werden."

„Und?" Philipp sah mich an, als könnte auch er sich das vorstellen.

„Ich hab' schon ewig keine Regenwürmer mehr in meine Hosentaschen gestopft", lachte ich.

„Also auch keine Idee. – Klaus würde gerne Archäologie studieren, meint aber, das sei brotlose Kunst. Geschichte interessiert ihn trotzdem. Auch das Zeugs drumherum, jetzt überlegt er Journalist zu werden. Spannend, oder?"

„Hmh, ich lese gern. Vielleicht gibts etwas mit Büchern, was Spaß macht, in Verlagen zum Beispiel."

„In Deutsch bist du auf jeden Fall spitze. Und Französisch sprichst du besser als die Krause. Lektorin oder Übersetzerin oder – Wie heißt der neue Beruf? – Medienkauffrau, warum nicht."

„Immerhin schon eine Idee." Ich sah ihn mit forschendem Blick an. Damals konnte er nicht wissen, dass er mir tatsächlich einen Floh ins Ohr gesetzt hatte. Ich drehte mich auf die Seite und meine Hand wanderte ziellos auf seiner Haut herum. „Das ist eine verdammt gute Idee, weißt du das? Ich back ja gern, dann wäre so ein Verlag dafür nicht schlecht. Was meinst du?"

Philipp grinste mich an, sah wohl schon meinen Namen in einem Buch erwähnt.

„Laura … Fischer … backt. Fände ich echt gut."

„Dann müssen wir nur noch etwas für dich finden."

Er seufzte. Das Abi war für ihn noch so weit weg. Und damit das Beruferaten. Mit Schwimmen konnte er kein Geld verdienen. Das war neben dem Malen das, was er am liebsten tat, ohne aber Leistung damit zu verknüpfen. Er sah mich an und ich konnte seine Gedanken lesen: *Ich bin wie du, aus lauter Langeweile mach ich Hausaufgaben.*

„Irgendwas mit Naturwissenschaften wäre aber vielleicht nicht schlecht. Du überlegst viel mehr als ich und bist viel ruhiger. Aber Computer? Ich weiß nicht. Das ist doch trocken, oder? Aber irgendwo in der Forschung. Du bist so kreativ. Guck dir deine Bilder an! Du hast so viele Ideen. In München gibt es immerhin die Fraunhofer- und die Max-Planck-Gesellschaft."

Ich zog meine Hand, fast in seinem Schoß angekommen, weg und zeigte auf die drei Bilder über uns und fügte hinzu: „Darf ich die anderen auch mal sehen?"

Er war mit seinen Gedanken woanders und es folgte ein nachdenkliches Nicken. Der Nachmittag war leicht und unfassbar schön und er – Konnte er das so sagen? – unverhofft zu einem Mann geworden. Jetzt hatte Laura ihm sogar Mut für die Zukunft gemacht. Würde er mit Klaus darüber sprechen, bekäme er sicher einen Vogel gezeigt. *Forschung? Mannomann! Was is'n das für 'ne Berufsidee? Was willste denn forschen?* Grundlagenforschung, könnte er nun antworten. In seinem Regal standen immerhin vier Bücher über Physik, die selbst sein Vater nicht so richtig verstand.

„Ja", beantwortete er beiläufig meine Frage, dann drehte auch er sich auf meine Seite, strich mir übers Gesicht und sagte seufzend:

„Ich würde gerne noch mal mit dir ... schlafen ..."

„Und ich mit dir", dachte ich und rutschte mit der Hand in seinen Schoß, spürte seine sofort wachsende Erregung und meinte:

„Dann tu es doch."

Minuten später hatte ich mit Philipp meinen ersten Höhepunkt. Meinen ersten Höhepunkt mit einem Jungen. Dieses Mal kam er nur ein, zwei Sekunden früher.

„Lass uns morgen darüber reden", meinte Tina, strich sich an die Decke pustend die dunklen, lockigen Haare nach hinten und richtete sich auf. „Immerhin habe ich gerade, wie Kai mich, ihn betrogen."

Tina schwang sich von Michaels Schoß, zog dabei eine feuchte Spur über seinen Bauch und kniete anschließend neben ihm. Aus ihrem Schoß tropfte Michael ins Laken.

„Retourkutsche, geschieht ihm recht", dachte Michael, beugte sich etwas zu ihr und biss leicht in eine ihrer rötlich braunen, fast wie ihre Haare, dunklen Brustspitzen. Tina zog scharf die Luft ein und wedelte mit einer Hand. Alles an ihr war gerade empfindlich.

„Das klingt aber, als könntest du es dir vorstellen", meinte er daraufhin.

„Nach diesem grandiosen Fick kann ich mir alles vorstellen, du Idiot. Aber ich will mich nicht von diesem Augenblick erpressen lassen. Wir sollten uns auch noch in ein paar Jahren, egal was passiert oder dazwischenkommt, in die Augen sehen können, oder?"

Michael lächelte und nickte. Vielleicht war es auch andersherum.

„Natürlich", erwiderte er lediglich etwas tonlos und fügte nach ein, zwei Sekunden hinzu: „Aber lass uns heute Nacht noch zusammenbleiben. So können wir nicht auseinandergehen."

„Du willst doch nur Nägel mit Köpfen machen", antwortete Tina und stand auf, wischte mit einem Handtuch zwischen den Schenkel durch und schlüpfte in ihren Slip.

„Ich sag ja, lass uns morgen darüber reden." Nun zog sie den BH an. „Ich brauch ein paar Tage Zeit, können auch zwei, drei Wochen werden, okay? – Aber dann."

Zufrieden blieb ich neben Michael liegen. Mit einer Hand auf seinem Bauch sah ich wortlos den Wolken zu, die sich in immer andere Fabelwesen verwandelten, dann ausdünnten und zerstoben und zu den Wolken wurden, zu denen gerade die Schwäne aufstiegen. Ich verfolgte sie eine Weile, bis der Horizont nichts mit dem vom Starnberger See zu tun hatte. – Leider.

Ich seufzte und schüttelte den Kopf. Die Wirklichkeit sah anders aus, aber nicht schlecht. Der Himmel hingegen war von Wolken überzogen, die sich langsam zusammenballten. Vielleicht käme doch ein weiteres Unwetter auf. Aber Minuten später war dieser Himmel wieder tiefblau, unendlich weit und vielversprechend.

Es war der Himmel unseres vorletzten Tags. Die Zeit konnte ich nicht anhalten, um mit Michael mein Leben betrügen zu können. Und das war gleichzeitig das Problem. Michael und Alltag passten nicht zusammen. Michael war lediglich ein gelebter Traum. In der nächsten Woche schon gab es vielleicht nicht einmal mehr Träume, die mich fantasieren lassen könnten. In denen Philipp mir übers Gesicht und damit eine Träne wegwischte. Ich stand auf und ging langsam vor zum Wasser. Ich wollte das Seidengewebe des Meeres überall an mir spüren, wie vielleicht später im Traum seine Finger. Das Wasser hier und dessen Farbe waren inzwischen austauschbar. Es ähnelte dem Kachelblau im Freibad und das weit entfernte Geschrei der Tiere im grünen Horizont hinter dem Strand dem Geschrei der Kinder in unserem Schwimmbecken. Ich drehte mich auf den Rücken, ließ mich mit geschlossenen Augen treiben und tat, als würde ich dies genau in diesem Becken tun.

„Am liebsten würde ich jetzt hierbleiben", meinte ich und drückte Philipp an mich.

„Am liebsten würde ich dich nicht gehen lassen", seine spontane Antwort.

„Morgen gehst du zu Klaus?"

Philipp nickte, strich sich ein paar Haare aus dem Gesicht, presste die Lippen aufeinander und verzog den Mund. Dann sah er mich mit seinen blauen Augen an.

„Saublöd", entfuhr es ihm, „aber warte. Das Spiel ist um 14 Uhr. Wenn es rum ist, bin ich abgemeldet, dann hängt er mit seinen Kick-Freunden herum. Um Viertel nach vier bin ich wieder hier."

„Und wann kommen deine Eltern?"

Er ließ sich mit einem Fluch wieder ins Bett fallen.

„Verdammt! An die hab' ich nicht gedacht. – Meinst du, du könntest morgens kommen?"

Ich dachte nach. Sonntagmorgens hatte meine Mutter für gewöhnlich Schwierigkeiten, mich aus dem Bett zu bekommen. Aber nachher, auf dem Weg nach Hause würde ich mir etwas ausdenken und gleich heute Abend eine gute Ausrede parat haben.

„Mir wird was einfallen, meine Eltern werden sich wundern, aber um neun bin ich hier. Wenn ich zum Mittagessen wieder zu Hause bin, sind sie zufrieden."

„Ich bring dir Mathe bei", lächelte Philipp, „und bin eine Klassenkameradin, die am Nachmittag ihre Oma besuchen muss. Deshalb geht's nicht anders."

„Wow! – Geil! – Du bist ein Schatz!" Ich erschrak und hielt mir eine Hand vor den Mund: „Bin ich albern, wenn ich so was sag?"

„Ich hab' dich lieb", war Philipps geflüsterte Antwort, „oder klingt das albern?"

„Ich find nicht", erwiderte ich.

Camilla zeigte vielsagend zur Plattform. „Echt lecker", ich schüttelte lachend den Kopf, wiederholte „Lecker?!" und hob eine Hand. Hinter uns, hinter den Büschen, hörten wir aufgeregte Mädchenstimmen. Mit dem Kopf deutete ich nach hinten. Wir lauschten und schmunzelten. Manche Probleme hatten sich im Lauf der Jahre nicht geändert.

„Das ist so ein Vollidiot", jede Silbe mit Abstand. „Ich hab' gesagt, dass ich gehe und? Was ist? Siehst du ihn? Ich hab' extra die neuen Klamotten angezogen, weil er beim letzten Mal so blöd geguckt hat."

„Vielleicht kommt er ja noch?!", meinte eine andere, dunklere Mädchenstimme.

„Der? Er hat mich letzte Woche schon mal sitzen lassen. Da hab' ich ihm schon gesagt: Einmal noch und du kannst das mit uns in den Wind schreiben."

Die dunkle Mädchenstimme grunzte nur. Wahrscheinlich dachte sie: *Das hat er jetzt ernst genommen.*

Ich stellte mir zwei Girls vor, die sich zum ersten Mal mit ihrem ... Auserwählten treffen wollten. Dabei ein bisschen Modenschau machten, um zu sehen, wie sie wirkten. Vielleicht würden sie wie Camilla oder vor Jahren Steffi mutig sein und ihr Oberteil ausziehen und damit den ersten Betörungsversuch starten. Vielleicht hatten sie es auch schon getan.

„Matthias ruft wenigstens immer vorher an", meinte die andere.

„Der ist ja auch gekommen."

„Hab' ich auch nicht viel von. Dem sind seine Arschbomben wichtiger als mein Hintern."

Camilla und ich schauten uns an und sahen gleichzeitig zur Plattform. Arschbomben. Im Moment gab es nur einen, der sie machte. Es war einer von denen, die Camilla angesprochen, aber sich nicht getraut hatten. Sie sah mich an und zog die Brauen hoch.

„Mannomann. Waren die früher auch schon so jung? Der ist höchstens ...", sie machte eine kleine Pause und wiederholte dann, „... höchstens sechzehn."

„Ich glaub, daran hat sich so viel nicht geändert. Leonie, vielmehr wir, waren ja auch gerade mal dreizehn."

Hinter uns ging die Diskussion weiter.

„Aber wenn sie mit den Fingern schnippen, haben wir uns in Bewegung zu setzen."

Ihr Schicksal war demnach nicht viel anders als das älterer Mädchen oder gar vieler Frauen, egal was über Gleichberechtigung gedacht und geredet wurde.

„Weißt du was? Wir gehen. Fahren wir doch in die Stadt rein. Eis essen oder so. Bisschen gucken. Sollen die doch machen, was sie wollen. Die werden sich schon melden."

Die beiden Mädels, vielleicht jünger, als wir dachten, kamen keine halbe Minute später lachend hinter den Büschen vor. Die Kleidung ließ mich vermuten, dass In-die-Stadt-Gehen ohnehin geplant war. Beide hatten sie schicke Jeans an und lustige T-Shirts. Die eine hatte den Tag bereits als Motto vorne draufstehen: *Die Kunst des Lebens ist, es nicht zu verpassen. Küss mich also, oder lass es sein.* Schon waren sie weg, das Problem gelöst und der aktuelle Schwarm wahrscheinlich schon am nächsten Tag Vergangenheit. Zumindest hätte er sicher einige Zugriffsrechte verloren, meinte Camilla grinsend. Wir warteten ab, auch weil wir keine Lust hatten, noch mal dem Bademeister zu begegnen. Aber in der nächsten halben Stunde kam kein Kerl vorbei, der die beiden vermisste. Camilla lachte wegen des Spruchs und kommentierte ihn mit:

„Dann lass es!"

Michael sah Laura hinterher. Sie oder Tina? Was für eine Frage! Im Moment galt anderes. Lauras Haut, ihr Duft am Hals, in der Rundung unter den Brüsten, im Haar hinter den Ohren, in den Beinbeugen und knapp über dem Schoß, ihr Lächeln mit den kleinen Falten an der Seite ihrer Augen, ihre Art sich zu bewegen, auch unter seinen Händen, wenn sie langsam kam, ihre Beine zu zittern begannen, ihr Bauch sich hob und senkte, sie allmählich die Kontrolle verlor, ihr Atem beschleunigte, die Stimme sich in ein unkontrolliertes

Sammelsurium aus Knurren und Gurren, Stöhnen und Keuchen, Zischen und Pusten veränderte und schlussendlich ihre Spalte sich einer saugenden Faust gleich um ihn schloss. Das war Sex. Purer Sex. Nichts anderes. Wie sollte der in Frankfurt oder München funktionieren? Er zuckte mit den Achseln. Carpe diem! Dann sprang er ihr hinterher.

Ich schwamm einige Meter raus, ließ mich auf dem Rücken liegend treiben und schloss die Augen. Prompt war ich im Freibad oder Starnberger See. Rechts von mir der Steg. Die Wellen schwappten über mich und taten gut, kühlten Gedanken und Körper ab, während Philipp im Schneidersitz hockend mich zeichnete. *Mein Gott, genieß das Leben!* Ich tat es und würde es wieder tun. Vielleicht nicht mit Michael. Höchstwahrscheinlich sogar nicht. *Du siehst wirklich verdammt hungrig aus.* Okay, und ganz satt war ich noch nicht.

Ich sah zu ihm hinüber. Gerade winkte er mit einer Hand. Auf deren inzwischen braun gebranntem Rücken die Adern, die ich in den letzten Tagen häufig mit Fingern verfolgte, wenn ich seine Hände streichelte. Dann glaubte ich, sein Blut fließen zu spüren – direkt durch meine Fingerspitzen. Ich winkte zurück, ließ die nächste Welle über meinen Körper laufen, verfolgte, wie sie mit meinen Brüsten spielte und wieder zärtlich gegen den Schoß klatschte.

„Ist das nicht schön?!", rief ich wieder und strich mit beiden Händen an meinen Seiten entlang.

Meiner Mutter hatte ich genau das erzählt, was Philipp mir vorgeschlagen hatte. „Das ist aber nett von Bettina, dass sie mit dir lernt", meinte sie nur und: „Um eins gibts Essen, bis dahin bist du wieder zurück?" – „Klar", meinte ich nur, drückte ihr einen Kuss auf die Wange und pünktlich um neun klingelte ich bei Philipp. Sogar einige Minuten früher. Und im selben Moment fühlte ich mich unausgeschlafen und hässlich. Das Kleidchen von gestern hatte ich auch nicht an. Verführung im Licht war somit nicht möglich. Gegenüber meinen Eltern fand ich das Kleidchen an einem Sonntagmorgen auch zu verräterisch. Ich wollte ja nicht ins Freibad, sondern zur Nachhilfe. Stattdessen trug ich einen weiten Rock mit einem simplen Gummibund. Philipp würde sicher den Vorteil herausbekommen. Ein passendes Shirt war das kleinere Problem.

Philipp war offenbar auch noch nicht allzu lange auf. Wach schon gar nicht. Leise lächelte ich in mich hinein. Seine Frisur sah aus wie am Abend zuvor, als ich ihm zum Abschied, sogar mit ein paar Tränen – ich bin doch albern – das Haar zerzauste. Um seine Augen dunkle Ringe. Aber er hatte ein frisches T-Shirt mit einem Windrosen-Aufdruck und die Boxer-Shorts an. Beides wirkte übergroß an ihm.

„Mein Gott, ist so eine Nacht lang, wenn man wartet", war statt *Hallo* oder *Guten Morgen* sein erster Satz.

Ich grinste ihn an und meinte:

„Wahrscheinlich sehe ich deshalb auch so aus."

Philipp schloss die Haustür hinter mir, nahm mich in den Arm – „Du glaubst gar nicht, wie ich mich freue" – und ging vor mir die Treppe rauf. Oben im Flur dasselbe noch mal, ein langer Kuss und In-den-Arm-Nehmen, auch in seinem Zimmer. Er roch nach Schlaf, nach den Spuren von gestern, ein wenig nach mir, nach Liebe, wild und unverschämt gut.

„Ich hab' zu Hause das erzählt, was du gesagt hast, du bringst mir Mathe bei, nur das du jetzt Bettina bist."

Philipp grinste und belohnte mich mit einem weiteren Kuss.

„Aber gleich nächste Woche werde ich die Wahrheit sagen", erklärte ich, „du musst mich ... besuchen kommen. – Bettina heißt dann wieder Philipp."

„Mathe kann ich wirklich mit dir lernen."

Ich sah an ihm hoch, strich mit meinen Händen über sein Shirt, verfolgte sie dabei, stellte mich auf die Fußspitzen, gab ihm einen Kuss und meinte grinsend:

„Auch."

Da hatte er schon seine Hände hinter den Bund meines Rocks geschoben.

„Nach oben oder unten?", zögerte er und ergänzte die eigene Frage sofort mit der Antwort: „Nach unten."

Langsam ging er in die Knie, schob dabei den Rock über meinen Po auf die Oberschenkel und über die Knie, hielt inne, schob mein Shirt hoch, gab mir einen Kuss auf den Bauch knapp über dem Bund des Slips, leckte kurz an meiner Haut – der Rock war mittlerweile auf meinen Knöcheln gelandet – und er kniete vor mir und machte dasselbe mit meinem Slip. Meine Hände irrten in der Luft herum, ähnelten seinen vom Vortag, als er sie wie bei einer Messe zur Seite hielt. Als er mir den Slip über die Knie streifte, krallte ich meine Finger in seine Haare und er gab mir einen Kuss in den Schoß, tat es noch mal und noch mal und noch mal mit seiner Zunge, als würde er trinken, und ich stieg gleichzeitig aus dem heruntergeschobenen Slip. Mein Shirt und den BH hatte ich schon ausgezogen. Philipp schaute hoch und stöhnte:

„Mannomann! Du bist so schön!"

Ich sog die Lippen ein, presste sie aufeinander, zog ihn hoch und flüsterte:

„Langsam glaub ich es."

Nun waren meine Hände am Gummibund der Shorts, während er nicht wusste, wohin mit seinem Blick, mit den Händen, und ich spürte auch mit seiner

Scham, die sich trotz gestern wohl wieder in ihm ausbreitete. Ich ging in die Hocke und als ich die Shorts mit einem Ruck nach unten zog, kniete ich und küsste sein schon steif werdendes Glied, umarmte es mit meinen Lippen, im Nu war es hart und ich hörte ihn das erste Mal aufstöhnen. Ich stand auf, umarmte ihn und presste ihn an mich.

„Und du fühlst dich unglaublich gut an. – Komm. Um eins muss ich zu Hause sein", flüsterte ich und zog ihn zum Bett. Er lächelte verschämt und legte sich neben mich. Dieses Mal ohne Decke. Ich schaute wieder hoch zum Bild. Der Schwan links war schon fast auf dem Weg. Seine Schwingen ausgebreitet, einem Flugzeug gleich. Wohin er wohl fliegen wollte? Ich drehte mich zu Philipp, nahm ihn wieder fest in den Arm und glaubte im nächsten Moment vor Glück zu platzen. Unvorstellbar, dass das, was ich für Philipp empfand, jemals zu Ende gehen könnte.

Das tat es auch nicht. Sondern ich scheiterte an mir selbst. Mit ihm war alles leicht geworden. Nicht nur *das*. Es gibt so viele Sprüche, die einem im ersten Moment blöd erscheinen, es aber dann doch nicht sind: *Wir verstanden uns blind* oder *wir waren ein Herz und eine Seele* oder *Gleich und Gleich gesellt sich gern* oder *da haben sich zwei gefunden*. Sie stimmten alle und gleichzeitig wuchs in mir die Angst, nicht standhalten zu können, wenn er in wenigen Jahren in einer anderen Stadt studieren oder einen Beruf erlernen würde und wir uns dadurch nicht mehr regelmäßig sähen. Eigentlich unvorstellbar. Doch nachts träumte ich in letzter Zeit nicht nur von ihm, sondern wie ich es versuchte und er nicht da war. Ich irrte dann durch irgendwelche Räume auf der Suche nach ihm und fand ihn nicht. Meist wachte ich dann auf und brauchte Minuten, zu kapieren, dass es nur ein Traum war. Nichts anderes als ein widerlicher Traum. Das, was wir aber gerade erlebten, war alles andere als ein Traum.

„Was denkst du?", fragte ich ihn und sah in seine blauen Augen, die mich mit einem Mal traurig ansahen. Er zuckte mit den Achseln, sog die Lippen ein und antwortete nicht sofort. Eine Hand von ihm irrte auf meinem Rücken herum, während Fingerkuppen von mir über eine seiner Wangen zu den Lippen glitten.

„Klingt vielleicht komisch", erwiderte er nach ein paar Sekunden, „seit gestern nur deinen Namen. Am liebsten würde ich dich nicht mehr loslassen."

„Dann halt mich einfach fest."

Und ich dachte in diesem Moment an diesen bescheuerten Traum. Ließe Philipp mich nun nicht mehr los, käme er nie wieder und meine Angst wäre verschwunden. Aber da hatte noch ich keine Ahnung, dass er wohl schon etwas über unser Schicksal wusste. Er nickte nur. Halb auf der Seite, halb auf mir, lag sein Kopf neben meinem auf meiner Schulter. Der Arm von ihm, auf dem ich lag, war unbeweglich und seine andere Hand erkundete eine Brust von mir. Nach ein paar Minuten schob ich ein Bein unter ihm durch. Ich krabbelte mit der Hand zu seinem Po, drückte ihn sanft und er rutschte zwischen meine Schenkel. Sein Glied reckte sich schon an meinem Unterleib. Ich ahnte, dass er bald kommen würde.

„Heute geht's noch", hauchte ich, korrigierte ein wenig meine Haltung, half ihm mit einer Hand und Philipp glitt wieder leicht, ohne auch nur den kleinsten Schmerz bei oder in mir zu verursachen, in mich hinein. Allein dieses Gefühl war unbeschreiblich. Allein deshalb war es unvorstellbar, dass das, was ich für Philipp empfand, jemals zu Ende gehen könnte. Wieder verharrte er, nur wenig in mich geschlüpft, kurz in meinem Spalt und glitt erst dann langsam in mich hinein, um eigentlich das zu verhindern, was dann geschah. Ich legte ihm einen Finger auf die Lippen, weil er in der Sekunde drauf wieder fluchen wollte.

Auf unserer Veranda zurück kramte Michael aus einer Tasche eine kleine Digitalkamera hervor, sah nach oben und meinte:

„Das Farbspiel in diesem Sonnenschirm ist einfach klasse."

Schon machte es klick und er zeigte mir das Foto auf dem kleinen Display. Mein verwundertes Lächeln, weil ich darüber rätselte, was er nun vorhatte, meine nackten Brüste und als Kontrast der weiße Strand und das türkisblaue Meer. Meine Haut glänzte ein wenig bronzefarben. Die Frisur dafür ein Chaos. Sie klebte in Strähnen am Kopf und im Gesicht. Automatisch strich ich mit den Fingern durch die Haare und warf den Kopf nach hinten. Wieder ein Klick. Auf dem Display mein nun etwas gestreckter Oberkörper bis zum Bauchnabel, auf dem die noch hinunterrinnenden Wassertropfen glitzerten, das Gesicht – meine Augen waren geschlossen – und der Moment, als meine Finger gerade hinter dem Kopf verschwanden. Was hatte er vor? Bildchen machen? Ich zog die Beine an, lehnte mich etwas nach hinten und grinste ihn an. Klick.

„Bilder für die berührungslose Zwischenzeit", erklärte er und machte wieder ein Foto. Ich biss mir abwechselnd auf die Ober- und Unterlippe, kaute nachdenklich etwas auf ihnen herum. Bildchen von mir für die berührungslose Zwischenzeit. Obszöne Fotos also, wie sollten sie auch anders sein? Fotos, die er bisher für seine abendliche Befriedigung ohne Mühe im Internet finden konnte und sicher gefunden hatte. Schon sah ich mich auf dem weißen Strand nicht nur liegen, sondern fläzen, mich mit irgendetwas, vielleicht dem pinken

Toy selbst befriedigen, damit es bei ihm noch besser klappte, unter seinem plötzlich nicht mehr lüsternen, sondern ungewohnt aufgegeilten Blick. Sah ich ihn, wie er in Frankfurt mit heruntergezogener Hose oder gar nackt auf seiner Couch mich auf den Fotos anschaute und diese betatschte und …

Der Sonntagmorgen bei Philipp fiel mir ein. Ohne Decke hatten wir nackt nebeneinandergelegen und uns angeschaut. Die kribbelige Unruhe des vorherigen Nachmittags war verschwunden. Ich schnupperte an ihm, ich streichelte ihn, ich betrachtete ihn. Wie hager er war, dachte ich wieder, wie ein Marathonläufer. Sehnig, ohne ein Gramm Fett, dabei machte er außer dem Schwimmen gar keinen Sport, soweit ich wusste. Ohne Unterlass umarmte ich ihn, drückte ihn an mich und schwor, mich um ihn zu kümmern. Nachdem wir das erste Mal an diesem Morgen miteinander geschlafen hatten – es war noch schöner als am Tag zuvor, Lust, Neugier und Zeit hatten sich abgesprochen – zeigte er mir seine anderen Bilder, die er gemalt hatte. Manche davon kleine, gerade mal handtellergroße Landschaftsbilder, die für mich, wenn ich den Arm ausstreckte, Fotografien glichen, so detailliert waren sie.

„Du bist ein Genie."

„Übertreib nicht", meinte er leise, „wenn du magst, würde ich dich auch gerne zeichnen. Du bist schöner als all diese Landschaften."

Ich erinnere mich daran, wie ich eines der kleinen Bilder in meiner Hand betrachtete, wieder wohl der See, das Motiv nun aber ein Steg, dessen Ende im Nebel endete. Menschen waren keine zu sehen. Dann sah ich nach hinten und beobachtete den Schwan bei seinem Start. Je länger ich ihn anschaute, umso mehr erkannte ich einzelne Federn. Wie er wohl mich zeichnen oder malen würde? Ich konnte es mir nicht vorstellen und sah ihn fragend an.

„Dein Gesicht. Das andere bleibt unser Geheimnis. Aber dein Gesicht könnte ich überall mitnehmen, aufhängen und ansehen. Den Rest macht meine Fantasie." Erinnerungen für später. Dieser Morgen löste sich auf.

Dein Gesicht könnte ich überall mitnehmen, aufhängen und ansehen. Den Rest macht meine Fantasie. Ich sah Michael an, dass er es anders meinte als Philipp.

„Magst du dich ... bitte ... dorthin setzen?"

Er hatte wohl schon das erste Motiv im Kopf.

Ich wusste, mein Lächeln war nicht ganz echt, trotzdem setzte ich mich dorthin, sah an mir herunter und mich von der Sonne in diesen zarten und doch verlogenen Bronzeton getaucht. So sollte ich mich nach hinten beugen, der Po im weißen Sand des Strandes. Michael griff wieder hinter sich und grub ein paar Muschelschalen aus dem Sand. Anschließend positionierte er mich mit wenigen Worten und korrigierenden Händen. Sein Gesicht ungewohnt fremd. Ich folgte zurückhaltend, als würde ich nur einer Regieanweisung folgen. Sonst würde ich vielleicht die Kontrolle verlieren. Gestreckt lag ich nun da, einem Ausrufezeichen gleich. Meine Beine geschlossen. Die Arme nach hinten gelegt. Meine Hüfte etwas angehoben, mein eingebildeter Bauch verschwunden. Er streute die Muschelschalen in Form eines Dreiecks auf den kleinen Hügel meines Schoßes. Dessen Nacktheit wollte er für ein Später wohl doch nicht haben. Drapierte noch mein Seidentuch neben mich, als sei es genau in diesem Moment vom Körper geglitten. Ich begann austauschbar auszusehen. Mit seiner Digitalkamera stellte er sich über mich, justierte, zoomte, kontrollierte im kleinen Display. Veränderte noch einmal seine Position, bis nur noch das Hellblau des Schirms ohne einen störenden Schatten pastellfarbene Muster auf meine Haut und das Weiß um mich herum zauberte und die Muscheln und die weiche, rötliche Seide dadurch besonders deutlich hervortraten.

Irgendwie war ich davon überzeugt, dass Philipp das Bild noch hatte. Nach dem dritten Versuch, eine mit wenigen Strichen gemachte Zeichnung, die eindeutig mich darstellte.

„Wow!" Wieder konnte ich nichts anderes sagen. Philipp zuckte mit der Schulter.

„Es ist gut, aber nicht künstlerisch", behauptete er, „ich kann Dinge malen und zeichnen, aber nicht komponieren." Er stand auf und zog aus einem Bücherstapel unterm Schreibtisch einen Bildband hervor, ein Katalog einer Kunstausstellung, schien sich zu besinnen und dessen Dicke abzuschätzen und schlug den Katalog auf.

Das Gesicht einer Frau mit glatten zur Seite gekämmten Haaren, einer auffallend langen, aber schönen Nase, schmalen leicht geöffneten Lippen, großen Augen und etwas gesenktem Blick sah mich unvermittelt an. Im ersten Moment realistisch wie ein Foto, obwohl die Konturen nur gezeichnet waren, wie mein Porträt in wenigen Strichen, aber mit einem zusätzlich wilden Farbflash, der ungeordnet alle Blaus und Rots und Grüns und Gelbs der Welt beinhaltete. Ohne Ausnahme unter und über die Konturen ihres Gesichts laufend. Aber gerade das machte ihren Blick noch eindrücklicher. Ich konnte ihm nicht ausweichen.

„Das ist Kunst", meinte Philipp trocken, „weil er interpretiert."

„Wer ist das?", wollte ich verwundert wissen.

„Keine Ahnung. Der Maler hat es *Porträt 7* genannt." Er deutete auf die Bildunterschrift. „Ich hab's mal versucht, aber nicht hinbekommen."

„Quatsch. Die Zeichnung von mir ist der Hammer."

„Danke. Ich meine nur. Aber, okay, ich finde meine Zeichnung auch nicht schlecht."

Philipp klappte das Buch wieder zu. Es blieb auf seinen Schenkeln liegen und er nagte auf seinen Lippen. Das Ticken seines kleinen Weckers ließ ihn nach links gucken. Viertel vor elf. Wieder las ich seine Gedanken, sie waren nicht schwer zu erraten. Es waren auch meine. Auch ich wollte ihn gerne noch mal spüren und streicheln und fühlen und er sah mich an. Ich schaute zur Seite wie er. Mit ihm war alles anders geworden. Ich lächelte und gab ihm einen Kuss.

36 war ich. Ein gutes Alter. Für *so etwas*. Nur zwei Jahre jünger als meine Mutter, als ich damals 15 war. In einer Zeitschrift habe ich mal gelesen, dass Männer die Mütter ihrer Angebeteten genau anschauen müssten, dann wüssten sie, was auf sie zukäme. Papi hatte auf jeden Fall eine Frau bekommen, über die mein Arbeitskollege, nachdem er mich einmal zu irgendeinem Meeting bei meinen Eltern abgeholt hatte, im Auto seufzend meinte:

„Entschuldigung, aber deine Mutter hat ja eine Figur wie eines dieser Topmodels im Fernsehen. Und denselben Po. Lange Beine, schlank ..." Dann sah er zu mir, scannte mich regelrecht von den Füßen bis zum Kopf und fügte hinzu: „... jetzt weiß ich, woher du das hast."

Er startete den Motor und fuhr los. Nach der nächsten Ecke schaute er in den Rückspiegel, als würden wir verfolgt werden, dann wieder mit diesem Blick zu mir:

„Schade, dass wir beide vergeben sind."

Was mich betraf, lag er falsch. Wie immer. Aber wahrscheinlich war es für ihn die einzig annehmbare Ausrede, in diesem Moment nicht das zu tun, was er sonst mit seinen Blicken auf meine Beine im Büro gerne getan hätte. Eine Hand auf diese zu deponieren. Ich lächelte aber wegen etwas anderem ertappt und log:

„Das ist mir, ehrlich gesagt, noch nie aufgefallen."
Und ich hatte plötzlich den Mut, ihm von meiner *Eherzu*-Theorie zu erzählen. Er lachte, wurde rot und fing einen Satz an, den er nicht zu Ende führte:

„Wenn ich dich früher kennengelernt hätte ..."
Ab diesem Moment waren mir seine Blicke klar, wenn ich einen kurzen Rock trug. Am liebsten hätte ich erwidert: *Wart's ab*. Aber das blieb meinen Fantasien vorbehalten.

Wieder ein Klick. Die Sonne über mir zauberte ein paar Farbflecken auf meine Haut. Ich senkte den Blick und war unentschlossen. So ähnelte ich ein wenig dem Bild in Philipps Bildband, schoss mir durch den Kopf. Aber es war alles andere als einen Farbflash.

Eine Ahnung wegen der Fotos ließ mich leise knurren. Wie sollte es weitergehen? Hatte das mit uns *sooo* überhaupt eine Zukunft? Sähe sie *sooo* aus? Und dann? Weitere ... Urlaube? Zusammenbleiben? Wohl eher nicht. Zukunft hatte das mit uns, wenn wir beide ehrlich waren, nicht. Was sollte folgen, wenn ich mich vielleicht nicht so hingab, ich nach der Arbeit keine Lust hatte. Würde er dann die Fotos stattdessen hervorkramen und ... Nein, alles wäre anders. Das müssten wir uns eingestehen. Für so etwas wie hier fehlte nicht nur die Natur, die Gegebenheiten eines solchen Ortes. Wir müssten uns Neues ausdenken. Und dann? Heirat? Das ultimative Liebesversprechen vor dem Standesbeamten? Kinder? Ich verzog das Gesicht und zwang mich für diesen Moment, dennoch weiter zu lächeln, damit er keinen Verdacht schöpfte, und dachte gleichzeitig: „Um Gottes willen ... Nein." Seit dem Flur war das, was wir ... machten, nichts anderes, als uns auszutoben. Mit dem vielleicht besten Sex unseres Lebens. Mehr nicht. Warum auch immer? Liebe war jedenfalls nicht dabei. *Ich* hatte sie nicht gefühlt. Als ich vorhin beim Schwimmen versuchte kleine Fische zu fangen, stoben sie auseinander. Irgendwie hatte *das* mit Zukunft zu tun.

Ich setzte mich wieder auf. Sah hoch und merkte, dass ich längst einen Entschluss gefasst hatte. Über mir stand Michael. Sein Gesicht verdeckt von der Kamera. Sein Glied halb steif. Ich betrachtete ihn. Mir fiel das Buch ein, das zu Hause auf dem Nachttischchen lag. Die gelegentliche Animation für mich allein. Ich brauchte keine Fotos. *Karin beugte sich über ihn und flüsterte: Du hast einen scheißschönen Schwanz und meine Möse ist feucht, und das weißt du nur zu gut. Und ja, ich hätte jetzt nichts gegen einen anständigen Fick. Deswegen sind wir hier und mehr ist es zwischen uns nicht.* Die Zeilen passten hierhin. Auf diese Insel. Und in diesen Urlaub. Wer weiß, was ich antworten würde, wenn er mich jetzt fragte, statt zu fotografieren. Aber ich hatte eine andere Entscheidung getroffen. Ich beugte mich vor und küsste Michaels Bauch. Über mir machte es klick.

Ich nahm das Buch von seinen Oberschenkeln, legte es vor mich auf den Boden, legte einen Arm um Philipps Schultern und drückte ihn an mich und schob die andere auf seinen Oberschenkel, lehnte den Kopf an seinen, küsste die nächstgelegene Stelle am Hals und beobachtete, wie er neben meiner streichelnden Hand einen Steifen bekam. Sofort spürte ich, dass es ihm wohl peinlich war. *So ein Quatsch!* Ich schob seine Hände zur Seite und glitt weiter in seinen Schoß, begann ihn vorsichtig zu reiben, küsste ihn unmissverständlich und drückte ihn gleichzeitig nach hinten auf das Bett.

„Ich auch", flüsterte ich leise, damit er keine Zweifel bekam, und schob mich etwas auf ihn. Meine Augen und Hände hooverten über seinen Körper. Hatte er einen Steifen, sah dieser fremd an ihm aus. Ich hockte mich über ihn und alles war selbstverständlich, alles geschah, als würden wir uns seit Jahren kennen. Wieder glitt er, ich nun auf seinem Schoß sitzend, langsam in mich hinein. Schon der erste Moment dieser Berührung, der allerallererste, ließ mich erschauern.

Ich musste mich auf nichts konzentrieren, auf nichts achtgeben. Fragen waren unnötig. *Ist es so richtig? Tu ich dir weh? Ist es schön?* Es war alles in Ordnung. Ohne Korrektur, ohne ein *Vorsicht!* Nun konnte ich sogar die Dauer steuern, bis Philipp tief in mir mein Herz, das immer aufgewühlter schlug, und ja, sogar meine Seele, berührte. Fast schon übertrieben langsam nahm ich ihn in mir auf und ich musste gleichzeitig lachen und weinen und an Pfarrer Bergmann denken, der statt unserer Biolehrerin die Aufgabe hatte, uns in der Fünften aufzuklären. Drei Wörter fielen mir ein, die damals gefallen waren, während wir uns alle rot werdend ansahen, vielleicht an unsere Eltern dachten, uns dies nicht vorstellen konnten, wie auch? Keiner hatte davon die leiseste Ahnung. Die wenigsten hatten eine erklärende Zeitschrift zu Hause. Okay, die Mamis und Papis küssten sich – manchmal –, aber auch nicht so, wie wir nun, aber das? *Und durch das Vertrauen in Gott und ihre eigene Liebe möchten Mann und Frau sich als Beweis dafür vereinigen.* Vertrauen, Liebe, Vereinigung.

Vertraut hatte ich ihm von der ersten Sekunde an. Von unserer Liebe war ich spätestens seit diesem Moment überzeugt, eine Schwärmerei war es nicht. Komisch, dass trotzdem jeder Satz, der damit zu tun hatte, irgendwie kitschig klang. Es war mir aber scheißegal. Denn was ich gerade unter meinem Herzen, tief in mir fühlte, war Vereinigung. Egal, wie alt und dahergebracht Pfarrer Bergmanns Wort auch klang. Längst hatte ich mich vorgebeugt, Philipp geküsst, ihn angeschaut und wieder geküsst. Sein Blick so ehrlich. Ich begann noch mehr zu weinen. Vor Glück. Und er tat es mir nach. Mit Kitsch hatte es tatsächlich nichts zu tun.

Eine Stunde später betrachtete ich die Bilder in dem kleinen Display von Michaels Kamera. Mein Gesicht war nur manchmal zu erkennen. Fast bedauerte ich es. Hätte ich doch noch eine andere Seite von mir kennengelernt? Dafür sah ich in unzähligen Einstellungen meinen Körper, Schoß, Schweißtropfen, die hinterglitten, Nässe, die die Muscheln in meinem Schoß glitzern ließen, harte Spitzen, wie Wächter erhoben über meinen Brüsten, meine Haut über den Rippen als funkelndes Tuch über sie gespannt. Alles ungewohnt dunkel in diesem Bronzeton. Selbst mein schnelles Atmen glaubte ich wiederzuerkennen – und manchmal doch mein Gesicht. Doch ohne dies war ich austauschbar.

Zu meinem Erstaunen hatten die Bilder nicht Frivoles, nichts Pornografisches. Im Gegensatz zu meinen Gedanken nur Minuten zuvor. Im Gegenteil, sie besaßen etwas von mir, was nicht teilbar war. Ich nahm die Kamera, sah mir die Fotos, die keine *solchen* Bildchen waren, nochmals an. Besonders das mit den angezogenen Knien. Dem einzigen, auf dem mein Gesicht richtig zu sehen war, und dem ich ansah, in diesem Augenblick nicht an Michael gedacht zu haben. Was Philipp wohl aus diesem Blick zaubern würde? Ich schloss die Augen und sah das Porträt der Frau vor mir. Eine Unordnung aller Blaus und Rots und Grüns und Gelbs und all der anderen Farben der Welt. Ohne Ausnahme unter und über die Konturen des Gesichts laufend. Aber gerade das machte ihren Blick noch eindrücklicher. Ich war mir sicher, Philipp würde statt nackter Fotos auch Gefühle festhalten können.

Gefühle, die im Leben nach Philipp nur in Träumen vorkamen. Auch jetzt. *Es* miteinander zu tun – ja, gar zu *treiben*, wie hier – entsprach nicht den Gefühlen damals, meinem seit zehn Tagen geltenden Alltag. Auch *fickte* ich nicht, leckte ich keine *Schwänze* und ließ mir nicht meine *feuchte Möse bumsen*. Wörter aus einem der Romane, von denen ich, das muss ich zugeben, eine Handvoll zu Hause habe. Aber wie sie dies oftmals erzählen, beschreiben sie eher einen physikalischen Vorgang. Manche versuchen die Zeit *dazwischen* mit Diskussionen um Beruf, Zukunft, Vater und Mutter und was weiß ich zu füllen, die heutzutage nach MeToo und Übergriffigkeiten erst recht nicht geführt werden dürften.

Bis so ein Buch endlich zu den vielversprechenden Szenen kommt, die der Grund nicht nur für meine Lektüre sind, quäle ich mich durch weiß Gott wie lange Dialoge, bis er oder sie ihn oder sie beginnt einigermaßen erotisch zu verführen und auszuziehen und sie sich – wegen der Dramaturgie – vielleicht sogar noch zieren muss, damit die Szene vielversprechender wird. Zumeist sind wir Frauen, selbst von Autorinnen geschrieben, auf irgendeine Weise als Opfer dargestellt. Als diejenigen, die nachgeben, die mit Sex Wogen glätten wollen. *Komm! Lass uns ins Bett gehen. Es hat dir doch immer gefallen.* Und so dauert es eine ganze Weile, bis überhaupt etwas brauchbar Animierendes erzählt wird. Oft genug blättre ich vor.

Aus welchem Grund sonst hätten in dem Buch auf meinem Nachtkästchen daheim Hardin und Tessa sich immer wieder in die Haare bekommen müssen? Wenn der Sex nicht heilende Wirkung hat. Mister Kurz-und-Knapp hatte in meinen Augen zu viele Wutausbrüche und seltsame Vorstellungen über Gleichberechtigung. Andauernd mäkelte er an ihr herum. Was wollte sie in

Seattle ohne ihn? Bleib doch da, wo der Pfeffer wächst, dachte ich an dieser Stelle. Dann versucht er Tessa zu erklären, wie sie zu leben hatte, und ihren Vater – okay, Alkoholiker – nannte er ihren verfluchten Erzeuger und einen Wichser. – Geht's noch? Wie viele Bände muss ich noch lesen, bis sie ihn in die Wüste schickt?

Manchmal möchte ich den beiden zurufen, vor allem jetzt, nach dem, was ich hier mit Michael erlebe: *Mein Gott, machts und redet nicht so lange drumherum. So etwas kann man auch ohne vorherigen Zinnober machen. Entspannt euch! Habe ich auch getan.* Immerhin wurde Tessa in den Folgebänden etwas selbstbewusster. Eine kleine Parallele zu mir.

Solche aufgebauschten ... Diskussionen gab es nicht mal ansatzweise mit Michael. Weder bei ihm noch bei mir gab es Gründe dafür. Ich glaube auch nicht, dass einer von uns eine solche Einmischung erlaubt hätte. Er hatte Lust, mich anzufassen, weil ich Lust hatte, seine Hände zu spüren. Punkt.

Trotzdem lesen Millionen Frauen wie ich diese Storys und ausgerechnet diese schaffen so viel Lust, animieren Fantasie so sehr, dass ich es mir beim Lesen manchmal selbst mache, wild und entspannend und ohne einen Mann im Kopf.

Seit einer Stunde aber, vielleicht weil wir es häufig machten und ich mit Michael – prustend tauchte ich, um abzukühlen, meinen Kopf ins Wasser – den geilsten Sex erlebte, sprachen Kopf, Hirn und sogar meine Träume in dieser anderen, ungewohnten Sprache. War, was ich hier machte, billig? War ich am Ende nicht besser als die weiblichen Hauptdarstellerinnen in diesen Büchern? Probleme wurden mit ... Ficken beseitigt?!

In manchen Teilen der Welt, in zu vielen, herrschen Krieg, Hunger, Verfolgung, Unterdrückung und Not, die Welt selbst fällt der Klimakatastrophe schneller zum Opfer als durch jeden Krieg und wir ... *bumsen* auf Teufel komm raus. Ohne jede Diskussion! Ohne jedes Bedenken. Was für ein Leben? – Was für ein Leben! Wenn Camilla das wüsste. Warum sah ich sie nun mit einem hämischen Grinsen vor meinem geistigen Auge? *So kenn ich dich ja gar nicht.* Ich mich bisher auch nicht.

Die drei Worte Sex, Liebe und Gefühl waren in den letzten zehn Tagen jedenfalls zu auseinanderstrebenden Dingen geworden. Über keines davon hatten wir gesprochen. Den Sex praktizierten wir und ein paar egoistische Gefühle wurden durch ihn bestimmt. Und Liebe, befürchtete ich, war von Anfang an nicht dabei. Daran habe auch ich Schuld. *Das könnte verdammt geil oder ein Reinfall werden. – Von meiner Seite aus geil,* war immerhin meine Reaktion. Ich hatte wohl auch nicht mit mehr als Sex gerechnet. *War alles Nachholbedarf,* wäre meine Antwort, würde Camilla fragen. Und ein wenig von diesem war noch übrig. Vorne war das Meer. Sport war immer gut. Nachher und ... vorher.

„Zeig mir mal ein paar Fotos", hörte ich Camilla sagen und mich entsetzt „Von uns?" antworten, weil ich außer diesen Fotos so gut wie keine hatte. Nur ein paar wenige vom Strand, auf denen – wenn – nur die beiden jungen Leute in den blauen Bermudashorts und dem roten Bikini und weit hinten noch ein paar andere zu sehen waren, und dem Ausschnitt vom Bungalow mit der Veranda, ja, und dem mit den Bäumen und dem bunten Vogel auf der Palme daneben, die ich alle am dritten oder vierten Tag meinen Eltern geschickt hatte, und die prompt nach der mitgereisten Freundin fragten: „Wo ist denn deine Begleiterin?" Und ich ein schlechtes Gewissen bekam, sodass ich bei der nächsten Nachricht ein gezoomtes Foto anheftete, auf dem die junge Frau im roten Bikini weit draußen in der Bucht schwamm. Ein Bild von ihm, von seinem Gesicht war nicht dabei.

Daheim käme ich also in Erklärungsnot. Das war sicher. Meine Eltern hatten keine Ahnung und Camilla zu viel Fantasie. Die Kolleginnen würden fragen. Und ich hatte nur diese Bilder. *Komm, sei nicht so, du hast doch sicher ein Foto von ihm. Ich will doch nur sein Gesicht sehen. Gucken, ob er ein anständiger Kerl ist.* Kaum hätte ich Camilla ein solches gezeigt, drohte die nächste Frage: *Und?* Camilla wäre überrascht.

„Was? – Schluss? – Und wofür das alles?", würde sie erstaunt fragen. „Ich hatte also recht. Nix anderes als ein Fickurlaub. Dazu ein verdammt teurer. – Auweia!"

Sicher mehr als eine Stunde schmiegte ich mich an Philipps Körper, war ich seine Decke und er in mir. Wir küssten uns, streichelten uns und er schaute mich die ganze Zeit an und begann von vorne. Ich spürte, wie sein Glied kleiner wurde und aus mir herausflutschte. Sofort schob ich eine Hand in meinen Schoß – keine Flecken für die Bettdecke. Dann rollte ich zur Seite. Fast hätte ich geweint. Vor Glück. Unvorstellbar. Alles. Das. Das mit uns. Und wieder das. Das alles. Es war so viel, dass ich es nicht aufzählen, ja nicht einmal richtig benennen konnte. Mein Herz war so voll.

Nichts von dem, was ich mit ihm erlebte, stand so in der Zeitschrift, nur immer wieder *Das erste Mal kann wehtun, das erste Mal ist vielleicht nicht das, was du erwartest, das erste Mal ist schneller vorbei, als deine Gefühle es wahrhaben wollen.* Das erste, zweite, dritte Mal waren zärtlicher, schöner, ja gigantischer als solche Artikel es beschreiben können.

Das Bild in Philipps Katalog nannte ich einen Farbflash, das, was ich jetzt im Kopf hatte, war hingegen nicht nur ein Flash, sondern ein Gewitter aus Farben, Gefühlen, Worten, Empfindungen, Bildern und auch Erschütterungen, die ...

„Das mit uns ist schon verrückt, oder?", wollte ich wissen und auch wieder nicht – wenn ich ehrlich war. Es war nämlich eine Feststellung und das Oder nur eine rhetorische Wendung, eine rhetorische, eine *uneigentliche Frage,* wie es vor ein paar Wochen bei der Mayer im Deutschunterricht geheißen hatte. Ich drehte meinen Kopf zur Seite und sah ihn an. Kurz flammte der Angst machende Traum auf und ich verjagte ihn mit einem Knurren.

Philipp war wohl noch auf der Suche nach Sätzen, die all das in seinem Kopf hätten beschreiben können, und schaute mich unsicher geworden an. Hatte ich mich getäuscht? Stimmte es doch nicht, was ich fühlte? Verrückt? Ich bemerkte seinen Blick und versuchte das Verrückte zu erklären:

„Ich hab' dich lieb und du hast mich erwachsen gemacht."

Ich überlegte eine Sekunde, dann nickte ich. Ein Satz. Alles drin. Erwachsener konnte ich nicht klingen und werden, fand ich. Dennoch fügte ich hinzu:

„Ich bin erst sechzehn und mit dir erlebe ich Dinge, von denen andere nichts wissen und nicht einmal eine Ahnung haben. Sie behaupten es nur."

Jetzt sah er nachdenklich aus. Vermutlich rätselte er darüber, was er erwidern sollte. Rollte seine Lippen ein und sah nun an mir vorbei. Hatte ich blöd geklungen? Dann schaute er mich mit einem milden Lächeln an, gerade war ihm wohl etwas eingefallen, als ich meinte:

„Es hat nicht wehgetan. Du hast mir nicht wehgetan."

Und, was er sagen wollte, passte: „Ich hab' dich lieb."

Obwohl jeder der letzten zehn Tage mich selbst überrascht hatte, hoffte ich, die Zügellosigkeit, mit der ich angeblich Unterdrücktes, wie Camilla meinte, kompensierte, wäre dann mit einem Mal nicht etwas, was mir daheim schlecht, billig und obszön vorkam. Nur weil ich am Ende feststellte, dass Liebe fehlte. Die Liebe, von der Pfarrer Bergmann behauptete, sie gehöre dazu. So ein Blödsinn. Etwas Vertrauen und viel Lust genügten. Camillas „Und?" würde ich jedenfalls mit einem passenden Blick beantworten und ihr wie meinen Eltern ein paar ungefährliche Fotos zeigen. Diese Tage bestanden ja trotz allem nicht nur aus Sex. Oder?

„Es war alles eine Reise wert", würde ich augenzwinkernd antworten und meinen Cocktail trinken. Meine Eltern könnte ich schneller zufriedenstellen. Hauptsache sie glaubten, es hätte mir gutgetan. Und das hatte es. Es war alles eine Reise wert.

Ich war noch einmal hinausgeschwommen und schaute mich um. Diese Weite, die auf der einen Seite nur von einem azurblauen Horizont und auf der anderen vom weißen Sand der Insel und dem saftig grünen Saum der Bäume dahinter begrenzt wurde, wäre schon in drei Tagen Vergangenheit und das nächste Paar würde in unserem Bett hoffentlich seine Träume, Wünsche und Fantasien ein wenig realisieren können. Ja, es hatte mir gutgetan. Und die letzten Stunden bis dahin wollte ich auf diese Weise nutzen.

Mit Sex und ein wenig Gefühl. Liebend? – Von dem Nein als Antwort war ich inzwischen überzeugt. Auch wenn Liebe alles sein konnte: unverfroren und wild, ungezügelt und hemmungslos, tief und manchmal für einen Moment unendliche Ewigkeit.

Liebe war unermesslich, uneinschätzbar, unbegrenzt.

Liebe war manchmal aber auch unanständig, unverschämt und ungehörig. Sie konnte sich sogar selbst verraten und konnte eine tägliche Lüge sein.

Manchmal von Liebe zu reden, war verräterisch.

Manches davon ein Grund für mich, aus diesem Paradies nicht wegzuwollen, einfach hierzubleiben –, wenn ich nur befriedigt werden wollte. Aber darum ging es nicht. Es ging um Liebe. Den Bestandteil, der in den ganzen Tagen dann doch nicht vorhanden war.

„Ich dich auch." Ich beugte mich über Philipps Kopf und gab ihm einen Kuss. „Darf ich es heute schon mitnehmen?" Nun deutete ich nach oben. Der Schwan hob ab und begann zu fliegen. Ich wollte herausfinden, wohin. Vielleicht würde ich etwas über Philipp erfahren. Er nickte.

„Ich hänge das dann dafür auf", meinte er, angelte mit einer Hand mein Porträt vom Boden und sah es sich an. Es war ihm tatsächlich gelungen. Sogar mehr als das. Er hatte mein Gefühl für ihn festgehalten.

„Mein erstes Porträt", sagte er leise, eher zu sich selbst, „ich habe noch nie Menschen gemalt."

Ich lachte ihn an, drückte ihn noch einmal zurück aufs Bett, küsste ihn auf Mund, Kinn, Hals, Brust, glitt mit meinen Lippen immer weiter nach unten, küsste in seine Härchen, dachte an die blöde Kuh und lachte deswegen kurz auf, küsste seinen nassen Schoß, die Beinbeuge, beide Oberschenkel und als ich bei seinen Knien angekommen war, kniete ich selbst, strich mir die Haare aus dem Gesicht und lächelte zu ihm hoch.

„Ich freu mich schon auf morgen. Wir sehen uns doch, oder?" Ich war mir sicher, dass es wieder eine *uneigentliche Frage* war, trotzdem schaute ich ihn erschrocken über die Möglichkeit, etwas könnte dazwischenkommen, an:

„Und nach der Schule sage ich zu Hause, dass ich dich kennengelernt habe und du mir Mathe erklären wirst. Sie werden dich sicher mögen."

Ein Widerspruch sollte von ihm nicht möglich sein.

Liebe? Warum immer dieses Wort? Ich sah Michael an. Liebe. Die Liebe hier war maximal das Gefühl *dabei*. War meine Ausrede für die Suche, nach dem, was ich einmal verloren hatte. Bewiesen durch das gegenüber Michael bisher verschwiegene Leben in München. Das vollkommen lieblose Leben außerhalb der Telefongespräche mit ihm, in denen die Leitung die genügend große Distanz schuf, nicht alles preiszugeben. Ein Teil *dieses* Lebens hieß nun mal im Moment Peter. Ihn hatte ich in den letzten zehn Tagen vergessen. Das nahezu allwöchentliche Mittwochabendleben, wie ich es nannte. Und die letzte Brücke zwischen meinem alten Leben und diesem hier. Denn ein viel größerer Teil, der sozusagen mein Herz nie verlassen hatte, hieß anders. Und das war das Wort Liebe wert.

Das mit Peter hinterlässt keine Verpflichtungen, kein Versprechen und keine Verantwortung für irgendwelche gemeinsamen Pläne, die es zu schmieden gilt. Man (!) duscht nicht zusammen, man (!) liegt nie im Bett, man (!) macht es nahezu lautlos auf der Kante meines Sofas. So nehme ich wenigstens teil und der kurze Schauer lässt mich genug Frau sein. Ich denke mich dann weg, fühle den Mann in mir und verleihe ihm ein anderes Äußeres, die passenden Worte, ein mitunter raues Vorgehen, das den gewöhnlichen Akt zu einer spannenden, animierenden Story für die folgende Nacht machte, wenn ich mich selbst befriedigte.

Love and Beach, das hier, war also nur ein wahr gewordener Traum. Mehr aber auch nicht. Ich schüttelte den Kopf, als wollte ich ein Gespenst in ihm vertreiben. Von dem hier Erlebten war nichts in die nächste Woche mitzunehmen. Es war keine Befürchtung, sondern eine simple Feststellung. Nichts davon war wiederholbar. Täte ich es, würde ich wohl über mich selbst lachen müssen. Der Grund war kaum erklärbar.

Ich schloss die Tür meines Zimmers hinter mir und nahm ihn sofort in den Arm. Obwohl der Sommer längst angefangen hatte und dieser sein Versprechen seit Tagen hielt, tat es gut seinen warmen Körper zu spüren. Wusste er, wie gut es sich anfühlte, ihn in den Armen zu halten? Wie gut er roch? Ich schnupperte längst wieder ungeduldig an Philipps Hals. Doch noch musste ich mich zurückhalten, denn am Tag zuvor nach der Schule hatte ich Mutti gesagt, dass er heute kommen würde, um mit mir Mathe zu lernen. Sie sah mich an, lächelte und nickte. Mir war klar, dass sie etwas ahnte. Denn schon mit dem ersten Wort, das ich sagte, schoss mir das Blut ins Gesicht. Doch Mutti widersprach nicht.

„Um vier kommt er vorbei. Er hilft mir bei Mathe und ich ihm in Französisch."

Punkt vier klingelte er und Mutti war schneller an der Tür als ich. Muttis Reaktion beim Abendessen: „Was für ein feiner junger Mann. Das nächste Mal darf er gerne zum Abendessen bleiben. Er ist ja so mager."

Ich hielt ihn immer noch fest, hielt die Luft an, wie er es mir gezeigt hatte – wahrscheinlich sah er sich dabei in meinem Zimmer um, das seinem so glich. Ein Kokon aus Bekanntem. Gut, dass ich die blöden Poster abgenommen hatte – und küsste ihn bei dreiundneunzig, wie es sich gehörte, und meinte etwas außer Atem:

„Nous devrions apprendre le français maintenant."

Er lächelte und erwiderte brav:

„Oui!"

Viel zu kurz ließ er seine Hände über meine Kleidung gleiten. Eine Viertelstunde später raste mein Herz und rauchte mein Kopf. Ohne eine Hand auf seinem Oberschenkel konnte ich mich aber nicht konzentrieren. Also legte ich eine Hand auf seine Jeans. Es war zum Verrücktwerden. Je schwieriger die Aufgabe sich anfühlte, umso heftiger fuhr ich über den Stoff. Philipp nahm seine Aufgabe ernster und lächelte dabei:

„Den Satz des Pythagoras hast du ja schon mal gehört. Der wird dir nämlich helfen, den Betrag des Vektors zu berechnen. Und für diese Berechnung brauchst du dir nur zwei Formeln zu merken ..."

Ich sah ihn an, ich bewunderte ihn, ich verstand nur die Hälfte. Vielleicht würde er es mir noch mal erklären. Mit eingesogenen Lippen stoppte ich meine Hand, beugte ich mich zu ihm und meinte:

„Il faut que tu me l'expliques encore, mais je dois te dire que je t'aime."

Dann schaute ich sofort wieder auf das Blatt vor mir und versuchte die erste Formel für die Aufgabe, die er mir gegeben hatte, anzuwenden. Warum standen da so viele Buchstaben, wenn ich nur so wenig von ihnen ersetzen musste? Ich ersetzte a hoch zwei x durch die 7 und sah ihn an. „Braucht man das fürs Leben?", fragte ich und verzog mein Gesicht.

„Ich befürchte, weniger als das", antwortete Philipp und hob seine Hände, nahm meinen Kopf, küsste mich, wie ich zuvor ihn an der Tür, ließ eine Hand sinken, krabbelte mit ihr unter mein Shirt und streichelte mir über eine Brust:

„Ich werd es dir aber gerne noch mal erklären", stammelte er, „aber zuvor ..."

Liebe, und es spielt dabei keine Rolle, wie viel Zeit sie sich nimmt, ist häufig zu reglementiert. Dieses Gefühl kann durchaus nur einen Moment, wenige Minuten, gerade diesen Akt oder ein ganzes Leben währen. Liebe ist alterslos. Liebe kann man auch machen. Deshalb gibt es *Love and Beach*. Hier. An diesem Strand. Weit weg von ihr. Liebe, das Wort, ist inflationär.

Welche Verpflichtungen gibt es danach?

Welche Versprechen?

Dieser Urlaub war nicht wiederholbar. Nicht einmal hier am selben Ort. Kämen wir irgendwann an diesen Strand zurück, würden wir uns wundern, wohin wir damals gereist waren. Aber was spielte die Zukunft für eine Rolle? Das Hier und Jetzt war entscheidend. Das Loslassen und Hingeben. Aus purem Egoismus. Es gab nichts, was man einander vorwerfen konnte. Wir hatten es im Vorhinein so entschieden, darum waren wir doch hier. Wenn wir nach Hause kommen, gibt es nur die Erinnerungen an solche Momente. Die in einigen Jahren einzig geltende Entschuldigung für solche Gefühle. Eine Liebe, gerade ausreichend für einen ungezügelten Akt und die Erinnerung daran.

„Was wird übermorgen sein?", fragte ich mit einem skeptischen Blick und dachte dabei auch schon an den folgenden Mittwoch. Kaum fiel mir das Bild ein, das sich dabei ergab, schüttelte ich den Kopf, verfolgte in Gedanken für eine Sekunde Peters ungelenke Hand, wie sie hastig unter den Stoffschichten nach mir, vielmehr nach meinem ... Schlitz tastete und er fast schon selbst nicht mehr an sich halten konnte. Ich sog die Lippen ein, unterdrückte ein Lachen, weil die Bilder, die sich dabei ergaben, mit denen hier kollidierten, und sah hinunter zu den gemächlichen Wellen des nächtlich schimmernden Meeres.

„Das, was wir Alltag nennen, hat uns wieder. Die Welt mit Arbeit, mit Alltäglichkeiten, mit Träumen. Eine Welt, die uns erklärt, warum es gut ist, Träume zu haben. – Und ein wenig Wirklichkeit wie hier."

„Die klingt nicht nach türkisfarbenem Meer."

„Nein. Meyer wird mir sagen, was falsch gelaufen ist. Thiel mir mit einem langen Gesicht einen Stapel Unerledigtes auf den Tisch legen. Gleichzeitig klingelt das Telefon. Und vor mir steht Manuela. Vielleicht hatte sie ein gutes Wochenende und ist wie ich traurig, dass es vorbei ist. Wir werden also wie Manuela von dieser Zeit hier zehren müssen, bis wir uns wiedersehen."

Verwundert schaute ich die Note unter meiner Mathearbeit an. Zwei minus. Normalerweise stand dort bestenfalls eine Drei, meistens eine Vier. Auch kein Debakel, aber angesichts meiner sonstigen Noten ein Makel. Mein Mathelehrer sah mich anerkennend an. Im Zeugnis würde eine gute Drei stehen. Philipp musste belohnt werden. Er hatte gefragt, ob er mich noch mal malen oder zeichnen dürfte. Jetzt würde es mir leichtfallen, Ja zu sagen. Am Nachmittag kam er ja zur Nachhilfe, dann würde ich es ihm sagen.

Nach der fünften Stunde wartete ich wieder in der Fahrradecke auf ihn. Zweimal in der Woche hatten wir nach der gleichen Stunde aus und ich fuhr wie beim ersten Mal vorne auf der Stange sitzend mit ihm nach Hause. Er wohnte nur ein paar Straßen weiter. Logischerweise lag nun nicht nur beim Anfahren oder Beschleunigen mein Kopf auf seiner Schulter.

Er sah schon von Weitem mein fröhliches Gesicht, blieb stehen, legte seinen Kopf schief und hob ein paar Blätter in die Luft.

„Eine glatte Zwei." Es klang ungläubig. Er ging auf mich zu und wiederholte kopfschüttelnd: „Eine glatte Zwei. Hatte ich noch nie."

„Und ich 'ne Zwei minus. Du bist besser als ich", grinste ich, „Wahnsinn, oder?"

Philipp sah auf die Blätter in seiner Hand, nickte und fügte leise hinzu:

„Maintenant, je peux te le dire en français, – je t'aime."

Hinter ihm tauchte Florian aus Philipps Klasse auf und legte ihm eine Hand auf die Schulter.

„Das weiß hier inzwischen jeder. Kann also an die Litfaßsäule." Mit einem blöden Ton und einem noch blöderen Blick. Dabei schob er seine Zunge in eine Ecke seiner Lippen und zog süffisant seine Brauen hoch.

„Blödmann", zischte ich und sah Florian vernichtend an. Der zuckte nur mit der Schulter, stieg auf sein Rad und fuhr davon. Ich sah Philipp an.

„Stimmt doch, oder?" Ich nahm ihn in den Arm. „Ich freu mich auf heute Nachmittag."

„Sollen wir ins Freibad? Es macht erst um acht zu."

„Das ist eine gute Idee. Du kannst auch schon früher kommen. Von mir aus sofort. Mutti gibt dir sicher etwas zu essen." Ich strich ihm grinsend über den Bauch. „Er ist ja so mager, hat sie nämlich gesagt."

„Ich bin in 'ner Stunde da. Sonst ist meine beleidigt."

Es hatte etwas Verruchtes, als Philipp mich zu den Umkleidekabinen zog, seine Tasche abstellte und sofort mit beiden Händen unter mein Marinekleidchen glitt und mich dabei küsste. Links von uns klappte eine Tür zu, rechts von uns hörte ich jemanden fluchen, der irgendetwas vergessen hatte mitzunehmen. Unter der Tür sah ich Füße mal mit und mal ohne Latschen vorbeihuschen, als gehörten sie körperlosen Wesen. Jemand versuchte die verriegelte Tür zu öffnen. Philipp unterbrach den Kuss und ich sah sein Gesicht, seine Lippen wie immer in diesem Moment eingerollt, als hätte er Angst, etwas falsch zu machen. Sein Blick hingegen schien den Stoff des Kleids zu durchröntgen, während die Hände über den Stoff meines Slips glitten, kurz in den Schritt, dann über den Po, über den Rücken, wieder zurück in meinen Schritt. Dann fasste er den Saum des Kleides, um es mir über den Kopf zu ziehen.

Als sei ich schon nackt, ging er ein wenig zurück, stieß an die Kabinenwand und ich musste lachen. Er jedoch betrachtete, nein, bewunderte mich regelrecht.

Mit einem Zeige- und Mittelfinger strich er über meine Wange, bog zu meinem Mund ab, wehte federleicht und langsam über die Lippen, die ich daraufhin leicht öffnete und seine schwebenden Finger ableckte – irgendwo schrien Kinder und lachten – weiter über das Kinn, nun mit einer feuchten Spur, wieder zur Seite zu meinem Hals – die Tür nebenan klapperte schon wieder – auf meine Schulter, am Träger meines BHs entlang nach unten – wieder kontrollierte jemand, ob unsere Kabine frei war – an der oberen Kante des Körbchens entlang, um in dessen Mitte weich über die Brust zu gleiten. Stromstoß. Ich ließ die Augen geschlossen, genoss seine Zärtlichkeit, genoss die ausgeschlossenen Geräusche und die, die sein unruhig werdender Atem und seine Finger auf mir hinterließen. Mittlerweile ungeduldig rutschte ich mit beiden Händen unter sein Shirt, fühlte seine Haut, legte eine Hand neben das Brustbein und spürte sein Herz, aufgeregt, etwas hämmernd und als wenn es glucksen würde. Ich sah ihn an und zwei Füße blieben für zwei Sekunden vor unserer Tür stehen, dann waren sie weg.

Mit einer schnellen Bewegung zog ich ihm das Shirt über den Kopf. Er ließ die Arme sinken und seine Finger waren bei meinem Bauchnabel angekommen, umrundeten ihn und sanken unendlich langsam zum Bund meines Slips. Etwas nach vorne gebeugt küsste ich seine Brust und holte tief Luft, seine Finger nestelten nervös am Gummi und glitten hinter den Stoff. Ich ließ die Hände sinken, schob seine Unterhose auf seine Schenkel, umfing mit den Fingern sein schwellendes Glied und er drang mit zwei Fingern in mich ein. Ich hielt die Luft an, sog sie dann scharf ein und in dem Augenblick, als er meinte, „Du bist ganz nass …", zuckte sein Glied und ich lächelte ihn an: „Du auch." Und damit er nicht fluchen konnte, küsste ich ihn.

„Ich mag das", sagte ich später. Wir lagen etwas abseits im Schatten einiger Büsche und er sah enttäuscht aus. Nein, er war es. „Wirklich!" Ich bestand darauf. Mit Nachdruck. Legte einen Arm um ihn und küsste eine Wange. Dann mit einem vorwurfsvollen Ton an mich selbst: „Wäre leider ohnehin zu gefährlich gewesen. Ich nehm ja nicht die Pille."

„Ich hätte ja was mitnehmen können ..." Er verzog den Mund und presste die Lippen aufeinander. Ich nickte, schaute mich um und fuhr mit einer Hand über seine Shorts.

„Oder ich. – Bist du in den Herbstferien weg?"
Philipp schüttelte den Kopf.

„Mein Vater hat sich bei einer anderen Firma beworben und er muss nun abwarten, wie die reagiert. Kann sein, dass er dann bald dort anfangen muss."

Plötzlich war sie da, die Angst. Andere Firma. Anderer Ort. Warum fiel mir Hamburg ein?

„Hier in München?", fragte ich und wollte mir nichts anmerken lassen, musste aber dennoch schlucken und mich räuspern. Tatsächlich schüttelte Philipp den Kopf. Panik kam in mir auf. Die Antwort, die ich befürchtet hatte. Sofort kamen mir Tränen. Gerade als ich *Scheiße* sagen wollte, erwiderte er:

„Unterhaching."

Am anderen Ende von München. Mein Seufzen sollte wie ein Aufatmen klingen. Also nicht in einer anderen Welt.

„Wann?" Wieder musste ich mich räuspern. Irgendwie platzten gerade ein paar Träume. Die Angst, ihn zu verlieren, schien Realität zu werden. Und dieser Traum. Und dass ich diejenige wäre, die dann scheitern würde. Ich versuchte durchzuatmen und er antwortete:

„Vielleicht schon im September, vielleicht auch erst Ende des Jahres, vielleicht ..."

„... klappts auch gar nicht", ergänzte ich krächzend und drückte ihn an mich. „Scheiße! Unterhaching. Ist trotzdem irgendwie viel zu weit weg."

Tina zog sich gerade ihre hautenge hellblaue Jeans über den Hintern und stopfte die Bluse hinter den Bund. Ihre dunkle und lockige Haarpracht hing ihr dabei strubblig ins Gesicht. Michael lag immer noch nackt auf dem Bett und beobachtete sie mit hinter dem Kopf verschränkten Armen. Sie stoppte – der Reißverschluss offen, die Bluse eher noch aus- als angezogen, ihr Slip, durch den noch ein wenig ihr dunkles Dickicht durchschien, eine Provokation – und sah zu ihm.

„Guck mich nicht so an. Nur weil Petra ausgezogen ist, ist nicht einfach das Bett frei geworden. – Dieses Wochenende hat mir Spaß gemacht. Scheißviel sogar. Nur dass du es weißt. – Wir werden etwas abwarten müssen, ob es zu mehr reichen kann."

Nun zog sie sich weiter an. Schluss der Vorstellung! Und Michael löste den Armknoten auf und schob sich zum Kopfende hoch. Seine Mimik zeigte das volle Programm Gesichtsgymnastik. Das Wochenende war gigantisch. Okay, an einen fliegenden Wechsel hatte er auch nicht gedacht. Aber den mitgebrachten Prospekt konnte er ihr wohl nun nicht zeigen, er kannte Tina gut genug, den würde sie ihm um die Ohren hauen. Zumindest jetzt, in dieser Situation. Die nächste Initiative musste er ihr überlassen.

„Rufst du mich an?", fragte er wie ein kleiner Junge, der Oma oder Opa bettelnd ansah und wissen wollte, ob er noch einen Lolli bekommen würde.

Tina schloss den Knopf der Jeans und anschließend den Gürtel.

„Frag nicht so doof. – Klar!"

Sie rief nicht an. Zwei Wochen nicht. Dann schrieb er die erste Nachricht. Sah der Miniuhr zu, wie sie eine Sekunde lang diese verschickte und zu einem Haken wurde. „Ich hab' da was", war der letzte Satz und sah grinsend den Prospekt an. Nach einer Stunde war der Haken immer noch einsam. Am Abend endlich doppelt, aber noch grau. So auch am nächsten Tag und am übernächsten. Nach einer Woche wusste er, entweder sie hatte die Lesebestätigung ausgeschaltet oder wollte aus irgendeinem Grund nichts mit ihm zu tun haben.

In der dritten Woche rief er sie an. Sofort war der Anrufbeantworter dran. Auch an den folgenden Tagen. Sein erster Gedanke war, Kai hatte es herausbekommen und Druck gemacht. Der Schwachkopf. Springt selbst mit einer anderen ins Bett, und das nicht nur einmal, und ist sauer, wenn Tina zeigt, dass sie es auch kann.

„Ich hab' da was", hinterließ er mit einem deutlich hörbaren Grinsen in der Stimme.

In derselben Nacht rief sie morgens um halb drei an und meinte ohne Begrüßung sofort und mit verweinter Stimme:

„Du wirst dich noch etwas gedulden müssen. Es ist komplizierter, als du denkst. Egal, was du hast, es wird entweder warten müssen, oder du musst es allein … keine Ahnung … durchziehen."

Tina wartete nicht ab und legte auf.

„Aber …" Er hörte das Klick, starrte verschlafen und verdattert sein Handy an und flüsterte: „Ich liebe dich!"

Einige Tage später zeigte er den Prospekt Laura. Seinen Urlaub konnte er nicht verschieben und er wollte diesen partout nicht an der Adria oder in den Bergen verbringen. Schade, Tina hätte zur selben Zeit gehabt. Und er hatte schon für zwei Personen gebucht.

An dem Abend, als er Laura den Prospekt zeigte, hatte sie ungläubig das Gesicht verzogen, die bunten

Blätter von sich weggehalten, als würden sie ein giftiges Gas ausstrahlen und gemeint: „Das würdest du tatsächlich mit mir machen wollen? Hast du mich schon mal genauer angesehen?" Und er antwortete: „Gerade deswegen."

Ich blickte kurz zu Michael, lächelte zufrieden und genoss mit einem gesichtslosen Tagtraum, was die letzten Stunden für mich noch bereithalten könnten. Einmal noch würde ich Grenzen überschreiten und mich ihm hingeben, damit die Welt egal wurde. Noch war ich dafür frei genug. Zu Hause würde das anders aussehen. Auch weil meine Vorstellungen sich gerade änderten. Wieder sah ich zu Michael. In den letzten zwei Stunden hatte er mit mir kaum ein Wort gewechselt. Vorher, als ich aus der Dusche kam, tippte er lächelnd etwas in sein Handy. Dieses Lächeln kannte ich bisher nur in Verbindung mit mir. Doch dachte ich mir nichts dabei. Ich wartete ab und erst, als er es wieder einschob, gab ich ihm einen Kuss.

Vater mochte ihn. Er war sogar ein wenig stolz. „Ein netter Kerl, bescheiden, höflich, gepflegt ... und wenn er dir Mathe beibringen kann, umso besser. Jetzt hast du ein richtig gutes Zeugnis."
Am liebsten hätte ich gesagt, *Alles egal, hoffentlich muss er nicht weg von hier, ich liebe ihn nämlich*. Aber ich lächelte Papi nur an und meinte:
„In den Ferien lernen wir deshalb auch weiter ..."
Meine Stimme klang, als hätte ich ein Komma gesetzt, aber die zweite Hälfte des Satzes, eine mit *weil ...* blieb aus. Mein Vater nickte nur bedächtig, ich sah, dass er gleich etwas Wichtiges sagen wollte, denn er zog die Stirn kraus, streichelte gleichzeitig irgendwie väterlich über meinen Oberarm und erwiderte dann doch nur:

„Du weißt ja ..." Anschließend fuhr er zur Arbeit.

Ich wusste, nickte und sah auf den Boden. Automatisch fasste ich in die Potasche der Jeans. Acht kleine Plastikhüllen hatte ich dort hineingeschoben. In der Drogerie zusammen einem Deo- und Lippenstift und einer Packung Tempotüchern, mit hochrotem Kopf bezahlt. An der Ecke packte ich die rote Pappschachtel aus und schob den Inhalt, acht – nun schoss mir wieder das Blut ins Gesicht – Pariser, in die Tasche. Mich mehrmals umdrehend warf ich die Schachtel dann an der nächsten Ecke in einen Papierkorb.

Acht Stück. Schon am Nachmittag würde ich sicher so ein ... Gummi brauchen wollen und hoffte, es fühlte sich auch für Philipp nicht viel anders an. Drei Stunden hatten wir Zeit. Seine Mutter war arbeiten und sein Vater kam nicht vor fünf nach Hause. Aber die Zeit bis dahin kroch langsamer als eine Schnecke und schien sogar rückwärts zu laufen.

Ich machte mich mit meinem Rad zu früh auf den Weg, merkte es und fuhr die Straße vor Philipps Haus ein paar Mal hin und her. Endlich kam seine Mutter aus dem Haus und bemerkte mich Gott sei Dank nicht. Ich wartete, bis sie an der nächsten Ecke verschwunden war, zählte bis fünf und klingelte.

Was war mit mir nur los? Augenblicke später, ich war davon überzeugt, dass kaum eine Minute vergangen war, hatte er mich und ich ihn schon ausgezogen. Die Sachen lagen unordentlich auf dem Boden. Ich legte wieder eine Hand auf seine Brust und nahm seine rechte und legte sie an die gleiche Stelle bei mir.

„Spürst du das? Ist doch der Hammer, oder?"

Natürlich spürte er es. Einklang. Derselbe Rhythmus. Sein Atem längst wie sein Herzschlag. Unruhig und bebend. Ich gab ihm einen Kuss und fühlte gleichzeitig, längst hatte er – so sagte er selbst – einen Steifen bekommen. Während ich ihm einen Kuss gab, angelte ich ein Päckchen aus der Jeans.

„Darf ich?"

Philipp nickte nur. Er zitterte, als sei es nun das erste Mal. Mit den Zähnen und nervösen Fingern riss ich die kleine Verpackung auf. Bevor ich die Schachtel weggeworfen hatte, hatte ich mir die kleinen Zeichnungen auf der Rückseite angesehen. Kurz überlegte ich noch, ob ich es zu Hause mit einer Zahnpastatube oder dem Stil des Kehrbesens ausprobieren sollte, aber was wäre, wenn Mutti genau dann in mein Zimmer käme. Ich sah ihn an und stülpte das Gummi etwas schief über seine Spitze und rollte es nicht allzu gekonnt herunter. Philipp seufzte und hielt meinen Kopf fest, der vor seinem Unterleib schwebte. Schon im nächsten Augenblick lagen wir auf seinem Bett und er war in mich auf seine zögernde Art eingedrungen. Was für ein Gefühl.

„Schade, dass du das nicht spüren kannst, den Moment, wenn du in mich hineinschlüpfst und mein Herz und meine Seele besuchst", hauchte ich und wusste, dass es fast ein Stöhnen war.

„Aber ich spüre ... wie du mich da ... umfasst."

Mit einem leisen verwunderten Grunzen presste er sich noch ein wenig mehr in mich hinein. Ich schob wieder eine Hand in den Schoß, fühlte ihn, zog die Beine an, er versank noch mehr in mir, ich griff derweil mit der anderen Hand um meine Schenkel und fühlte sein ganzes Geschlecht. Ein Schauer flog über meinen Körper und Philipp stöhnte und bewegte sich nun nicht mehr. Ich wusste warum.

„Ich hab' noch sieben dabei. – Ich liebe dich."

Verstohlener Blick aufs Display. Montagabend Tina. Sie hatte postwendend zugesagt, als hätte sie nur darauf gewartet. Wahrscheinlich war bei ihr inzwischen alles geregelt. Jedenfalls hatte Tina Lust und er dürfte es ihr wieder ... besorgen. Vielleicht würde sie sich wundern, wie. Er dachte an ihren Körper, der ein wenig Lauras ähnelte und ihn allein deshalb schon trösten würde. Wahrscheinlich sogar mehr als das. Plötzlich hatte er ihren Duft in der Nase. Eine Mischung aus Parfüm, salziger Haut und ihrem typischen, seltsam betörend süßlichen Duft. Michael lächelte, sah Tina vor seinem geistigen Auge in der Dusche des Hotels keuchend die Wand hinunterrutschen, sich die Haare nach hinten kämmen, sein Sperma, das ihr von einer Wange hinuntertropfte, wie Seife abwischen und sah zu Laura. Er war sich mit einem Mal sicher, dass Tina dieses Mal „Ja" und „Ich dich auch" sagen würde ...

Mein Fernseher läuft selten zu Hause. Manchmal zappe ich nur durch, lümmel dabei auf meinem Sofa herum, dem einzigen größeren Luxus, den ich mir vor wenigen Jahren gegönnt habe. An den einen Abenden gleicht es einer mit vielen Kissen ausgestatteten Ottomane, an anderen einer simplen Couch, und wenn ich Lust habe, einer weichen Wohnlandschaft. Oft habe ich dann nur noch ein langes Schlafshirt an. Sonst nichts. Oft penne ich auf dem Sofa ein und wache erst am frühen Morgen auf und gönne mir dann noch ein, zwei Stunden Schlaf in meinem Bett, bis der Wecker klingelt. Dann schaue ich nach oben auf die Wand über mir und sehe Philipps Schwäne ihre allmorgendliche Runde beginnen.

Manchmal bleibe ich beim Zappen auch hängen. Bei irgendwelchen Krimis, politischen Diskussionen, dusseligen Quizshows, Uraltfilmen aus den 60er- und 70er-Jahren, wie zum Beispiel *Columbo* – Wurde jemals sein Mantel gewaschen? – oder *Drei Engel für Charlie* – Ich sage nur, Farrah Fawcett –, HSE24 oder einem der hin und wieder laufenden Erotikfilme mit freizügigeren

Liebesszenen als im Abendprogramm. Sind sie gut, lass ich mich animieren.

Manchmal sind es die *Trucker Babes*. Die wissen, was sie wollen und können. Alles toughe Frauen. Ihnen kann keiner querkommen. Die Männer, die es partout nicht kapieren wollen, werden abgewatscht und kriegen einen gehörig auf den Deckel. Zum Teil sind sie wochenlang unterwegs, um ihren Laster voll und wieder leer zu bekommen. Frei, unabhängig, aber doch ständig von der Zeit eingefangen und unter Druck gesetzt. Die wie eine Asiatin aussieht, gefällt mir am besten. Sie zirkelt ihren Laster so selbstverständlich in die engsten Zufahrten von Supermärkten und Fabriken, wie meine Mutter einen Faden ohne Schwierigkeiten in eine Nähnadel. Ich stelle mir ihr Liebesleben vor, sicher hat sie eines, aber natürlich verrät der Sender nichts davon. Vielleicht liegt in ihrem Schlafsack ein Dildo, denn die männlichen Kollegen würden mir als Frau selbst für ein One-Night-Stand nicht gefallen. Hinter ihren Lenkrädern sitzend haben sie oft nicht allzu viel an. Gerade diese Dunkle trägt häufig nur geschlitzte Shorts und ein Hemdchen. Für die Kamera mit einem BH darunter. Säße ein Kerl neben ihr, läge seine Hand auf ihrem nackten tätowierten Oberschenkel. Ich könnte ihn gut verstehen. Sie sieht gut aus und weiß, was sie will. Florian, Frank, Georg und Peter wären chancenlos. Philipp und Michael aus anderen Gründen ebenso. An den Wochenenden hat sie nämlich anderes zu tun. Da fährt sie mit einem Kumpel auf Roadshows getunte Lkws, statt mit ihm im Bett rumzuhängen. Allerdings macht ihr die folgende Nacht mit diesem Typen sicher viel Spaß.

Lucía und der Sex lief zwei Tage, bevor wir abflogen. Morgens um halb drei. Ich konnte nicht schlafen. Eine schöne Frau, Camilla nicht unähnlich, die Rollen verdreht, sie verführt den Mann und checkt, was er dazu sagt, auch das würde zu Camilla passen. Volle Herausforderung, volles Risiko und trotzdem volle Kontrolle. Mein Plan war, ein wenig von Lucía mit in den Koffer zu packen, bevor wir nach Hause flogen. Und dann abzuwarten.

„Im ersten Jahr siegt noch die Neugier, da fressen wir uns jeden Tag auf, bevor wir zur Arbeit gehen und wenn wir von ihr nach Hause kommen. Im zweiten kennen wir alles von uns und dann wird alles gewöhnlich und selbstverständlich. Im dritten, vielleicht auch vierten oder fünften obsiegt der Alltag mit den Stapeln vor uns und der Moment, älter geworden zu sein. Es fehlt nicht nur dieser magische Horizont dort hinten, sondern wir fragen uns, während wir morgens in den Spiegel schauen und die nächsten Falten sehen, was mit unseren Träumen geschehen ist, weil wir müde geworden sind, statt hungrig aufeinander. Ich befürchte, es ist das Schicksal von Geliebten und solchen ... Beziehungen, wie wir sie haben, lediglich ... aber immerhin ... für einen Moment einander Traumerfüller zu sein ...", meinte Michael und legte sich neben mich auf die Liege, „... aber so selbstverständlich, wie wir hier nackt herumlaufen können, so wenig können wir dort, wo wir leben, uns von dieser, der ... womöglich wahreren Seite, die in uns ist, zeigen. Dort verschwinden wir hinter dem Vorhang des Alltags. Die Provokation einer solchen Freiheit gibt es nicht. Sie wird auch nicht zugelassen. Es gibt nur abgeschlossene Hotels an fernen Stränden oder in den hohen Bergen dafür. Die Geschichte mit Adam hat uns früh ein Feigenblatt tragen lassen. Und in dem Moment, in dem wir glauben, wir würden uns an all das hier erinnern, stellen wir fest, dass dies alles nur Träume gewesen sind."

Ich nickte, biss mir wie so häufig in solchen Momenten auf die Unterlippe. Schon der nächste Mittwoch würde mich in die andere Wirklichkeit zurückholen. Voraussichtlich brächte Peter zur Feier des Tages einige Sushis mit, um sich später über mich zu beugen. Vielleicht sollte ich von ihm verlangen, mich auszuziehen und auch sich selbst. Immerhin hatte er mich noch nie nackt gesehen und ich ihn natürlich auch nicht. Ich ahnte, es würde – wahrscheinlich – keine vergleichbare Lust erzeugen, aber ich hätte ja die Erinnerung an hier. Und wenn ich ihm sagte, was ich wollte?

Michael war ehrlich. Ich würde neue Träume suchen – müssen. Jetzt war es sogar denkbar, den Avancen des Kollegen nachzugeben. Mein Gott, ich war erst 36, und nach dem, was Michael gesagt hatte, gab es nichts, was auch nur den Hauch einer Treue verlangte. Die Tage zwischen den Wochenenden wären kein luftleerer Raum, ein Vakuum, das meine, ja, auch seine Wünsche unterdrücken könnte. In unserem Fall hatten *Liebe machen* und *Treue* nichts miteinander zu tun. Die Liebe an sich war nicht im Herzen. Sie war nur Lust. Und wahrscheinlich würde ich die nächsten Tage genau durch diese Lust platzen. – Wie jetzt.

Bis Mittwoch waren es noch fünf Tage. Ich schnupperte an Michaels Schläfe, nahm meinen eigenen Geruch wahr und überlegte, wie lang dieser wohl an ihm haften blieb und ihn zu einer im Grunde genommen dummen Treue zwingen würde. Ich stellte ihn mir am Montagabend neben der anderen Frau vor. Unterdessen war er auf meinem Bikini unterwegs, zog mich auf seine Seite und streichelte meinen Po.

„Ich befürchte, du wirst eine Geliebte bleiben müssen. Nur so überschreiten wir an Wochenenden die nötigen Grenzen, um uns nicht langweilig zu werden. Müsstest du mich ab einem bestimmten Tag als alten

Mann dann auch noch wie einen Kranken behandeln müssen, wären Traum und Zauber nicht nur schon lange vorbei, sondern auch zerstört."

Natürlich sagte er die Wahrheit. Und ... es gab ja andere Optionen. Dies hier, dieser Strand, der Bungalow, *Love and Beach,* waren schon zu viel Realität aus meinen Träumen. Wohin müsste ich mit ihm für eine weitere Steigerung das nächste Mal reisen? Und würde ich es mit ihm tun wollen? Wollte ich es überhaupt? Daheim in München bei mir in der Wohnung oder bei ihm in Frankfurt in dem Mehrfamilienhaus war nichts vorhanden, das dem hier ähnelte. Er hatte recht. Nackt herumzulaufen, auf meinem oder seinem Balkon übereinander herzufallen, war ausgeschlossen. Da gab es nur die Welt, die so ein Abenteuer wie hier durch tägliche Arbeit ermöglichte. Für kurze Wochen. Vielleicht hatte ja mein Kollege – trotz allem die wahrscheinlich naheliegendste Option – schon Montag nichts Besseres zu tun und vielleicht den ein oder anderen, vor allem nötigen schmutzigen Gedanken.

Ich grinste still in mich hinein. Ansonsten Peter am Mittwoch mitsamt dem Alltag. Da ich aber schon halb auf Michaels Beinen saß, spürte ich seinen Schoß an meinem und sah ihn mit schmalen Augen und eingerollten Lippen an.

„Zieh mich aus!", bettelte ich plötzlich.

Philipp nahm einen dicken Filzstift und zog ein Blatt Papier aus der Schublade seines Schreibtischs. So eines, wie die Egeler im Kunstunterricht verwendete, wenn sie uns etwas Wichtiges über Malerei erklären wollte. Seines aber war gerade mal postkartengroß, bräunlich und dicker. Ich lag auf der Seite, beobachtete ihn und wunderte mich, dass er nichts sagte. Wie ich mich zum Beispiel nun hinlegen sollte. Doch die Atmosphäre war auf eine so eigentümliche Weise elektrisch, dass ich ihn nicht fragte. Der dicke Filzstift quietschte ein bisschen. Und mit jedem Strich glaubte ich seine Finger auf meiner Haut zu spüren. Minuten später nickte er zufrieden, hob das Blatt ein wenig höher und zeigte es mir.

Ich, auf der Seite liegend, so wie ich die ganze Zeit gelegen hatte. Mein Gesicht kaum zu erkennen. Meine im Bild wehenden Haare verdeckten es. Ansonsten mit höchstens zwei Dutzend Strichen zweifelsfrei meinen Körper gezeichnet. Trotz des dicken Stiftes mancher Strich unvermutet dünn, vor allem die geschwungene Linie von meiner Schulter über die Taille, den Po und einem Schenkel. Und meine Brüste mit nur zwei Bögen, die mich an japanische Zeichnungen oder Schriftzeichen erinnerten, einfach nur schön. Meinen Schoß hatte er hinter dem etwas angewinkelten Schenkel versteckt.

„Der geht keinen was an", lächelte er und fügte hinzu, „vielleicht tue ich es in mein Französischbuch."

Dann zeichnete er mit einem Bleistift und ein paar wilden Strichen einen Hintergrund. „Porträt 2", dachte ich und setzte mich auf, lachte und weinte gleichzeitig. Drüben lag meine Jeans. Sieben Stück waren noch in einer der Taschen. Er musste mich heute unbedingt noch einmal ... besuchen kommen.

Mit einem Mal war die tagelange Schwüle wie eine Qual spürbar. Laura sah Michael deshalb wie geschlagen an, wischte sich über das Gesicht und ging ins Bad. Michael verfolgte sie mit den Augen, als sie sich über das Waschbecken beugte und kaltes Wasser ins Gesicht schlug. Er sah sie von der Seite, leicht in den Knien gebeugt, die Muskeln ihrer langen Beine dadurch leicht angespannt und besonders schön anzusehen. Diese bildeten mit ihrem Po eine helle aufreizend schöne Linie vor dem dunklen Holz und endeten mit dem Rücken in einem eleganten Schwung. Ihre beiden Brüste pendelten leicht, fest und spitz beim Wasserschöpfen. Bei jedem zweiten Mal kämmte sie sich die Haare nach hinten, weil sie ihr störend ins Gesicht fielen.

Sekunden drauf stand er hinter ihr. Sie hatte es nicht bemerkt. Die nächste Fuhre Wasser landet in ihrem Gesicht und einige Spritzer landeten auf ihrem Rücken und glitzerten wie kleine Kristalle. Er beobachtete die nächste Anspannung der Muskeln, wie sich der Rücken ein weiteres Mal durchbog, die Schnur der Wirbel etwas mehr hervortrat als vorher. Plötzlich schämte er sich, weil er sie die ganzen Tage noch nie so angesehen hatte. Sie war eine schöne Frau. Er wusste nicht, was sie hatte, wenn sie meinte, sich kommentieren zu müssen. Er verfolgte die Kontur ihrer Taille bis zu den Schultern und sah sich hinter ihr im Spiegel. Lauras Gesicht sah er nicht. Dann hob er die Hände, legte sie auf ihre Seiten, knapp über dem Po und strich so berührungslos wie möglich bis zu ihren Brüsten hoch. Auf ihnen angekommen, war er in einem anderen Bad und wusste, dasselbe würde er wieder mit Tina machen. Das hier war der perfekte Übergang.

Ich verharrte mit der letzten Füllung Wasser in meinen Händen, bevor ich mir diese prustend ins Gesicht schlug. Dann drehte ich das Wasser ab, stützte mich auf den Rand des Waschbeckens und schaute nicht auf. Was Michael gerade machte, hatte er noch nie getan. Seine Hände waren in meinem Nacken angekommen und kneteten, massierten ihn sachte, strichen an den Seiten des Halses entlang, wieder über meinen Nacken, fächerten auf meinen Schulterblättern auseinander, fuhren nur mit den Fingerspitzen auf dem Rücken nach unten, griffen bei der Hüfte angekommen in meine

Pölsterchen an der Seite, ohne mich zu kneifen, glitten – immer noch nur die Fingerspitzen – auf meinen Bauch, an meinem Busen von unten zu den Schultern, und weil er die Brüste ohne ein Vorbeugen nicht richtig erreichen konnte, spürte ich seine Erektion an meinem Po und seufzte leise auf. Ein paar Tränen tropften ungesehen ins Becken. Nur ein wenig hob ich den Kopf, sah in dem schlanken Spalt zwischen Becken und meinen schon wieder herunterhängenden Haaren im Spiegel seinen Körper und das sich emporreckende Glied. Kniff ich meine Augen, glich er so ein wenig Philipp. Ich hob meinen Kopf und nun erkannte ich doch Michaels lächelnden Blick, der nicht in meine Augen sah, sondern mich mit einer nahezu jugendlichen Neugier auszuziehen schien, obwohl ich doch schon nackt war. *Das Schicksal von Geliebten und solchen Beziehungen ist lediglich ... aber immerhin ... für einen Moment einander Traumerfüller zu sein.* Und in diesem Moment wusste ich, unter seinen Fingern spürte er nicht mich.

Längst glitten sie wieder zu meinem Bauch, an meinem Nabel vorbei, zu meinem Hügel, spreizten sich dort, hinterließen einen ungewöhnlichen Schauer – Sah er die Gänsehaut, die er gerade erzeugte? – flatterten über den Knick zwischen meinen Schenkeln und Bauch wieder auf meinen Rücken und begannen ihre Tour von vorne. Nach der dritten oder vierten Wiederholung lief ein Tropfen auf der Innenseite meines Schenkels herunter und hinterließ eine kühlende Spur. Mit dem zweiten senkte ich wieder den Kopf und gluckste mit einer Hand vor dem Mund.

Michael war ein weiteres Mal bei meinen Brüsten angekommen, hielt sie fest, begann sie zu massieren und zu kneten, die Spitzen zu zwirbeln, ja zu kneifen, und erst mit dem linken, dann mit dem rechten Fuß schob er jeweils meine Beine eine Fußlänge zur Seite, beugte wie ich ein wenig die Knie und drang heftig und alles andere als vorsichtig oder gar zärtlich in mich ein. Er war nichts anderes als brutal. Das war's! Abschiedsvorstellung. Und ich nahm sie widerspruchslos hin.

Nur kurz sah ich im Spiegel mein und sein unbekannt verzerrtes, fast animalisch wirkendes Gesicht und schloss die Augen wieder, als es mir trotz dieser Gewalt kam. Ich schob es auf den Akt. Nichts anderes als animalischer Sex. Reduziert auf Hören, Fühlen, Riechen. Die Luft davon geschwängert. Nur mit geschlossenen Augen ließ sich das überhaupt aushalten. Ich hatte das Gefühl, hätte er von mir verlangt, ihn anzusehen, zu streicheln und zu lecken, dass ich zerbersten, zerfließen, explodieren würde. Ich war in Höchstgeschwindigkeit an die Grenze des Ertragbaren gekommen. Alles schmerzte. Einerseits wohltuend, wie ich nach einer Weile feststellen musste, andererseits unser Schicksal besiegelnd. *Love and Beach* hatte Wort gehalten. *Vergessen Sie alles ...* Ich hatte alles vergessen. Mehr als zehn Tage lang. – Bis zu diesem Augenblick. Das Soll war erfüllt. Auf Fesselspielchen und andere Variationen hatte ich noch nie Lust. Ich hatte mich tatsächlich ausgetobt und Camilla vielleicht in allem recht.

Am Abend verstummte die Welt und duckte sich. Der Wind beendete wie auf Knopfdruck das Rascheln und Rauschen im Wald hinter uns. So auch die ganzen Vögel und Tiere ihr Kreischen und Pfeifen und Bellen und Kieksen und Gurren. Selbst die meist träge und im Grunde leise Brandung schwieg. Nach wenigen Minuten war der Himmel ein verfilztes Grau, als bestünde er von links bis rechts aus Malervlies, schob sich am Horizont aufs Meer, sog seine türkisblaue Farbe auf und raubte ihm den kristallenen Glanz. Der erste Donnerschlag ließ uns zusammenzucken. Wir sahen uns an, packten wortlos die wenigen Sachen in die Mitte eines der großen Tücher und Michael schwang es wie einen Sack auf seinen Rücken. Wohl zum ersten Mal nahmen wir das Knirschen unserer Schritte im Sand wahr. Der nächste Donnerschlag schien direkt über uns zu sein. Keine Pauke der Welt, keine Kanone konnte lauter sein. Wir begannen zu laufen. Nun war der Sand hart wie Beton. Nur noch fünfzig Meter, für gewöhnlich vielleicht zehn Sekunden, plötzlich die längsten der Welt, dann würde uns vielleicht die Veranda vor einem Regenguss schützen. Die nächste Sekunde wirkte wie ein Stromausfall in der Nacht. Kein Wort konnte die Dunkelheit beschreiben. Dann begann das Gewitter. Eine Stunde zuvor in keiner Wetter-App erkennbar. Ich sah auf, noch zehn Meter. Nicht mit den ersten Tropfen, sondern dem ersten Guss, der wie aus einem Eimer gekippt über uns herunterkam, erreichten wir die Veranda. Hinter uns zuckten Blitze in die Bucht und schienen dabei über das Wasser zu laufen. In der Sekunde drauf sah man nichts mehr. So dicht waren die Schauer. Von einer Sekunde auf die andere nass bis auf die Knochen, schlotterte ich vor Angst.

Michael sagte nichts.

Michael nahm mich nicht in den Arm.

Michael ging nur ins Bad und zum ersten Mal in diesen Tagen trocknete er sich von mir abgewendet ab.

„Was ist dir in einer Beziehung am wichtigsten?", fragte ich Camilla zwei Wochen vor meinem Urlaub.

„Ehrlichkeit", antwortete sie sofort, ohne zu zögern.

„Nicht Treue, Zärtlichkeit, Zuwendung und ..." Ich ließ meine Hand kreiseln. „... Liebe?"

„Puuh!", machte sie, „das ist Quatsch! Treue. Woher soll ich wissen, ob ich das von dem Typ überhaupt will? Wenn er nicht zärtlich ist und *das* mit ihm scheiße war, wird er schnell meine groben Seiten kennenlernen und dann ist Schluss. Und Zuwendung ... Mann, die gehört doch automatisch dazu, ohne die funktioniert gar nix, oder was meinst du mit der? Und Liebe ... sorry ... die kommt viiieeelleeeicht mit viiiiel Glück irgendwann einmal ... dazu. Das Wort Liebe ist echt das meistmissbrauchte Wort zwischen Mann und Frau, sag ich dir."

Sie sah mich an, als forschte sie in meinem Gesicht nach ihren eigenen Gedanken, dann meinte sie noch:

„Nein. Ganz klar Ehrlichkeit, wenigstens *dabei*, sonst ist es doch eine One-Man-Show. Nix Halbes und nix Ganzes. Wir sind Frauen, wir sollten es eigentlich sofort merken, wenn sie zu lügen beginnen, wir sind meistens nur zu blöd, schnell und entschieden zu reagieren, und lassen deshalb zu viel zu. All die angeblich glücklichen Ehen, in denen wir nichts mehr zu sagen haben. – Ist doch scheiße, oder?"

Wieder der Forscherblick, ich hob die Achseln und sie wollte wissen:

„Ist es was Ernstes?"

Jetzt hob ich die Augenbrauen. „Gute Frage", dachte ich, erwiderte aber:

„Eher was Beruhigendes."

„Wer ist der Glückliche."

Ich nannte ihr zwei Namen.

„Zwei?! Wusste ich's doch. Stille Wasser sind tief. Du bist unersättlich", lachte sie.

„Nein. Der eine hat mit Ehrlichkeit zu tun. Der andere passt nicht in unsere Aufzählung. – Aber er kann es gut", meinte ich leise lächelnd und schaute auf den Boden. Dann nippte ich an meinem Aperol.

„Leih ihn mir mal aus!"

„Und wie ist es bei dir?"

„Bei mir? Das weißt du ganz genau. – Fünf Männer in vier Jahren. Du wirst wählerisch oder anspruchsvoll,

und dann bekommst du nicht, was du denkst. Aber ein bisschen ... können sie alle. Mehr haben sie nicht auf der ... Latte." Camilla lachte unanständig.
Ich grinste. Irgendwie stimmte es und auch wieder nicht. Daran ändert kein Strand der Welt etwas.

An diesem sitze ich nun. So weit ich schaue Sand. Kneife ich meine Augen, ähnelt er glitzerndem Schnee, jungfräulich, ohne jegliche Fußstapfen. Nur die Hitze passt dann nicht. Steh ich auf und gehe zwei, drei Schritte zur Wasserkante, ist zwar das Glitzern noch da, aber das Weiß bestechend silbern geworden. Das Meer hier riecht nicht. Tatsächlich nicht mehr als salzig und zumindest nicht so wie in Bibione damals an manchen Tagen. An den Stellen, an denen nicht tagtäglich der Strand gereinigt wurde, so zum Beispiel weiter im Osten, da, wo der Tagliamento mündet, lagen manchmal Reste von Angeschwemmtem, Teile von über Bord gegangenem Unrat, Styropor, zerbrochene Kisten oder einfach nur Müll. Manchmal roch es nach Fisch. Hier liegt nichts, außer Sand. Selbst das Wasser scheint klinisch rein. Irgendjemand erzählte uns abends mal beim Essen, würden wir auf die andere Seite der Insel gehen, sähe es dort ganz anders aus.

Die andere Seite war keine zwei Kilometer entfernt. Zwischen ihr und uns ein Tempel. Das laut Reiseführer wohl einzige sehenswerte Bauwerk dieser Insel aus einer anderen, längst vergangenen Blütezeit. Die Bilder, die sie gemacht hatten, zeigten von dort oben das gleiche blaue, türkisblaue und tatsächlich rauere Meer und das letzte Bild bewies, was wir vermuteten: Der Tempel selbst war nur von außen schön. Warum sollten wir also dorthin marschieren?

Seit zehn Tagen dieses Wetter, dieser Strand mit seinem schneeweißen Silbersand. Nur kurz unterbrochen von halbwüchsigen Gewittern. Allein das kann eintönig sein. Wie das nahezu gleichförmige Rauschen des Meeres, das mir etwas erzählen will. Ein Teil davon lässt mich erinnern. Mir fällt eine Melodie ein, *die* Melodie, unsere: *Break me. Take me. Just let me feel your love again.* Und ich summe sie leise vor mich hin. Der Rhythmus der Wellen passt. Fast wippe ich mit dem Fuß mit. Und mit der letzten Zeile weiß ich, was in diesen Tagen und den Jahren nach Philipp gefehlt hatte. Intimität! Diese besondere Art von Hingabe, Gewissheit, Sicherheit und vor allem Geborgenheit. In meinen Augen die Kombination, die direkt und unausweichlich zu Liebe führt. Die Lust auf Berührungen und Zärtlichkeiten, wie zum Beispiel bei einer Massage, in der man sich dem anderen nahezu ausliefert und seinen Händen hingibt, ohne gleich an Sex zu denken oder ihn gar dadurch provozieren zu wollen. Vielleicht weiß ich auch, wo ich das alles bekommen werde.

Michael war unter dem Dach der Veranda geblieben. Ich gab vor, auf die Toilette zu müssen. Er nickte stumm und döste vor sich hin. Im Bad stellte ich mich stattdessen nackt vor die Spiegelwand, drehte und betrachtete mich. Seit drei Tagen hatte ich meinen Schoß nicht mehr rasiert. *Ein* Detail meiner getroffenen Entscheidungen. Seit zwei Tagen schielte ich immer wieder in sein Gesicht, ob ihm etwas *dabei* auffiel, weil es nun dort unten begann, vielleicht seine Lippen oder die Zunge, zu kratzen, wenn er mich küsste. Doch seine Mimik blieb in dieser Hinsicht regungslos, zeigte keine Reaktion, sondern jedes Mal nur seine Lust. Immerhin.

Etwas näher an den Spiegel getreten sah ich, dass die ersten Härchen wieder deutlich sprossen. Einem dunklen Schatten gleich. Ich hatte sogar den Eindruck, dass Härchen dazugekommen waren. Ich schmunzelte.

Was das betraf, wurde ich wohl doch noch zu einer Frau. Auch deswegen hatte ich beschlossen, mich dort nicht mehr zu rasieren. Unter den Achseln, okay. An den Beinen, okay. Das konnte ich mir selbst gegenüber noch mit so etwas wie Hygiene und auch Ästhetik erklären. Aber dieses kleine Zeichen von Weiblichkeit wollte ich nun doch wieder besitzen. Egal wie spärlich es ausfallen sollte. Wie konnte ich mich einerseits über die glatt rasierten Mädchen beschweren, andererseits es aber selbst tun? Was sollte der Quatsch? Das Internet war voll von grenzenloser Nacktheit. Ich musste nur drei X eingeben und suchen. Schon fand ich Tausende Bilder und Filmchen. Diese trugen fürchterliche Namen und Titel. Für die allerallerwenigsten Mädchen war das normal. Für die meisten eine mies bezahlte, unterdrückende, ja missbrauchende mit Gewalt versehene *Beschäftigung*, die sie vielleicht, wenn überhaupt, über Wasser hielt. Sah man genauer in ihre Gesichter, würde *Mann* es erkennen können. Doch war das nicht der Grund, warum die nach ihnen suchten. Mir fielen die Fotos vom Boot ein und ich sah mein Spiegelbild.

Ich drehte mich wieder und betrachtete meine langen Beine und den Po, zwar klein, aber fest. Als ich ein bisschen mit ihm wackelte, zitterte er nicht minder oder mehr als der von den Models in den Bikinimode-Filmchen, die ich ebenso im Internet gefunden hatte, vielmehr fast genauso, und damit für Männer wie Michael gut genug. Die langen Beine gehörten nun mal zu mir.

All *meine* Männer hatten nie etwas an mir ausgesetzt. Gut, sie wollten mich für ihren Sex und manche ließen mich an diesem teilhaben – wie Michael. Vielleicht hatte es tatsächlich mit Sex-Appeal zu tun. Wieder musste ich schmunzeln. Wahrscheinlich redete ich mich seit zwanzig Jahren damit heraus, wenn ich das Gegenteil behauptete und nur den Sex genoss. Es war

Zeit für mich, zu sein, wie ich war und aussah, und dass die vermeintlichen drei Kilo zu viel am Bauch Tagesform sein konnten. Ich beschloss, was ich für einen Bauch hielt, war genau das – Tagesform.

Spätestens in dem Moment war mir klar, das mit uns, mit Michael und mir, hatte nie, eigentlich von Anfang an nicht, eine Zukunft gehabt und sollte sie auch nicht haben. *Love and Beach* war maximal als Abenteuer gedacht, in dem wir täglich unsere Lust auslebten. Das ist nicht für zu Hause geeignet. In diesem Abenteuer waren wir auf schönes Wetter geeicht. So wie Prospekte es nun mal versprechen. *Wir tun unser Möglichstes, dass Ihre Wünsche in Erfüllung gehen.* Kein Bild zeigt Regen. Kein Bild eine Andeutung von Alltag.

Schönes Wetter bewahrt in der Regel davor, in Streit zu geraten oder Fehler zu machen. Urlaube bleiben in der Regel dann harmonisch. Das Gewitter vorhin mit seinem drohenden Grollen war jedenfalls zu kurz, unentschlossen und zu schnell vorbei, als dass es in unserer Situation, die wir beide, ohne es auszusprechen, richtig einschätzten, gezwungen hätte, echte Gefühle zu zeigen. Oder ansatzweise so etwas wie männlichen Beschützerinstinkt: *Hab' keine Angst, es ist gleich vorbei.* Das mit uns hatte tatsächlich nur einen Grund – und der bestand aus drei Buchstaben: S-e-x. – Jetzt war ich nur noch neugierig auf eine Antwort:

„Wie bist du eigentlich auf diesen Urlaub gekommen?" Ich sah zu dem Gewitter, das für eine andere Frage, für eine andere Erwartung zu eilig davonzog, und wickelte eines der großen Seidentücher um mich. Währenddessen kehrten langsam die Farben und Geräusche zurück. Die Beos, oder wie die ganzen Vögel hießen, begannen wieder zu kreischen und zu schreien. Ich knabberte auf meiner Unterlippe und sah ihn an. Er zuckte mit den Augenbrauen, legte seinen Kopf schief, kräuselte dabei seine Lippen und atmete tief durch. Es folgte ein leider missglücktes Lächeln.

„Ehrlich gesagt, kann ich es dir nicht genau sagen." (Aha!) „In einem Reisebüro lag vor Monaten eine Zeitschrift, das war noch Wochen vor uns. Und in diesem der Prospekt. Abends blätterte ich ihn durch und sah die Bilder, da war es ein spontaner Einfall." (Aber da spielte ich noch keine Rolle!) Wieder zuckten seine Brauen. „Und ich dachte nach dieser Party, könnte es passen. Das im Flur war ... irgendwie ... unbekümmert."

Ich nickte. *Unbekümmert.* Schon da also nicht ein bedeutsameres Gefühl oder gar Verliebtsein, das so etwas wie Zukunft hätte bedeuten können, sondern *unbekümmert.* Ein Wort, eine nette Umschreibung für spontan vorhandene Geilheit. Der Grund für unseren Sex im Flur war also passend unbekümmert. War ich das damals? Vielleicht. Immerhin hatte Michael mich auf der Party seinerzeit nicht dumm angemacht, mich nicht in dusselige Gespräche verwickelt, mir nicht das Gefühl gegeben, Lückenfüller an einem langweiligen Abend zu sein oder zu werden. Vor allem hatte er mich danach nicht einfach abzuschleppen versucht. Nein, wir unterhielten uns prächtig, lachten und als morgens die Ersten gingen, war ich aufgedreht genug, dass ich sein „Kommst du noch mit?" mit „Ja" beantwortete. Im Prinzip war ich also tatsächlich passend unbekümmert gewesen. Und die (vielleicht) genauso ... hungrige.

Wie früher, wenn Jungs mich angesehen, angesprochen und wenig später ... Ich dachte an die doofen Gören. Wenn ihr wüsstet?! Nicht nur ich hab' mich angefasst. Ein paar Jungs waren es dann doch. Okay, das alles kann man unbekümmert nennen. Leider war nur nie was Ernstes dabei. Und wie ich nun wusste, auch nicht bei Michael. Ich hörte in mich hinein. Ja, hätte ich das schon nach der ersten Woche gewusst, wäre ich mehr als enttäuscht gewesen. Aber jetzt? War ich sogar erleichtert. Vielleicht hätte ich ansonsten alle meine Träume verloren.

Ich lächelte still, meine rechte Hand glitt unwillkürlich auf dem seidenen Stoff auf meinem Schenkel entlang, weil ich, wie so oft in den letzten Tagen, wenn es um Träume ging, an Philipp denken musste, und hörte sein leises „Scheiße!", als es ihm nicht nur beim ersten Mal zu früh gekommen war. Für Liebe ein völlig unbedeutendes Detail. Der kleine Satz „Ich hab' dich lieb" war nicht ein einziges Mal gelogen. Wichtig: Durch Philipp hatte mir Sex – auch später – immer Spaß gemacht. Komischerweise gibt es kein schönes Wort dafür, immer klingt ein Synonym dafür sachlich und distanziert, gerade so, als sei etwas Verbotenes damit verbunden: Liebesakt, Verkehr, Geschlechtsleben, Beischlaf. Als sei das, was man aus Lust tut, wie in einem Beipackzettel beschrieben, mit schlimmen Nebenwirkungen behaftet. Nach Philipp fehlte jedenfalls bei allen anderen der kleine – unbekümmerte – Satz: *Ich hab' dich lieb*.

Auch heute.

Vorhin hatte ich in meiner Tasche nach etwas gesucht und wusste in der Sekunde drauf nicht was. Stattdessen zog ich meinen kleinen Kalender heraus, blätterte ihn durch und fand die Adresse. Der Umzug seiner Familie damals nach Unterhaching war, als zöge er nach Alaska oder Sibirien. Von einem Tag auf den anderen in die von mir damals befürchtete andere Welt. Die unbeschwerten Nachmittage waren vorbei. Nachhilfe war so nicht mehr möglich und das Freibad, weil zu dieser Zeit Winter, geschlossen. Und ich zu blöd, wenigstens einmal in der Woche, wenn schon nicht mit dem Rad, mit dem Bus zu ihm zu fahren. Ich war schlichtweg zu feige, noch einmal zu sagen, dass ich ihn liebte, hatte Angst, dass man über uns lachte – *Sei nicht dumm, du bist noch so jung* –, dass das, was wir taten, zu offensichtlich wurde. Irgendwann schlief ich nicht mehr mit ihm, sondern die Sache ein. Dabei hätten meine Eltern nicht einmal was gesagt. Heute würde ich wetten, Papa hätte nur seinen bekannten Satz gesagt: *Du weißt ja ...* und mit den Augen gezwinkert. Aber ...

Irgendwann hatte ich den Bus verpasst.

Mein letzter Satz zu Philipp.

Irgendwann sah ich Inka, eines der Mädels aus dem fast vergessenen Schwimmunterricht mal wieder. Mit einem kleinen Kind am Arm und einem dicken Bauch. „In vier Wochen", war ihr Kommentar und ich nickte. „Die Franzi hat auch schon eines", meinte sie. Wir erzählten und ich hätte zugeben müssen, dass dies alles, also den Richtigen finden, heiraten und Kinder kriegen, an mir vorbeigegangen war. Ich hatte aus eigener Schuld den Anschluss verloren. Inkas Mann war Frank, der Nachhilfelehrer, geworden. Die Jungs, die schon lange zumindest zu jungen Männern geworden waren, hatten sich also aus der Warteschlange vor mir verabschiedet, ohne dass ich etwas davon mitbekommen hatte. Ich wusste nicht, ob ich enttäuscht sein sollte, und erzählte stattdessen die übliche Dutzendware, etwas von meinem Beruf, etwas über meine Eltern und ein paar bemühte Erinnerungen an die alten Zeiten. Inka nickte und kommentierte ihr Mutterdasein. Ich versuchte mich nicht als Verliererin zu sehen, auch wenn nach Florian, Frank und Georg lange Zeit keiner kam, an dessen Name ich mich erinnerte. Spätestens mit Peter war dieser Zug irgendwie abgefahren.

Als hätte mich etwas gestochen, zuckte ich zusammen. Die Mixtur war gefährlich geworden. Kopf, Lust und Körper widersprachen sich einander. Einem Blitz gleich schoss mir durch den Kopf, in diesem Urlaub nichts anderes als ein unersättliches orgasmusgeiles Sex-Monster gewesen zu sein. Eines, das meinte, was auch immer nach Philipp falsch gelaufen war, nun nachholen zu müssen oder davon abzulenken. Andererseits ... *Mein Gott, genieß das Leben! Mach ich auch. Machen mehr Menschen, als zugegeben wird. Und du siehst wirklich verdammt hungrig aus. – Okay, wir wären zwar alt genug, es besser zu wissen, aber wir sind verdammt noch mal jung genug, es zu machen.* Camilla. Sie hatte recht. Ich war hungrig gewesen und auch jung genug. Also: weniger schlechtes Gewissen, mehr Mut.

Aber die Welt drehte sich weiter, die Pflicht und der Alltag verlangten ihren Tribut. Verlegerin war ich zwar nicht geworden und ein Backbuch gab es nicht von mir. Aber ich arbeitete dennoch in einem Verlag. Zuständig für die Lizenzen ausländischer Buchtitel. Ich kümmerte mich einerseits um die passenden Lektorinnen und Lektoren für einen Buchtitel und war andererseits dafür verantwortlich, dass deutschsprachige Bücher ihre richtigen Übersetzer und Verlage im Ausland fanden. Philipp hatte eigentlich mein ganzes Leben geprägt und ich hatte ihn im Stich gelassen und versucht, diesen Fehler danach mit Sex zu betäuben – ohne Liebe.

Wenn Michael und ich den üblichen Konventionen folgen würden, die bestimmte Konsequenzen forderten, dann wäre eine andere Zukunft vorgesehen. Die Ahnung der nächsten Wochen und Monate ließ die Realität die *Unbekümmertheit* dieses Abenteuer überholen. Vielleicht waren wir für diese Unbeschwertheit auch ein paar Jahre zu alt. Also schoben wir ohne Absprache alle Fragen, die mit *Was, wäre, wenn* anfingen, beiseite. Vielleicht sind wir damit auch nur Spiegelbild der Oberflächlichkeit unserer Zeit.

Philipp. Woche für Woche, bis er nach Unterhaching umziehen musste. Wenn wir die Tür zu seinem oder meinem Zimmer schlossen, schlüpften wir ohne Angst in einen warmen Kokon, in eine zugleich bekannte, wohlige und doch andere Welt. Philipp wurde zu Pan, ich zu Alice. Was wir erlebten, war ein Wonderland. Alle Wörter, die anderen nur ein müdes Lächeln abringen, weil sie Kitsch dahinter vermuten, trafen zu: Vertrauen, Zuneigung, Seelenverwandtschaft, Verbindung – Liebe. Wir nahmen uns in die Arme, küssten uns und hielten den anderen fest umschlungen. Eine bieder klingende Abfolge von Zärtlichkeiten. Wir bekamen jedes Mal Gänsehaut.

Einen Moment liebe ich bis heute. Dieses Gefühl ist unerreicht, egal, was Michael mit mir auch anstellte. Die Sekunde, wenn Philipp in mich eindringen, mein Innerstes, mein Herz besuchen wollte, während Jewel sicher schon zum dritten oder vierten oder hundertsten Mal *Break me. Take me. Just let me feel your love again* sang, wie immer dann kurz an meinem Eingang verharrte, weil er Sorge hatte, wieder viel zu schnell zu kommen, und erst dann unendlich langsam sich weiter in mich hineinwagte, bis ich mich ganz um ihn schmiegen konnte, bleibt unbeschreiblich. Die altmodisch klingende Beschreibung, die eine Hälfte der Seele hatte die andere gefunden, trifft dies tatsächlich am besten.

Die Sommerferien gingen mit unzähligen Freibadbesuchen zu Ende. Die Schule begann, wir gaben uns wieder lächelnd Nachhilfe. Nun öfter auch bei ihm zu Hause, wenn seine Mutter arbeiten war. Die Herbstferien erlaubten nur noch Besuche im Hallenbad und als der Winter kam, breitete sich fies und langsam und einschüchternd die Angst in mir aus. Was würde mit uns sein, wenn er mit seinen Eltern noch vor Weihnachten nach Unterhaching zog? Meine Noten gingen in den

Keller, ich wurde fahrig und unkonzentriert, trafen wir uns, begann ich schon in der ersten Sekunde zu weinen und er versuchte mich zu trösten.

Plötzlich war er weg. Von einem Tag auf den anderen. Natürlich hatte er die Schule gewechselt, natürlich traf ich ihn nicht mehr in der Fahrradecke, natürlich saß ich nicht mehr vor ihm, wenn ich nach Hause fuhr. Dort, wo sein Fahrrad stand, stand nun meines und sah aus, als bräche es bei der nächsten Fahrt zusammen. Die Angst schnürte mich zu und ich war dann diejenige, die den Traum, das Wonderland sterben ließ. Drei Wochen später log ich, wegen des Wetters den Bus verpasst zu haben. In der nächsten sah er mich an und bekam den ersten Verdacht. In der Woche drauf konnten wir es nicht tun, weil ich vorgab meine Tage zu haben. Ich sah, dass er rechnete und auf ein anderes Ergebnis kam. Eine weitere Ausrede, meine kranke Oma. Für ihn war klar, es war zu Ende. Wahrscheinlich hatte ich einen anderen. Dies zu kontrollieren, war müßig. Wir riefen uns noch ein paar Mal an, stellten dann aber keine Fragen, sondern schwiegen uns vielmehr an, trafen uns an einem kalten Wintertag mitten in München, waren aber so dick eingepackt, dass die dicken Schichten Stoff zwischen uns alles nur schlimmer machten. Ich heulte und stammelte und konnte doch nichts sagen. Als sich die Türen der Straßenbahn schlossen, blieb ich stehen und rief ihm viel zu leise, ohne zu winken, „Ich liebe dich" hinterher. Eine alte Frau lächelte mich an, beugte sich zu mir und meinte: „Sei nicht dumm, du bist noch so jung." Sie hatte keine Ahnung. Am liebsten hätte ich ihr den Stock weggekickt.

Wie eine Kranke torkelte ich nach Hause, ging sofort ins Bad und schloss ab. Beugte mich über die Kloschüssel und als hätte ich etwas Verdorbenes gegessen, übergab ich mich und sackte nach einer Viertelstunde, blass, fiebrig, verschmiert gegen die Wand neben dem Waschbecken. Mutti klopfte gegen die Tür. „Alles in Ordnung?" Und ich würgte, weil ich die Frage in diesem Moment bescheuert fand. Ich schüttelte den Kopf, obwohl sie es nicht sehen konnte. Vielleicht hatte sie durchs Schlüsselloch geguckt und dadurch eine Antwort erhalten. Jedenfalls fragte sie nur:

„Er oder du?"

Ein Knarzen im Magen ließ mich husten und verhinderte eine Antwort, die ich ohnehin nicht geben konnte. Mutti wartete ab. Vielleicht saß sie vor der Tür wie ich auf dem Boden und starrte vor sich hin. Die Wand gegenüber konnte ihr genauso wenig eine Antwort geben wie ich gerade. Die Minuten verstrichen mit Husten und plötzlich rutschte es aus mir heraus:

„Keiner von uns beiden. Er ist nur zu weit weg."

Erst da wurde mir bewusst, dass weder sie noch Papa je danach gefragt hatten, ob wir miteinander schlafen würden. Denn der Grund meiner Übelkeit hätte ja auch woanders herrühren können. Nein, schwanger war ich nicht. Leise lächelte ich in mich hinein und begann zu weinen. Schniefend stand ich auf und öffnete die Tür. Mutti stand vor mir und nahm mich in die Arme und rieb meinen Rücken.

„Alles wird gut."

Die folgende Nacht war ein Beschiss am Leben. Die nächste nicht anders. Wie die folgenden. Ich nahm die nächstbeste Ausrede: Meine Angst hatte mich scheitern lassen. Wie billig und einfach.

Tage später die letzte Ausrede:

„Ich hab' wieder den Bus verpasst."

Einige Wochen später sprach Florian mich an. Ausgerechnet Florian. Er schob sein Fahrrad neben meines, sah mich ohne ein dummes Lächeln an und fragte:

„Haste Lust mit mir an den Chiemsee zu fahren?"
Gleichzeitig nickte und schüttelte ich überrascht den Kopf, klopfte mit dem Zeigefinger dann auf meine Brust und fragte zurück:
„Mit mir?"
„Ja. Warum nicht?", antwortete er, zog die Augenbrauen hoch und sah an mir mit einem Blick herunter, der alles erklärte, und ich dachte, vielleicht würde es helfen. Schon am nächsten Samstagnachmittag stand ich also mit Florian irgendwo am Chiemsee hinter einer Palisade aus Schilf und Büschen im Guss eines Gewitters. Nach nur einer Handvoll Sekunden war alles nass. Ich, die Badesachen, die Handtücher, das große Laken im Gras. Seine langen blonden Haare, normalerweise dick wie Stroh, hingen triefend über seine Schultern und sein scharf geschnittenes Gesicht mit den haselnussbraunen Augen wirkte wie geschlagen. Der Platz war für unser Vorhaben gut gewählt. Er wollte mich und ich wollte es, um einen Haken machen zu können. Nach einer weiteren Handvoll Sekunden war aber die Lust, es nun erst recht im Regen machen zu wollen, vorbei. Ein plötzlich kalter Wind ließ uns frieren und wir umarmten uns lediglich, mehr, um uns zu wärmen, als zu fühlen. Mehr passierte dann auch nicht. Wir eilten zum Wagen, setzten uns mit den nassen Klamotten hinein und hinterließen in ihm für die nächsten Tage sicht- und spürbare Wasserflecken.

Florian war anders. Mit Florian war es anders. Schon bald stellte der sich ach so alternative Florian mit seinen tollen Sprüchen als Macho heraus. Doch ich genoss eine Zeit lang genau seine Art, weil ich dachte, damit meine Dummheit mit Philipp vergessen zu können. Florian gab vor, wie es gehen sollte, auch das Wann. Ziemlich oft war er der Beleidigte dabei, ohne einen richtigen Grund zu nennen. Ich begann mich zu verweigern.

Mit Florian war dann auch schnell Schluss. Nach der kurzen, anfänglichen Euphorie, die in einer Handvoll Momenten sogar dazu führte, dass ich mir, ähnlich wie einst Bettina, deshalb wenige Tage später darüber Gedanken machen musste, was wäre, wenn ... wurden für ihn andere Dinge wichtiger als ich. Er demonstrierte gegen Knaller an Sylvester, nachdem im niederländischen Enschede 18 Menschen nach einer Explosion von Feuerwerkskörpern starben, und engagierte sich für eine andere Sicht auf Afghanistan. All das war mir auch wichtig. Doch seine Diskussionsfreude ließ keine Nähe und schon gar keinen Sex mehr zu.

Mein Halbjahreszeugnis war eine Katastrophe und zum ersten Mal sahen meine Eltern mich nicht verwundert, sondern vorwurfsvoll an. Nachhilfe war kein Freundschaftsdienst mehr, wie bei Philipp, sondern nun ein Muss. Frank, Sohn eines Kollegen von Vater und Student, er wollte Mathe-Lehrer werden, sollte es richten. Meine Noten wurden tatsächlich besser, aber die Stunden bei ihm zu Hause dauerten ab dem dritten Mal mindestens doppelt so lang. Ihm Zärtlichkeit beizubringen, half nicht. Es gab nur eines, und das ging ungelenk schnell. Was wir taten, war wenig mutig oder kreativ und wie ich ja später erfuhr, war er längst vergeben. Ich war ein Lückenfüller und ließ ihn sausen.

Inzwischen war ich siebzehn geworden. Meine letzten Sommerferien näherten sich, zumindest das Zeugnis war in Ordnung, aber mein Liebesleben desolat. Es folgte Georg, der Unentschlossene und große Frager: *Ist es so gut? Willst du so oder so? Darf ich dich mal ... von hinten?* Doggy-Style. Mein Gott, wie ideenreich. Ich hatte Mühe, nicht laut zu lachen, und nickte. Und er kam sich verwegen vor. Für den Spaß war es nicht förderlich. Am Ende heulte er.

Nach ihm kam lange Zeit nichts, was ich mit einem Namen in Verbindung bringen könnte. Für Monate, ja Jahre, war es vorbei mit der Chance auf Liebe. Sie köchelte nicht auf kleiner Flamme, sondern simmerte allenfalls leise vor sich hin. Leise, allein schon deshalb, weil ich, wenn ich es mir in meinem Zimmer oder später in München in meiner Wohnung machte, meine Lust und Erlösung einsam ins Kissen stöhnte, da ich Angst hatte, die Nachbarn könnten etwas von meinem unanständigen Tun mitbekommen.

Und Michael? Michael war Sex. Als Mann hundertprozentig. Ich konnte ihm dabei jederzeit blind vertrauen. Hieß es nicht auch, sie haben sich zum Fressen gern? So wie Michael und ich uns hatten treiben lassen, passte es. Jeden Quadratmillimeter an mir und ihm hatten er und ich verspeist. Aber das wichtigste Teil hatte er nicht von mir bekommen. Das Herz. Und wie sich inzwischen herausstellte, hatte ich ihn als Mensch, ungeachtet seiner Zärtlichkeiten, in diesen Tagen wohl nicht besonders gut kennengelernt. Was aber kein Vorwurf sein soll. Die andere, Tina, ich hatte ihren Namen und das Profilbild gesehen, weil sein Handy herumlag und eine Nachricht in diesem Moment von ihr hereinkam, würde sich am Montagabend freuen. Sie hatten sich bereits verabredet. Ich beobachtete ihn, als er das Handy nahm und auf das Display schaute. Ein kurzes, verräterisches Zucken in seinen Augen und wieder der Anflug des zufriedenen Lächelns um seinen Mund bestätigten meinen Verdacht. Als er daraufhin mich anschaute – War er erschrocken? – sah er meinen Blick und ich, dass er nach Worten suchte, die er dann doch nicht sagte und stattdessen log:

„Unser Flug geht so, wie er auf den Tickets steht. Wir werden um zehn mit der Fähre abgeholt."

Ich nickte, schob meine Zunge von der linken in die rechte Wange und machte mit einem aufgesetzten Lächeln einen spitzen Mund. Sollte ich ihm eine Szene machen? Oder ihn zumindest darauf ansprechen? Quatsch! Warum? Innerhalb eines Nachmittags war alles geklärt. Die Vorstellung, er mit dieser Frau wie mit mir im Bad, dunkelhaarig und wild, die Sekunde, die ich ihr Foto betrachten konnte, zeigte eine schöne, attraktive Frau, machte mich nicht eifersüchtig, sondern eher an. Und es beruhigte – kolossal. Ich beließ es bei einem:

„Dann ist ja gut."

Das war es auch. Alles gut. Das mit Michael war gut für jede Skala. Aber Philipp hatte sie längst gesprengt. Nach ihm waren alle meine Männer nichts anderes als Gelegenheitsbeziehungen. Für die Gelegenheit, einen manchmal guten Sex zu haben. Für etwas Dauerhaftes war nichts dabei. Dafür musste ich nicht einmal an Familie denken. Auch nicht nach diesem Urlaub, der dennoch sein Geld wert war. Wir konnten es bei diesem Deal belassen. Jeder hatte seinen Sex bekommen. Ein nahezu klinischer Befund.

Tage vor dem Abflug nahm ich Philipps Bild von der Wand und zog dahinter das Foto von uns beiden heraus. Aufgenommen in München am Stachus. An einem unendlich heißen Tag mit einem warmen Abend. Wir waren an einem Nachmittag mit der S2 ins Zentrum gefahren. Und Philipp hatte seine Kamera mitgenommen.

„Vielleicht gibt es ein schönes Motiv, das ich zeichnen oder malen kann."

Der Selbstauslöser lief und er stellte die Kamera auf einen der Betonquader am Springbrunnen, hinter uns dessen Fontänen, dahinter das Karlstor-Rondell mit der Leuchtschrift *Hell wie der lichte Tag* im gelblichen Weiß. Es hatte schon zu dämmern begonnen und es war die Hölle los. Der Himmel mit seinem immer dunkler werdenden Blau, der beleuchtete Brunnen, die unzähligen Lampen und Leuchten und die Schrift tauchten den Platz in ein wärmendes Licht. Ein paar Kinder sprangen in dem duschenden Wasser grölend umher und einige Jugendliche. Ein Mädchen, nicht viel älter als ich, ging langsam innen an den hochschießenden Wasserstrahlen im Kreis entlang. Sie hatte nur weiße Unterwäsche an. Als sie fast bei uns angekommen war, sahen wir ihren Körper, durch die Lichter wie in einem hellblauen Nebel. Dürr und voller Tattoos. Das Gesicht ein lang gezogenes Oval. Mittendrin eine Falkennase. Die Arme hingen eigenartig steif herunter. Auf den Armen dünne Narben. Manche von ihnen sicher keine drei Tage alt. Ihr Blick entrückt. Beide Ohren waren von oben bis unten voller Piercingringe, weitere glitzerten an der Seite ihrer Nase und darunter in der Ecke einer Lippe. Philipp nahm die Kamera. Unser Foto war im Kasten und er richtete das Objektiv auf sie. Ich sah ihn fragend an.

„Wie aus einem anderen Universum", meinte er.

Als sie kurz von einem Lichtschein erfasst wurde, drückte er ab. Zwei Wochen später zeigte er mir das Foto und hielt eine Zeichnung daneben. Auf dem farbigen Foto sie. Auf der schwarz-weißen Zeichnung ich. Genauso angezogen wie sie. Er hatte sie fotografiert und mich gezeichnet. Mit einem Hemdchen und einem Höschen. Die Farben des Abends fehlten auf der schwarz-weißen Zeichnung nicht. Den Kopf leicht zu ihm gewendet. Die Fontänen schienen über meinen Kopf hinwegzujagen und über mir in einer Wolke aus Dunst zu verschwinden. Statt mich mit hängenden Armen zu zeichnen, hatte er mich die Arme in die Luft strecken lassen. Um mich herum hatte er keinen weiteren Menschen gezeichnet. Ich war allein. Das Gebäude mit der Leuchtschrift nur schemenhaft zu erkennen. Statt *Hell wie der lichte Tag* schwebte in derselben kaum sichtbaren Schrift *Laura, wie ich sie mag* im Hintergrund. Würde das Bild die Frau aus dem Posterladen sehen, würde sie sicher, wie ich in diesem Moment, nichts anderes als *Wow* sagen. Er hob die Achseln hoch, hielt beide Bilder ein wenig weg von sich, betrachtete mal das linke, mal das rechte, mal sie, mal mich und meinte enttäuscht klingend:

„War ein Experiment. Künstlerisch ist es auch nicht. Du bist viel schöner!"

Ich weinte.

Dieses Bild klemmte an diesem Tag seit zwanzig Jahren hinter dem von seinem See. Eigentlich muss ich es mir nicht mehr anschauen. Sehe ich den See, sehe ich auch jedes Detail auf dem Foto. Die Löcher der Piercingringe vergehen mit Sicherheit im Laufe der Jahre. Andere nicht.

Wieder war alles geputzt und sauber. Erst jetzt wurde mir bewusst, dass wir den feinen Sand ja die ganzen Tage ins Haus getragen haben mussten. Er war überall an uns, nicht nur zwischen den Zehen und an den Fußsohlen, sondern auch zwischen den Fingern, an den Händen, in den Haaren, hinter den Ohren, überall an unseren Körpern. Sogar in meiner Poritze und, ja, wahrscheinlich auch – *da*. Duschten wir, sahen wir weiße sandige Schlieren in Richtung des Abflusses verschwinden. Er verschlang ungerührt jedes Körnchen und machte auf diese Art das Davor ungeschehen. Für ihn war es nichts Weiteres als Sand und für uns in wenigen Tagen und Wochen vielleicht nichts anderes als Erinnerungen an einen zwar exotischen Urlaub weit weg – *Ja, der Strand ist unwahrscheinlich. So ein Glitzern und so ein türkises Meer habe ich noch nie gesehen. – Wo war das noch mal genau?* – und letztendlich austauschbaren Sex. Denn die Bilder würden tatsächlich täglich mehr und mehr verblassen und beinhalteten irgendwann nur noch das Plusquamperfekt gemachter Lust: Wir hatten damals Sex miteinander gehabt. Und ich hätte Schwierigkeiten, auf dem Globus den Ort dafür zu finden. *Wo war das noch mal?* Mit der Zeit gehen selbst die außergewöhnlichsten Details von Erinnerungen verloren. Außer es handelt sich um die, die durch Liebe entstanden sind.

Nun bückte ich mich und hinderte eines der Sandkörner daran, im Abfluss zu verschwinden. Aufgestippt betrachtete ich es an meiner Fingerspitze. Unter einer Lupe würde ich wahrscheinlich die Struktur erkennen, die es von einem anderen Sandkorn in der Welt unterscheiden würde. Doch so war es erfreulich austauschbar und wurde für mich zu einem, wie man es auf einem Bolzplatz, in einem Sandkasten auf dem Spielplatz bei uns daheim oder einem, wie man es bisweilen auch in Freibädern finden könnte. Ich lächelte, meine Erinnerung machte es geradewegs zu einem in meiner Poritze. Aufgegabelt damals an einem der Nachmittage mit Philipp und erst jetzt fernab von dort mit all seinen Bildern am Ende der Welt auf meinem Finger gelandet.

Michael nahm mich kurz in den Arm und wusste sicher wie ich, dies war eines der letzten Male. Die Variante, die eines gemeinsamen Lebens, stand nicht mehr zur Debatte. Der geschickte Zeitpunkt nun zum Abschluss etwas ... *Cooles* zu sagen, etwas, das in die nächsten Monate und Jahre hätte getragen werden können, so etwas wie *Ich liebe dich,* war seit dem Nachmittag vorbei. Innerhalb von wenigen Stunden ging nicht nur ein Urlaub zu Ende, sondern auch unser Abenteuer. Es passte nicht mehr. Ein weiterer Blick auf das aufleuchtende Display seines Handys ließ ihn lächeln. Dieser Satz, der die ganzen Tage nicht passte, gehörte wohl schon dieser Tina.

Zum Meer schauend hielt er den vermutlich letzten Moment für diesen Urlaub für kitschig genug. Nur so ließ sich der Abschied für ihn ertragen. Deshalb schlug er vor, *bevor das Morgenrot die Schwärze der Nacht vertreiben würde, dort vorne, am Strand, den Sonnenaufgang zu genießen.* Noch einmal miteinander zu schlafen, hatte auch für ihn an Bedeutung verloren. Vielleicht befürchtete er, sonst den falschen Namen zu stöhnen.

Ich lächelte ihn längst wissend an und Michael zog seinen Trainingsanzug über die Badehose und nahm zwei Decken. Auf einer würden wir sitzen, die andere um uns hüllen. Auch wenn es nachts oft mehr als angenehm warm war, heute würde es einige Grad kälter, als wüsste die Natur um das Ende der … Unbekümmertheit.

Zum ersten Mal seit Tagen war ich am Strand ganz angezogen, mit hautengen Leggins und einem langärmeligen T-Shirt. Auch das hatte sein Gutes. Ich war ausreichend gut und sexy verpackt. Der dünne Stoff betonte meine Figur. Seit gestern mochte ich sie. Auch dafür würde ich Michael dankbar sein. Aber in den letzten Tagen hatte er genug von ihr gesehen.

Im Dämmerlicht des beginnenden Morgens gingen wir zum Strand, machten es uns einige Meter vom Wasser entfernt bequem, mit Blick auf den Horizont und den Aufgang der Sonne. Fragen und Antworten gab es keine mehr. Nur noch vage Pläne. Und auch diese hatten mit einem Mal nichts mehr mit hier zu tun. Nichts mehr mit ihm und nichts mehr mit mir.

Der letzte Tag hier am Strand war längst angebrochen und irgendwie freute ich mich nach all diesen Erlebnissen auf … zu Hause. Ich stellte mich mit den Füßen ins Wasser und streckte die Arme in die Luft. Dann griff ich hinter den Bund meiner Leggins und fühlte das Notizbuch. Der damit verbundene Plan war auch eine Art Abenteuer und wahrscheinlich verrückt.

Mit einem Mal wusste ich, was mir in all den Jahren gefehlt hatte, und Camilla hatte recht, die letzten zwei Wochen waren nichts anderes als ein verdammt guter Fickurlaub gewesen. Schön, teuer und im Endeffekt – nur für einen kurzen Moment, nämlich immer in genau *diesem* – befriedigend. Aber eine Option für eine gemeinsame Zukunft hatten wir, wenn wir ehrlich waren, von Anfang an ausgeschlossen. Auch wenn wir es am vorletzten Tag wie Süchtige nahezu stündlich taten.

Ich glitt mit lang gestreckten Fingern durch den Sand, malte darin Muster, Fischen, Muscheln und einem Vogel ähnlich, und musste lachen. Irgendwie hatten wir beide das mit uns erfolgreich in den Sand gesetzt.

Die Sonne störte all das nicht. Mit unveränderter Geschwindigkeit, wie eigentlich die ganzen Tage zuvor von uns unbemerkt, machte sie sich dort hinten auf, aus dem Wasser aufzutauchen. Ich zog mein Handy heraus und wollte ein letztes Foto machen. Hätte Michael mir nicht eine Handvoll Bilder rübergeappt, die mit mir unter dem Sonnenschirm hier am Strand, hätte ich gerade mal nur ein Dutzend zur Verfügung gehabt, alle ausnahmslos dazu geeignet, sie meinen Eltern zu zeigen. Der Urlaub am entlegensten Ort der Welt mit dem vermutlich besten Sex der Welt war also nicht besonders nachhaltig festgehalten. Wollte ich je mit dem Hotel angeben, könnte ich nicht einmal den Namen nennen. Denn, wer im Internet danach suchte, hätte sich alle Details ausmalen können. Aber im Grunde genommen gab es dort von *Love and Beach*, außer der eigenen Webseite und ein paar mageren Angaben eines Tourismusbüros, nicht viel zu finden. Vor allem keine Bewertungen. Wer wollte auch, ohne rot zu werden, mit seinem Namen und Profilbild vier oder fünf Sterne hinterlassen?

Am anderen Ende klingelte zumindest ein Telefon. Es klang jedoch, als sei es tatsächlich auch an einem anderen Ende der Welt. Ich schaute noch mal auf den Zettel und dann auf das Display. Die Nummer stimmte. Ich seufzte und hielt jedes Mal zwischen den Tönen die Luft an. Beim ersten Mal, beim zweiten Mal, beim dritten Mal, beim vier...

„Neumüller."

Ich war noch beim Luftanhalten. Jetzt hätte eigentlich der Ton kommen müssen, ich musste reagieren und stieß schnell ein atemloses „Laura" aus.

Am anderen Ende Stille. Kein Atmen. Nichts. Wenn er nicht schon aufgelegt hatte, würde er es gleich tun. Aber noch klang die Leitung nicht tot. Ich hielt wieder die Luft an und zählte die Sekunden. Im Freibad hatte er es mir einmal gezeigt. Eine Hand von ihm lag dabei auf meinem Bauch. *Nicht über den Bauch einatmen, tu es kontrolliert über das Zwerchfell. Langsam! Die Lunge nicht ganz füllen ...* Ich hatte es bis zweiundachtzig geschafft. Nun war ich schon bei sechsundzwanzig angekommen. Fast schon eine halbe Minute. Eine halbe Ewigkeit. Oder hatte ich mich verzählt?

„Du hast den Bus verpasst. Du kommst später", stellte er plötzlich trocken fest. „Wann?"

Seine Stimme wie damals. Unverändert. Etwas vorsichtig, fast zaghaft, brüchig und leise. Ich schüttelte den Kopf. *Take me. Just let me feel ...*

„In zwanzig Minuten."

„Plus zwanzig, bis du hier bist."

Nun klang er angesäuert.

„Ich bring Muffins mit."

„Apfel."

„Ich weiß."

„Scheiße!"

„Das sag ich inzwischen auch oft."

„Red nicht so viel und komm endlich her, sonst wird es noch später."

Er klang nicht angesäuert, er war es. Zu Recht. Ich lächelte. Ich hätte Schläge verdient. Aber er wäre der Letzte, der so etwas tun würde.

„Wir haben jede Menge Zeit", meinte ich.

„Das hast du schon mal gesagt."

„Dieses Mal gilt's."

Ich hörte ihn im Hintergrund rumhantieren, irgendwas klapperte und surrte, dann Musik. Jewel – und ich sang sofort leise mit:

„Just let me feel your arms again. Break me. Take me. Just let me feel ..." Ich brach ab, weil ich plötzlich weinen musste. Ich schniefte. Er hörte es und sagte:

„Es wird alles gut. – Aber setz dich verdammt noch mal endlich in Bewegung. Ich hab' schon lang genug gewartet. Zwanzig Jahre, falls du es nicht weißt."

Philipp stand vor dem Haus, wahrscheinlich seit meinem Anruf. Die Zeit war zwanzig Jahre stehen geblieben. Sogar die Frisur war unverändert, strubbelig und ungeordnet, wie sein hagerer Körper. Philipp, der Marathonläufer, der er nicht war. Seine blauen Augen schauten, nein, betrachteten mich wie damals an diesem einen Samstag. Der Abstand zwischen uns gute zwei Meter. Ich konnte seinem Blick nicht standhalten. *Was war ich nur für eine blöde Kuh?!* Ich schaute zur Seite, fuhr mit einer Hand unter meiner Nase entlang, anschließend durch meine Haare und kämmte sie nach hinten, schniefte wieder und sah an mir herunter. Der Rock hatte noch gepasst. Das T-Shirt hatte ich nicht mehr gefunden.

„Ich bin eine blöde Kuh", sagte ich leise.

Philipp nickte und deutete nach oben. Ich hatte es die ganze Zeit während der Fahrt hierher nicht bemerkt. Warum auch? Aber der Himmel war rabenschwarz geworden.

„Vor allem, wenn du noch länger da stehen bleibst."

Ich machte einen Schritt. Philipp blieb bewegungslos stehen. Ein Meter fünfzig. Zweiter Schritt. Ein Meter. Aller guten Dinge sind drei. Er machte einen Schritt zur Seite in das Gras neben dem Weg und mit meinem nächsten Schritt legte er einen Arm um meine Hüfte und schob mich sacht zur Tür.

„Sonst wird das nie was", meinte er.

Und ich dachte: „Das glaubst du! Mein Abreißkalender mit Sprüchen hat mir heute Morgen nämlich was anderes gesagt: *It all comes to the last person you think of at night. That's where your heart is.*"

Am Eingang schaute ich auf das Klingelschild. Neumüller. Mehr nicht. Was hatte ich auch erwartet? Es passte. – Hinter meinen Namen. – Logischerweise. Ich dachte an den Spruch, lächelte und summte unsere Melodie: *Break me. Take me. Just let me feel ... Wir treffen uns irgendwo, an einem Ort, wo das Licht zur Stille passt. Mir wird es gefallen, wenn du mich ausziehst.*

Anmerkungen
Katja L. Schlegel
ist das Pseudonym eines Autor:innen-Duos.

Der Schluss des Buches ist die Übersetzung des Liedes
Break me von Jewel.